U0452567

你是我的荣耀

顾漫 著

NISHIWODE RONGYAO

九州出版社
JIUZHOUPRESS

目 录

CONTENTS

第 一 章	001
第 二 章	006
第 三 章	013
第 四 章	019
第 五 章	026
第 六 章	032
第 七 章	039
第 八 章	046
第 九 章	052
第 十 章	057
第十一章	062
第十二章	070
第十三章	077
第十四章	083
第十五章	089
第十六章	093
第十七章	098
第十八章	104
第十九章	110

第 二 十 章	114
第二十一章	122
第二十二章	130
第二十三章	137
第二十四章	145
第二十五章	149
第二十六章	153
第二十七章	159
第二十八章	165
第二十九章	174
第 三 十 章	180
第三十一章	189
第三十二章	194
第三十三章	201
第三十四章	208
第三十五章	213
第三十六章	221
第三十七章	231

番外·朝朝暮暮

（一）翟亮	243
（二）第十封信	251
（三）手机情侣琐碎日常	256
（四）娱记三人组历险记	264
（五）论坛恋爱日记	272
（六）见婆婆	276
（七）探班记	281
（八）家	288
（九）日常之和朋友聊聊天	294
（十）日常之和朋友吃吃饭	300
（十一）日常之和朋友演演戏	308
（十二）篮球赛	313
（十三）婚礼的方式	318
（十四）婚礼	323
（十五）基地探班	332
（十六）你是我的荣耀	338

第一章

爆料君,爆个大料给你。我高中是Y中,J市,跟现在一个很红的女明星是同班同学,很好猜谁吧。其实她高中时候根本不漂亮,行吧,也不能算不漂亮,不过比现在差多了,大概整过喽。反正当时的班花校花根本不是她,是另一个美女学霸。女明星,我就简称Q吧,很虚荣的,整天一副有钱人的样子,后来才知道她爸就是个水电工,全班笑掉大牙,基本上女生都很讨厌她吧。我们班当时有个学神,我们班是全校重点班(Q听说是花钱进来的,成绩很烂),本班学神那肯定是全校第一了,他就是风云人物,各种竞赛什么的都是第一,还非常帅,篮球足球都玩得好。就现在偶像剧老爱演那种男主角吧,不过我觉得电视里再帅的男明星来演都不如他,演员嘛,文化水平不行,气质都输几条街吧,怎么比得上真材实料。Q就跟他表白了,好惨还被人撞见了,结果,哈哈,被学神毫不留情地拒绝了,说他对智商也是有要求的。学神和美女学霸后来一起考上了清华,在一起了,这才是真的神仙眷侣吧。Q现在很红喽,不知道怎么红的呵呵,毕竟也没啥才艺吧,不知道爆料君你敢不敢发了。

乔晶晶盛装出席了一个分蛋糕奖,结束后才上保姆车,就被经纪人递上的"黑料"糊了一脸。

"看看,你高中同学爆料,乔晶晶高中倒追被羞辱——我说晶晶你怎么连高中同学里都有黑?"

乔晶晶把奖杯塞给紧跟着上车的助理,踢掉高跟鞋,拿过手机窝进了自己的专座。低头才扫了三行,就兴致缺缺地关闭了页面,转而去搜微博上对她这次红毯造型的评价。

看到各大营销号这次基本持肯定态度,粉丝们更是把她夸成仙女,乔晶晶这才舒了一口气,心情顿时愉悦起来。

不枉她在健身房里咬牙切齿地练了三个月!

今年上半年她拍了个美食戏,道具吃太多,才胖了三四斤,居然就被一个毒舌的时尚博主说她要撑破屏幕。那个博主当然被她粉丝狂撕了一通,而乔晶晶一边灵魂伴随着粉丝去找博主,一边还得大方地发微博表示自己要练练练,减减减。

"过阵子发点健身照吧。"汗水不能白洒,身材不能白练,必须拿出来秀一把。

"行,那个爆料的你看了没有啊?"玲姐从后座探过脑袋,一脸的八卦。

乔晶晶白了她一眼,回头去把那个爆料贴扫了一遍。看完往下拉,评论区已经被她家粉丝控场。

大乔我周瑜啊:如果是真的,那谢谢亲告诉大家我乔高中是重点班学生,顺便我乔211,成绩很烂?不存在的。(10260赞)

乔家大院:这是我乔参加高中闺蜜婚礼当伴娘的合影,闺蜜自己发的微博哦。说我乔高中没朋友,呵呵你一脸。(合影.jpg)(9765赞)

大乔战队:楼主恨我爱豆恨得要死,结果也没啥黑料能爆,我爱豆果然是好孩子。(8876赞)

小草:来看热闹,楼主你对大料是不是有什么误解???(7689赞)

风谣一我:来看热闹+1,结果觉得我家演员也中枪了,楼主当演员吃你家大米了这么多屁话?就你有文化有素质上过学?(5870赞)

玲姐保持着伸长脖子的姿势,推了下乔晶晶,"她说的是真的还是假的啊?"

"有真的有假的。"

这下车里所有人都竖起了耳朵。

"假的是说我以前不漂亮,我一直就美得不行。还有,人家拒绝我也没那么狠,很有礼貌的。"

玲姐震惊了:"你还真跟人表白被拒了?"

"当然。那个男生吧,真的很帅的。"乔晶晶回味青春三秒钟,"你这个是小号吧?"

"是啊。那那个女学霸真的比你还好看?"

玲姐想来想去都觉得不科学,不是她给自家艺人吹,乔晶晶的容貌身材就算在娱乐圈的女明星里都是顶尖的,从头到脚都挑不出什么毛病来,这种条件他们一个班能有两个?

"那当然没有!"乔晶晶一边啪啪打字一边斩钉截铁地回答。

"你在干吗?"玲姐心中有种不祥的预感,定睛一看,正好看见乔晶晶发出一条评论——这穿越时空的嫉妒啊!祝你不要气疯。

助理小朱扑哧地笑出来,玲姐无奈:"正事不干,快发微博感谢下大家。"

"刚刚出来的路上就发了,你没看见?"

玲姐语塞,不好说自己一直关注八卦,居然没关注自家艺人的动态,赶紧拿起另一个手机,戳进工作室微博去转发,嘴里不放心地嘀咕:"也不给我看下就发。"

乔晶晶懒得理她,把爆料贴截图发到了自己手机上,然后又发给了高中三年的同桌佩佩——就是她做伴娘的那个。

佩佩一看她出现,先来了一串感叹号——"!!!晶晶,年度人气女星!我刚刚看电视了,恭喜!"

晶晶:"你看我刚发你的截图。"

过了片刻。

佩佩:"!!!哪个贱人这么胡说八道!你明明一直这么好看!"

好友这么会抓重点,乔晶晶非常欣慰。

佩佩："最多土了点嘛。"

晶晶："……"

佩佩："但是现在已经到处是乔晶晶同款发型同款衣服了！"

乔晶晶懒得理她："你觉得爆料的是谁？"

佩佩："不知道啊，前阵子高中群里讨论你蛮多的，剧太火你太红了嘛，估计有人眼红得不行了吧？"

乔晶晶也不指望佩佩能猜到谁，随意讨论了几句就把这件事情抛之脑后了。

等她换下礼服准备休息，佩佩又发了消息过来。

佩佩："对了，我前阵子听李明说，于途和夏晴好几年前大四那会就分手了，在一起才一年多吧。李明你还记得不，他家和于途家一个小区的，父母都认识，听说于途现在也在上海呢。"

乔晶晶扬眉，看着手机上那个久违的名字。

居然分手了？当年她在异地的大学里听到他们在一起的消息可是……

算了！

黑历史就不要回顾了。

佩佩："嘿嘿，你说于途想起你会不会后悔啊？"

晶晶："你不要这么幼稚。"

保姆车平稳地开上了南北高架，一点都不幼稚的乔晶晶打开了车窗，迎着微风，愉快地YY了半天于途后悔的样子。

她想起了高二的那次表白，一开始那个人只是说对不起，她执着又自信地一定要知道原因，她记得他说："对不起，我想找一个能和我一起努力的人。"

不知道他为什么觉得她就不可能和他一起奋斗努力，可他最后找的人，也没跟他努力到底嘛。

乔晶晶有点爽，但是心里居然还有一点遗憾和涩涩的感觉。

……她的少女心是不是太持久了？

不知道他现在在做什么。

不过……

她看向车窗外掠过的街道，尽是一派都市繁华的盛景，而她，已经成为这繁华世界中最繁华的一部分。

她微微扬着下巴想，不管他在干什么，一定都已经被她远远地甩在了身后。

"都快十点了，今天就住上海吧。"玲姐说，"明天早上出发，下午到横店，我让他们把你的戏往下午挪一挪。"

乔晶晶回过神，"不行，明天十场戏呢，现在就去横店吧。我车上补个觉，你让师傅开稳一点就行，我……"

"打住！"玲姐机警地打断她。

自从有一回某个导演夸乔晶晶敬业勤奋，她顺势帮她吹了一波敬业人设后，乔晶晶就成了一个把"敬业福"背在身上的女演员，口头禅都是……

"我敬业的人设不能崩。"乔晶晶坚强地说完了口号。

"知道了知道了，快睡吧。"玲姐无奈地降下隔板，跟司机说了一声还是去横店。

乔晶晶放平椅子开始睡觉。这些年跑东跑西的，她早就练就了一身在任何交通工具上都能安睡的本领，今天却不知怎么的睡得不踏实。朦朦胧胧，似醒非醒间，她好像到了一间教室，梦里的她很快恍然大悟，这是高中教室，一转眼她又在考试了，一看考题，却是一颗草莓多少卡路里。

这题目也太难了，学神恐怕都不会吧。答不出来的乔晶晶陷入了不及格的恐惧中，就在这时，教室忽然大幅度地摇晃起来，有个声音在喊。

"晶晶，晶晶，你玩王者荣耀了？"

第二章

从业七八年，如果问乔晶晶有什么怕的，其中之一必定是——微博热搜。

现在微博热搜头条正是——乔晶晶人设崩了。

点进去最热的一条是一个营销号发了一段视频，视频里一个ID叫"闪闪发光"的人在打王者荣耀，水准堪称一塌糊涂，各种死来死去简直不忍直视。

营销号还放了几张截图，前几张是"闪闪发光"一言难尽的战绩，胜率低得分低MVP一个都没有，后面几张则是一些通稿的截图，每个通稿都在吹乔晶晶这个王者荣耀代言人是游戏高手。

粉丝在下面愤怒地让他拿出闪闪发光就是乔晶晶的证据。那营销号不慌不忙地转发回复：那你让乔晶晶出来否认啊。

乔晶晶没法否认，因为那就是她的号。

《王者荣耀》是腾讯旗下一款即时对战塔防游戏，这款游戏有近八十个英雄，每个英雄技能都不一样，玩家进入游戏后，可以选择不同的英雄和人作战，推掉敌方基地水晶就算赢。其中最经典的模式是5v5对战王者峡谷地图，被爆视频中乔晶晶正是玩的这个，用的是法师小乔。

说起来当初乔晶晶拿代言的时候这个游戏还不算火，但是玲姐看她游戏宅的老公天天沉迷其中，直觉这个游戏会爆，主动向游戏方抛出了橄榄枝。玲姐的直觉在给乔晶晶接戏的时候就展现得淋漓尽致，在游戏上居然也没啥偏差。

王者荣耀在这一年多的时间里大爆特爆,成为第一款真正国民意义上的手游,连带着乔晶晶也多了很多原本受众群之外的关注度,受益颇多。

但是之前有多受益,现在就有多麻烦。

谁也没规定游戏代言人一定要游戏玩得好,但是你把自己吹成绝代高手结果却水平这么烂就不得不让人嘲了。

玲姐一路绷着脸刷手机,直到到了横店的酒店,打发了小朱,才开始盘问乔晶晶。

"你什么时候玩的?"

"就上半年拍电影的时候,一共才玩了半个多月,老被人杀就没再玩了。"

"有谁知道你玩?"

"我没和任何人说啊,但是我用微信登陆的,好像微信好友也玩这个游戏的话,会自动出现在游戏好友那,估计能看见我吧。"说着乔晶晶有点疑惑,"但是到底是怎么录下来的?"

"……王者荣耀有个叫好友观战的功能,你也知道微信好友会直接变成游戏好友了,所以他们都能观战你,也能录下来,你不知道?"

乔晶晶:"……还有这个功能?"

玲姐简直想打她:"你什么都不懂,瞎玩什么游戏啊。"

乔晶晶觉得自己也很无辜:"我好歹是个代言人,老说我是游戏高手我不心虚的啊……当然要去练练。"

玲姐心里一阵绝望,喃喃地说:"我早该知道你有这毛病。"

随便给她吹点什么牛,她就想变成真牛。现在想想幸好当初没帮她做流行的吃货人设,不然恐怕现在都有两百斤了吧。

"我错了,我就不该跟我老公去玩什么QQ区,要是我用微信号玩,早就发现你在乱搞了。"玲姐真是悔得肠子都青了。

她也是跟着自家老公玩过一阵后才去跟腾讯谈合作的,但到底工作忙,渐渐也就放下了。后来拿下代言,她还把自己的账号给乔晶晶试了下,看她实在不像游戏高手的料子,就没再管她。代言人嘛,发发微博站站台拍拍照就可以了,可是谁知道她竟然这么有志气,居然自己偷偷去玩。

她焦虑地在房间里走来走去,"你别把这不当一回事,你知道现在有多少男的女的在抢王者的代言吗?不要钱的都有。本来王者要跟我们续约的,现在出了这个事情,续约的事情恐怕就悬了。

"这还不是最要紧的。咱们是演员,代言都是其次的,李导的电影女主角才是最重要的,可是人家要拍的电影叫什么!叫《真实》!"

乔晶晶在娱乐圈那么多年,坐稳一线小花,当然也不是傻白甜,立刻就想到:"你的意思是,对方放出这个来是为了李导的电影?"

玲姐点点头,"有个消息还不能百分百确定,所以我也没跟你说,但是李导女儿那边传出消息来说李导决定就是你了。我看,也有别家知道了这个消息,所以才来这么一手。"

乔晶晶觉得不可思议:"我都几个月前玩的了,这是不是有点深谋远虑别出心裁啊?"

"估计人家早录了,就等着什么时候放出来呢,这不就派上大用场了。"

正说着,玲姐的手机响了起来。她看了一眼,"嘘"了一声,"王者那边的电话。"

玲姐开了免提。

对方语气有点急,开口就是一大串。"邱总,我是Alex。今天热搜怎么回事啊?那个小号是晶晶吗?她是不是在练英雄啊?你们赶紧上微博解释一下啊。"

玲姐差点想一拍大腿,感动得眼睛都红了。有这么体贴的合作方吗?居然帮她把理由都想好了,她之前怎么就没想到呢。她一迭声地回答:"对对对,就是在练英雄。就是在拿小号练不熟悉的英雄,所以才玩成这样。"

"这个情况最好还是发微博说明一下吧?不然我们这边也挺尴尬。"

"当然当然,我们马上发微博。"

"不过邱总,我们这边讨论了下,光微博澄清会不会可信度不够,我们其实这边正好有个活动,很合适把现在这个情况从危机变成双赢。"

玲姐心头一跳,警觉地问:"什么活动?"

"是这样,还有一个多月,秋季赛就要结束了,之后有个专门的年度颁奖典礼,我们想请晶晶在颁奖典礼上打一场娱乐赛。到时候我们会微博上抽出五个幸运玩家,加上晶晶一共六个人,分成两组,每组有权自己挑选两名职业选手当队友,这样打起来肯定热点十足啊。"

"这……我们合同里好像没有这一条啊。"

Alex的声音有点不悦了,"合同里也没说你们会爆出这样的视频。娱乐赛而已,玩家都是随机抽的,水平应该不会非常高,完全不用怕,除非……"

他的语气有点怀疑地上扬。

"这不是水平高不高的问题,合同上……"玲姐正要争辩,忽然一个声音插进来。

"没问题!我可以参加。"

说话的正是乔晶晶。玲姐一手捂住话筒,朝她龇牙咧嘴。

Alex有点惊喜,"哎,刚刚说话的是……"

玲姐这下骑虎难下,只能顺势把话说漂亮些:"是晶晶,她特别支持你们游戏,平时发广告发微博很积极你也知道,我们可没拿你们多少代言费啊。"

Alex:"是是,当然当然,那……"

玲姐无奈地说:"她都说没问题了我还能拦着?我们商量下具体细

节吧。"

十分钟后,玲姐挂断电话,表情一下子垮了,"你、你这个水平怎么能去打现场?都找到说法了,发一些稿子带带节奏就没事了啊。"

乔晶晶刚刚一直在刷手机,被恶评激起了雄心万丈:"我以前那是没好好玩,还有一个多月,我就不能练出来?我就不信了,这比练出马甲线还难!"

深夜十二点多,乔晶晶微博回应了。

乔晶晶V:

其实这战绩还算不错,我大号玩小乔更惨,所以建了个小号去青铜玩,以为能在青铜凯瑞!结果……大家都姓乔我为什么就是玩不好她?

群众有点蒙,但是粉丝反应巨快。

好奇的一颗心:所以这是晶晶的小号?不会玩的英雄建一个小号去练以为能虐新手却惨遭屠杀?哈哈让我笑三分钟。

Wedrte~:都看清楚,是小号练英雄,你所有英雄都一上手就熟啊?那职业选手都不如你哦。

KPL官方微博紧跟而上。

KPL王者荣耀职业联赛V:

今年的年度颁奖典礼上,王者荣耀的代言人@乔晶晶 将和幸运玩家们进行一场娱乐赛。大家期待乔晶晶老师的小乔吗?那快来报名哦。

乔晶晶微博立刻转发。

乔晶晶V:说了不玩小乔,不带指定英雄的!

本来路人群众还有点将信将疑，官方微博这则信息一出，风向彻底逆转。

不少路人恍然大悟，原来乔晶晶不是游戏玩得不好，是小乔这个英雄玩得不好。

这里面差别可大了。

本来嘛，王者荣耀几十个英雄，就算职业选手，也不可能每个英雄都玩得很好，何况普通玩家。

玲姐一直紧盯着微博，发现她居然不需要找人带节奏了，不少玩家自发地出来现身说法。

春衫薄醉：我玩打野666，玩射手，所有射手，就是渣！我王者21星。

油腻少年：王者。我就想知道法师跟我有什么仇。永远输出超不过15%，每次排位上来先说不打中单。

三角定理：都是法师差别也很大啊，小乔我也不行……火舞我就能凯瑞全场。

事情短暂地平息了下去，玲姐终于松了一口气，一扭头却看见乔晶晶似乎在发呆。

她伸手在她眼前挥了挥，"晶晶。"

乔晶晶看向她："玲姐，我微信很少加不熟的人。"

玲姐安慰地拍了拍她的肩膀，其实自己也气得不行，"我去打听打听，是谁在背后这么阴。"

"不用了，是我自己的问题，怪不得被人抓住把柄。"乔晶晶倒是很平静。

"反正你别生气，气坏了不值得。"

"我才不气，等着我气死他吧。"乔晶晶目光闪动，"李导那边你继续去争取，游戏帮我找个靠谱的人带我练一下。这边的戏还有几天就拍完了，接下来一直到比赛前，除了已经安排好的，不要给我安排工作了。"

玲姐一愣:"我本来就要给你放半个月假,但是到比赛还有一个多月,你全部用来练游戏?"

玲姐想到损失的金额,心都痛了,"你一天多少钱,值不值啊。"

乔晶晶把手机递到玲姐面前,亮着的屏幕上是她微博下的热门评论,粉丝们一吐之前的恶气,正兴高采烈地欢呼庆祝着。

如果一个月后她输了比赛,那被嘲笑的不仅仅是她,还有他们。

玲姐叹了口气,明白了,"行,我来安排。"

乔晶晶准备睡觉,明天还有一天的戏,越是这种时候,越是要有最好的状态。玲姐也回自己的房间休息,不过走到门口又犹豫着回头,"那个晶晶。"

"嗯?"

"虽然我也觉得练游戏不比练马甲线难,可是你也就瘦了几斤,没练出马甲线啊。"

乔晶晶:"……"

第三章

一旦做好决定，玲姐做事就是雷厉风行，等乔晶晶在横店的戏杀青，团队立刻回到上海，开始王者特训。

她准备得十分周全，新的账户，比赛专用手机，连教练都准备好了，正是她老公阿国。

玲姐和她老公是青梅竹马结的婚，本来阿国也有一个不错的工作，但是玲姐成天飞来飞去顾不上孩子，阿国只好牺牲事业回归家庭，多出来的时间就打打游戏，段位还挺高的，是最强王者。

"我是一朝被蛇咬十年怕井绳，这事越少人知道越好，所以找阿国当你教练，你要是有他的水平，上去打应该看得过去了。"

玲姐说着推开工作室小会议室的门，阿国已经在里面等着，看到她们进来，连忙站起来打招呼。

"以后就在这里练吧，小朱你也跟着看看学学，回头晶晶会点了，再把丹丹叫上，她也玩这个游戏，加上我，我们五个人正好组一个队伍陪练。"

玲姐交代好就去忙工作了，阿国开始给乔晶晶和小朱上课，一上来先给了一颗定心丸。

"这个游戏其实不难，一个多月里专心练几个英雄肯定能练好，不然玩家还不都跑光了。"

乔晶晶听着很振奋。

"我先给你们讲一些基本的东西啊。"他打开游戏界面,"匹配和排位知道吧?匹配就是大家随便一点玩,但是如果要有段位,就必须通过排位赛,一颗星一颗星地升上去。"

这个当然知道,乔晶晶点点头。

"匹配有1v1,3v3,5v5,不过大多玩的是5v5,排位就只有5v5了。"

"钻石以下的排位和匹配差不多,随便拿英雄,当然不能和队友重复。到了钻石以上段位,会变成征召模式。区别就是征召模式开始可以禁止掉两个英雄,然后两边依次轮流拿英雄,对方拿过的你就不能拿了。回头你去比赛,肯定也是这个模式,职业赛是先禁三个英雄,你那个娱乐赛估计也是。"

阿国喝了口水,"但不管模式怎么变,用的都是这张王者峡谷地图。"

阿国点开训练营,给两人看地图。

"晶晶你也是玩过的。看这个地图,分上中下三路,常规打法一般就是法师走中路,射手带着辅助走下路,战士坦克去上路,打野就在野区清理野怪。"

乔晶晶毕竟代言了这个游戏,很多东西其实也是了解的,不过她也没打断阿国,继续听他说下去。

"阿玲跟我说了游戏方的意思,他们是要从报名的玩家中随机抽出五个人,加上晶晶,一共六个人,分成两队,这样就是一边三个人,然后每个队伍可以自由挑选两名职业选手,组成五人队伍进行比赛。

"不管玩家多强都强不过职业选手,两名职业选手肯定要拿C位,所以晶晶练好辅助或者坦克就行。

乔晶晶举手发问:"C位我懂,游戏里也有C位?"

阿国:"游戏里通常有五个位置,打野,中单,射手,边路,辅助。前三个位置都算C位。"

C位惯了的乔晶晶:"我不能打?"

阿国没想到自己的学生游戏还没学,却已经成了C位狗,一言难尽地看了乔晶晶一眼:"你想赢吗?"

乔晶晶点头。

阿国非常权威地说:"那你打辅助。"

阿国接着又把常用英雄,打的位置和技能什么的介绍了一遍,下结论:"各种英雄里,辅助相对简单一些,也不容易背锅。晶晶你先练下张飞吧,这个英雄技能挺简单,主要是用二技能给队友加护盾,大招三技能吹飞敌方。"

乔晶晶信心十足地点头。

账号上已经买好了所有英雄,乔晶晶拿着新手机进入游戏,选好了张飞,跟在阿国的射手后面。

阿国点头:"对,张飞主要就是跟着射手。"

他边打边跟她讲解:"二技能给我加盾,那个技能圈放我身上……对……"

很快两人都顺利地到了四级,王者荣耀里面,英雄四级就有大招了。

"你看见你头上有个红色线条了吗?这个线条满了,张飞的大招就能用了。"阿国一边追击对方残血上单,一边教乔晶晶。

"哦哦。"乔晶晶答应着,然后点了一下。

屏幕上的张飞忽然膨胀变大,一声怒吼,吹飞了对方上单,还剩下一丝残血的敌人好像呆了一下,然后飞奔着逃回了自家塔下。

阿国也是呆了:"他本来快死了,你把他吹跑干吗?"

乔晶晶:"……我就点下看看。"

阿国:"……不要随便用大招。"

又过了一会。

阿国:"这个时候用大招把他吹飞了,等下,我残血你别吹他……到我身上……"

说最后四个字的时候阿国已经挂了。

如此三盘后，阿国擦擦汗，"这个英雄大概不适合你，我们换个英雄试试，孙膑吧，孙膑也挺常用的。"

又三盘后……

"试试牛魔，血厚！"

一连刻苦了两天，把所有常用的辅助英雄都试了一遍，乔晶晶还好，阿国却感觉自己已经气血两亏了。

"起码蔡文姬和庄周……还可以吧。"阿国勉强振奋精神，"高端局虽然不常用，但是抽到的玩家也不一定个个都是王者。这样，明天先休息一天，我回去重新琢磨一下怎么教你。"

"明天要拍广告，本来也练不了。"玲姐推门进来，"今天先到这吧，晶晶你早点回去睡觉。"

"我晚上拿自己的手机练练，我觉得这个新手机手感不好。"

玲姐吓一跳："可别，再被人录了就麻烦了。"

乔晶晶玩了两天游戏，英雄没学好，对游戏一些细枝末节倒是很熟悉了，鄙视地瞥了她一眼："一，游戏可以设置禁止观战。二，我不会用小号吗？"

晚上九点不到，乔晶晶就洗漱好爬上床，坐在床上开始建新的小号。

拿什么注册呢？

乔晶晶想了一下，找出一个比较少用的QQ号，先登陆QQ，然后关联进入了游戏。

她这个QQ号叫手可摘星辰，在游戏里试了一下，果然已经被人注册了。于是她随手敲了个差不多的ID——手可摘棉花。

这么奇怪果然没人注册，顺利通过。

新账号一进去是漫长的新手训练，而且还不能跳过，乔晶晶耐着性子点了半天，才进入正常界面。

正要戳进"对战模式"，手指却忽然顿住了。

她的目光落在界面最左边的好友排行榜上，那里居然已经有了一个头像。这个头像如此的似曾相识，是一片无穷无尽的星空。她迟疑地点开，就看见了那个人的ID——

玉兔捣药（于途）。

于途……

乔晶晶这才恍然地想起来，最初的最初，她建这个小号的目的，就是为了于途。

不过乔晶晶现在也没什么心情去回味遥远的少女心思，赶紧点进对战开始练起来。对战模式里有和真实玩家的实战匹配，也有和电脑的人机练习，她一个人没勇气去跟人实战，便戳了人机模式开始练蔡文姬，等一局结束退出，游戏里忽然弹出一个邀请框。

玉兔捣药（来自QQ好友）
永恒钻石Ⅲ
邀请您组队匹配.5v5王者峡谷
接受　拒绝

于途……

居然拉了她？

乔晶晶一怔之下，眉一扬，点了进去。

结果她进了房间，迎接她的却是一连串问号。

要开学了好慌：？？？？？？？？？于途，你拉的，这谁？

玉兔捣药：点错了，QQ上的。

要开学了好慌：新手？段位都没有？

王者荣耀要有六个英雄才能开启排位赛，才会显示为最低段位青铜三，乔晶晶小号才开，当然没段位。

乔晶晶捏着手机一言不发，心里还挺爽，心想于途你十年之后还能给我找麻烦，待会坑你一下实在不冤。

史莱姆包：开吧。
龙王2001：开。

战斗开始。

乔晶晶选了蔡文姬。这两天她被灌输了不少常识，蔡文姬要跟着射手这她还是懂的。

于途正好就是射手。

于是萝莉音的蔡文姬就晃悠悠地跟在了"玉兔捣药"的后面。非常悠闲地，坑爹地，有技能就按技能，没技能就光荣就义，完全不讲策略，没有意识，更没有走位。

乔晶晶觉得于途肯定要被她坑死了。

所以当她虽然死了七八次，居然人生第一次十分钟就攻入了敌方水晶的时候，乔晶晶如梦似幻风中凌乱。巨大的喜悦冲走了她的理智和矜持，她赶在这局结束前，赶紧输入了两个字——求带！

后面再加一万个感叹号！

第四章

    大概是她的感叹号起了作用，下一盘于途没再邀请她，那个"要开学了好慌"却邀请她了。

    乔晶晶继续用蔡文姬，这次射手却换了个人，正是要开学了好慌。

    打了没一会，要开学了好慌就被对面杀了，送出了一血。

    等到再送出二血，要开学了好慌忍不住了。

    要开学了好慌：蔡文姬？？？

    乔晶晶有点窘，坑于途毫无负担，但坑别人有啊。

    手可摘棉花：我不太会，才玩。

    要开学了好慌：……开语音，听我指挥。

    之前阿国都是现场教学，所以从没开过语音，乔晶晶还是第一次点开左上角那个小喇叭和小话筒，一点开，就听那边传来一个有点粗犷的声音。

    "我总算知道于途这个万年射手狗为什么这次居然去打中单了，蔡文姬有点坑啊。"

    乔晶晶："……"

    乔晶晶还来不及郁闷，一个久违的声音就在彼端响起了。"你想多了，我只是给你示范一下正确的诸葛亮玩法。"

    低沉的声音，略略带着调侃的意味。乔晶晶有一瞬间的失神。恰在此时，对方打野孙悟空不知道从哪里冒了出来，一棍子就把停在路中央的蔡文姬敲掉了半管血。

对方中单高渐离也紧跟其后逼近，开大进场，蔡文姬瞬间被灭。

好慌哇哇大叫着逃命，"八万个人！"然而已经来不及了，对方三人的围攻下，脆皮射手唰唰两下就挂掉了。

中单诸葛亮玉兔捣药原本去上路支援了，到下路就晚了一步，自己也陷入了对方三人的包围圈。这时对方打野虽然已经残血，但是法师和上单却仍然有一半血。

乔晶晶躺在地上，以为诸葛亮也要挂了。谁知道诸葛亮一个走位刁钻的大招，直接就收割了打野的人头，紧接着带着五层被动冲脸灭了高渐离。

二连击破。

不过此时他自己也被打成丝血，闪现逃生，对方上单当然不肯放过，紧追不放，谁知道诸葛亮此时却回身二技能走位，紧接一技能后又是一个大招，收走了上单人头。

三连决胜。

这一连串操作不过十几秒时间，乔晶晶看得眼花缭乱目瞪口呆。要开学了好慌郁闷地喊："于途你个人头狗。"

一直没说话的另外两个人也出了声。

史莱姆包："于途你诸葛亮不错啊，怎么没见你玩过。"

龙王2001："翟亮每次都抢法师，轮不到他吧。"

游戏里传来于途有点沉的笑声，声音特别清晰地说："常规操作。"

乔晶晶觉得胸腔好像和他的声音共振了一下。

要开学了好慌："呸，不装你会死？蔡文姬，待会你站在草丛里帮我开视野。"

乔晶晶还沉浸在刚刚于途霸气的三杀里，下意识地问："哪个草丛？"

游戏里顿时安静了一下。

乔晶晶也愣了一下，忽然想到一个刚刚没考虑到的问题，于途……不会认出她的声音吧？

要开学了好慌震惊地问："妹子？"

这没啥好奇怪的吧……

乔晶晶："这个游戏不是有40%的玩家是妹子吗？"

虽然她游戏玩得不好，代言的其他方面可尽职了，背过很多资料的。

好慌："可是你是妹子绝缘体于途拉来的啊，于途你真的不认识这妹子？"

于途："……嗯。"

好慌："不是QQ上的吗？"

于途没说话，刚还在琢磨"妹子绝缘体"是什么鬼的乔晶晶却是一阵紧张，热切盼望他可千万别记得。她是他同班，当然有他的QQ号，但是那会因为一些奇奇怪怪的小心思，却专门注册了个小号去加他，结果加了两次都没通过，带美女（不是她的）头像都不行。

她无聊之下拿他的QQ号去百度，却无意中发现他在一个航天爱好者论坛留了QQ号，灵光一闪用航天论坛网友的名义加他，果然通过了。

然而她毕竟对此一窍不通，加了于途后才说过一两回话，大概就被看穿了啥都不懂的真面目，于途就再也没回复过她了。

于途高中的时候，真的是有点傲的。

乔晶晶生怕于途回想起来，连忙乱答一下："我以前随便加的吧。"紧接着又问："那个，是上面那个草丛吗？我站在草丛里做什么？"

好慌果然被转移了注意力："对，上面那个，你看对方有没有过来包我们，有的话你发信号。"

"好。"

蔡文姬缓缓地移动到草丛，然后后知后觉地想起，于途……

果然没认出她的声音。

乔晶晶放心之余，心里居然有点失落，紧接着又鄙视了下自己的失落，内心戏一波三折，十分丰富。站视野比较无聊，她忍不住拉了一下地图看下于途在干什么，结果就那么开小差的几秒工夫，又被猥琐的对方打野打死了。

对方上单立刻冲上来配合打野，又把好慌灭了一回。

好慌躺在地上，气息虚弱地说："蔡文姬，你还是跟着法师吧，我单独发育一下。"

说着喊了一声，"于途，谁拉的谁负责啊。"

于途悠闲地说："可以，你这么渣的射手本来也不值得保护。"

好慌："……"

乔晶晶被射手赶了，只好郁闷地跑到了诸葛亮身边。

诸葛亮是一个很灵活的英雄，本身二技能就带三段位移，于途操作起来又飘忽不定得很，所以蔡文姬其实很难跟上他。不过于途倒对她没什么要求，全程没对她说什么话。

这一盘又赢了。乔晶晶翻看了一下最后的数据，于途的诸葛亮居然拿了二十一个人头。

而她的蔡文姬，居然成绩也不算太差！

乔晶晶美滋滋地看了下自己的成绩，有点小激动，简直想发个截图给玲姐。忍来忍去还是发过去了，惹来玲姐一声怒吼："乔晶晶你明天要拍广告！这么晚不睡不要脸了吗？"

乔晶晶敷衍着回了个"睡了睡了"，就关掉了微信，回到游戏界面等着他们再来拉她，结果好半天都没弹出邀请，去好友栏看了一下，于途已经下线了。

这么早睡觉？

乔晶晶意犹未尽地加了其他三个队友好友，遗憾地收起手机睡觉，结果完全没有睡意，过了一会又打开游戏，给自己的新账号充值，打算这个账号上也把所有英雄和皮肤都买齐了。

结果一看充值页面，居然一次只能充六百四十八……

这什么鬼设定。

充了两次土豪晶就不耐烦了，第二天一早，小朱一来，乔晶晶就把自己的手机塞给她。

"帮我游戏充值。"

小朱："啊？哦，充多少？"

"六百四十八那个，就充一百个吧。"

小朱："……花，花得掉吗？"

乔晶晶挥挥手："然后帮我把所有英雄和铭文都买了，所有皮肤都买了……算了，只买好看的。"

于是，等晚上拍完广告回家，乔晶晶再次登录游戏的时候，她已经金光闪闪，鸟枪换炮了！

一上线，要开学了好慌就发来了组队邀请。

乔晶晶对这个邀请毫不意外，因为她下午在检阅自己的皮肤的时候，发现他们三个已经通过了她的好友申请，灵光一闪，就给他们每人送了两个皮肤。

都是他们昨天玩过的角色，乔晶晶注意到他们当时都没有穿皮肤的。

这样一来他们怎么也不好意思不带她一起玩了吧。果然，这不是邀请已经来了？

"手可摘棉花"进入房间，昨天那四个人都在。

要开学了好慌：妹子，你送了我两个皮肤？

龙王2001：我也收到了。

史莱姆包：me too。

手可摘棉花：大神们求带 O(∩_∩)O

乔晶晶毫无压力地演着可爱萌新的角色。

只有于途没有说话。

乔晶晶暗笑。

要开学了好慌感动地点了开始游戏。进入王者峡谷，好慌才注意到于途还是没皮肤的诸葛亮，不由开了语音。

"于途你没穿妹子送的皮肤啊？"

于途淡淡地说："我没有。"

乔晶晶使劲憋着笑，好半晌，用了全身的演技才可怜巴巴地说："要给玉兔大神送的时候发现没钱了。"

游戏里沉默了一下，紧接着传来一阵大笑，"哈哈哈哈哈……于途你也有被妹子排最后的时候哈哈哈……"

他畅快地大笑几声，结果很快一声怒吼："于途你卖我。"

伴随着系统语音提示，和玉兔捣药一起去对方野区反蓝的好慌被对方花木兰杀死了，光荣地送出一血。

拿了对方蓝就跑的于途悠悠地说："合理撤退。"

说完还要再插一刀："放心，蓝我拿到了，这一波不亏。"

真的……有点欠揍。

乔晶晶忽然想起高中的时候，于途总是被一群男生围着，在人群中谈笑风生神采飞扬。他总是最厉害的，成绩是，篮球也是，没想到游戏也是。

不过，说不上也有哪里不同。好像……话少了点？总是好慌先去撩他他才会开口，甚至有时候笑起来也带着一丝丝沉郁的感觉。乔晶晶到底是演员，对这些微妙的情绪有一种职业的敏感。

难道因为年纪大了沉稳了？

……不对，她研究他干吗？

乔晶晶连忙丢开这些突然冒出来的想法，认真打她的蔡文姬。

乔晶晶努力地玩了两局蔡文姬，感觉自己进步飞速，死亡次数少了很多，于是大胆地尝试了一局孙膑，开战之前还特别心虚地说明了一下她不太会玩,结果居然也赢了!

虽然她丢大招好几次都扔到了荒郊野外的无人区!

乔晶晶正打算再来练一局孙膑,好慌却有点不好意思地说:"妹子,我们想去打个排位,明天再带你匹配怎么样?最近我们几个都挺闲。"

乔晶晶一愣:"不能带我吗?"

问完就知道自己傻了,她这个小号才玩了几局啊,连排位赛都没开呢,人家都钻石星耀了,段位差这么多,当然没法带。王者荣耀里面要五排的话最多只能相差两个段位。

"没法带啊。"好慌更不好意思了,拿了人家两个皮肤呢。

"你们去吧。"于途忽然开口,"我对排位没兴趣。"

说完这句话游戏就结束了。

这个游戏里一局游戏结束后队友们就无法再语音了。乔晶晶正气恼被抛弃了,屏幕上却弹出了一个邀请框。

玉兔捣药(来自QQ好友)

钻石Ⅲ

邀请您组队匹配.5v5 王者峡谷

接受　拒绝

乔晶晶有点蒙。

这……难道他要单独带她?!

可是她没送他皮肤啊!

但乔晶晶毫不犹豫地戳了同意,果然队伍里只有她和于途两个人,于途直接就点了开始游戏。

第五章

因为只有他们两个,所以就匹配了三个陌生的路人。乔晶晶想了想,再次选择了孙膑。

孙膑这个英雄比起蔡文姬难度高了点,更需要一些意识,尤其是沉默大招放的位置和时间。前半段还好,于途仍旧打中单诸葛亮,时不时支援上下线,我方占据优势。到了团战乔晶晶就有点跟不上了,射手死了两回后开始喷。

天涯(孙尚香):孙膑你是不是傻*?

脏话被系统屏蔽了。

乔晶晶一蒙,正打算骂回去。"你才傻"三个字还没打完,就见聊天栏那边于途回应了。

玉兔捣药(诸葛亮):再啰唆我们一起挂机。

天涯(孙尚香):你们一起的?行吧,你们正负抵消了。

乔晶晶:……

这射手是不是有点怂?

过了一会那个射手忍不住又说话了。

天涯(孙尚香):我说,你带妹干吗不打射手自己带。

于途没再搭理他。

这一盘他们还是赢了,下一盘一开始,于途秒选了射手。

乔晶晶愣愣地看着秒选孙尚香并锁定的玉兔捣药……

怎么办？

心里……心里居然有点甜？

……乔晶晶轻轻拍了下脸。

淡定淡定，她堂堂一个微博拥有几千万粉丝的大明星，几十上百万的礼物都心如止水地退掉过，人家拿了个射手带她，她就荡漾起来，像什么样啊。

乔晶晶一边唾弃自己，一边飞快地选了孙膑跟在于途后面，生怕别人抢了她的辅助位。

后面又打了几局，于途选的都是射手，无论她多坑最后都赢了，而且把把都是于途MVP。晚上睡觉的时候，乔晶晶一边揉着自己酸疼的手指，一边辗转反侧。

喂，乔晶晶，你有没有搞错啊。

你已经快三十了还会因为看见别人玩游戏厉害就这么……这么欣赏？

他说不定已经秃了，说不定已经胖得形都没了……

你在这里激动个什么劲啊。

……不过他游戏玩得真帅啊。

乔晶晶有点睡不着了。

脑海里还闪着玉兔捣药各种纵横峡谷的身影，乔晶晶呼地从床上坐起来，从被窝里抓出手机，开始看她录下来的几场比赛。

乔晶晶默念着我是为了学习，一边点了于途视角，然后就看着峡谷里的那个身影满场飞走，秀了敌方我方一脸二脸三四脸。

睡着的时候，她手里还抓着亮着的手机，里面传来"Penta Kill"的声音。

接下来的日子乔晶晶每天都过得美滋滋的。不用赶通告，没有戏要拍，舆论很平静，白天跟着阿国打打游戏，晚上抱住于途他们的大腿，只要偶尔拍个广告出席点活动就行。

当然，她更喜欢跟于途他们玩，毕竟赢得多╮(╯▽╰)╭

阿国现在也很有劲头，虽然乔晶晶这个学生游戏天赋一般，但是她自信啊，每天无论受到多大打击承受几次失败，只要回去休息一晚上，第二天就仍然能精神饱满自信十足地继续打下去。要不怎么说明星也不是人人能当呢，看看这份坚韧！

只是，她回去的时间越来越早了是怎么回事？

这天乔晶晶又五点钟就说要回家了。理由是要回家练一下马甲线，其实是她刚刚偷偷登陆了一下小号，发现于途和史莱姆包在打游戏，打算回去跟他们玩。

至于为啥不告诉玲姐他们……

绝世高手当然要突然练成才有趣！

结果等她回到家，于途却已经下线了。

乔晶晶郁闷地切了一盘水果当晚餐，正生无可恋地吃着，佩佩忽然打电话过来了。

她的声音有点小兴奋。

"晶晶，我们高中班级群里有人发那个造谣的帖子了，大家正在骂那个造谣的人呢。然后你猜怎么着！"

乔晶晶有点心不在焉："怎么？"

佩佩："于途出来说话了！"

乔晶晶一怔。

佩佩叽里呱啦的："哎呀，其实除了骂造谣的，也有几个说酸话的，结果于途出来一说话，他们立刻被打脸不吱声了。"

乔晶晶定神："把他的话截图给我看看。"

很快佩佩就发了一张截图过来了。

于途：我没有说过这种话。

于途：如果有谁和乔晶晶还有联系，代我说一声抱歉。如果有需要解释的地方，我会配合。

乔晶晶盯着图片看了好半天。

向她道歉，他有什么错需要道歉，还配合解释，能怎么配合啊，难道她要发个公告么？真是一点都不懂娱乐圈。

真心要道歉还不如好好带她打游戏，跑到群里聊什么天。

乔晶晶把于途那两句话反复看了两遍，迅速地把水果吃完，然后戳进游戏里，十分大方地送了于途两个皮肤。

城市已经彻底被夜色笼罩。

于途关了微信界面，有些烦闷，从茶几上拿了一根翟亮的烟走到阳台。

淡淡的烟草味中，他的情绪渐渐平复下来。

"怎么？又被劝了？"翟亮拿着罐啤酒走到他身边。

"不是，高中群里的事。"于途不想多说，草草带过。

"还以为你同事来劝你回去。"

于途弹了下烟灰，"倒是有以前辞职的同事让我下定决心出来。"

"所以你还在犹豫什么，年薪百万和二十来万还累死累活，很难选吗？"

"哪来的年薪百万。"于途失笑。

"怎么没有，你本科毕业那会拿的那几个Offer，随便哪个做到现在也年薪几百万了吧？傻兮兮读什么航天方向的研究生博士，天天加班也就拿个二十出头，攻克个难题给五千块，你就不觉得对不起你的智商？最起码……"

翟亮喝了一口啤酒，"最起码那样你和夏晴不会分手吧。"

于途神情淡淡地，"陈年往事就不要提了。"

"我看你早晚后悔,你以后去哪找这么聪明漂亮的老婆。"

于途瞥了他一眼,"总之比你好找。"

翟亮"呸"了一声,"你还不是靠脸。"

过了一会,翟亮又开口:"理想和情怀不能当饭吃,下定决心就出来吧,你都三十了,还要我说这个,幼不幼稚。"

"我答应过老师考虑一个月。"

"院士套路也这么深?还以为都是老技术宅。"翟亮震惊了一下。

他晃晃啤酒罐:"我和你思想觉悟不一样,老子这么辛苦才念出来,一定要去赚最多的钱,过最好的日子。现在的社会,明星演演戏唱个歌几千万,出个轨怀个孕都上头条,你们把火箭卫星送上天,你去问问,谁知道你们的名字?谁知道你们一年才那么点钱。"

于途静静地抽着烟。

"你最近算不算人生中最颓废的日子?每天窝在家里打游戏,其实你可以去北京逛逛嘛,见见老同学什么的。我听说,夏晴也还单着,现在去说不定还能再续前缘什么的。"他说着像发现了什么,有点兴奋,"我说,你都单了这么多年了,是不是心里还……"

"不是。"于途淡淡地打断了他。

翟亮"嘿"了一声,"搞不懂你。"

他一口气把酒都喝了,拍拍肩膀放于途一个人待着。

于途抽完烟回到客厅,闭目靠在沙发上,他想起那天他去辞职老师惊诧痛心的眼神,最后说:"这些年你也很累,假期一天都没休,把这些假都休了再说吧。"

"这一个多月,你,好好考虑,如果那时候还想离开,我同意。"

其实哪有什么可以考虑的,各种得失他早就清楚,不过是要一个抉择,而他现在不想去下。

他睁开眼睛,拿起手机点进了游戏。

线上一直没有人,乔晶晶百无聊赖地玩了一局一对一人机。一对一人机当然不能选辅助英雄，她选了于途常玩的诸葛亮，结果差点被电脑虐了。

这英雄简直难玩死了……于途到底是怎么在人群中杀进杀出的？

和电脑生死之战了好一会，乔晶晶结束了游戏退出这一局，再看好友栏，于途已经上线了。

他应该看见她送的礼物了吧？

作为一个矜持傲娇的女明星，乔晶晶耐心地等着于途拉她游戏。结果好一会都没反应。

乔晶晶正怀疑自己的投资打了水漂，手机上方却跳出QQ信息提示框。

于途：“不用送我皮肤。”

乔晶晶怔了一下才点开QQ，她没想到于途会在QQ上和她说话。

于途那句话孤零零地显示在对话框的左上方。乔晶晶看着，忽然有点失神。好像好久好久以前，那个才十几岁的她每天都盼望这个对话框里会出现这样一句他先开始的话。

没想到实现这个愿望居然是十年后了。

物非人也非，乔晶晶为昔日的少女心事笑着摇了摇头，但是一时却不知道回复什么了。

她放下手机去跑步机上跑了一会，中途接到了玲姐的电话，告知她明天他们全家亲子活动，她不用去工作室训练了。

挂了电话，乔晶晶握着手机，不知怎么的，一个大胆的想法忽然出现在她的脑海。

她来不及多思索，打开QQ敲出去一行字：“我能不能请你当我的教练？”

第六章

于途直接敲了个"？"过来。

乔晶晶捧着手机，越想越觉得自己这神来之笔十分正确。她现在也发现了，于途虽然是钻石，但是比玲姐家的阿国水平高多了，跟着他打也比跟着阿国打进步更快，如果他也能像阿国那样专门教她，那她肯定进步神速啊。

但是怎么说服于途当她这个"陌生人"的教练呢？

于途这种当年连她都能拒绝的男人实在很难搞啊。

乔晶晶也不着急回答他。抓着手机在客厅转悠了两圈，然后打电话给小朱："小朱，你让丹丹立刻帮我做个图，内容就是一家单位要组织一场王者荣耀的员工比赛，单位随便编一个，高大上一点一看就很潮的那种，十分钟给我。"

小朱觉得自家艺人最近的要求都十分诡异，但是还是尽职地去办了。

十分钟后，乔晶晶把丹丹十万火急赶出来的图发给了于途。

"我们单位要组织王者荣耀比赛，我想赢得好看一点，对我以后工作有帮助。"

于途："……"

乔晶晶："难道你们单位不举办活动？"

于途："朗读比赛算不算？"

乔晶晶："……"

乔晶晶都好奇了，他到底在什么地方工作啊。大学他不是读金融的吗？那些投行什么的不是很时髦吗，搞朗读比赛？

不过现在不是满足好奇心的时候。

"我报了名了，但是其实我根本不会玩，又不能让单位同事发现我根本不会。"

"我觉得你还是找别人更好，我随时都可能不玩这个游戏。"

乔晶晶一愣："为什么？"

于途心里有些烦躁，居然跟个不知道什么时候加的网友聊那么久，但是出于礼貌还是解释了一下："最近在休假，随时都可能结束假期。而且其实我也才玩了没多久。"

没多久就能这么厉害？乔晶晶更激动了，那是不是说明她也有指望这么牛？说起来当年她成绩虽然没于途好，但是后来努力一下也到了第二梯队的。

乔晶晶眼珠转转："那我们平时打的时候你能多指点我一下吗？比如告诉我哪里不对啊，应该怎么做，这样可以吗？哪天你不打了我再去找别人。"

乔晶晶："玉兔大神，拜托啦。"

补一个可怜兮兮的表情助阵。

过了好一会于途才回答："可以。"

乔晶晶一握拳。

OK了！慢慢来。答应了第一步第二步还会远吗！

等等，她的第二步是什么？？？

不过乔晶晶下意识地跳过这个问题，笑眯眯地打字："那让我们立刻开始吧！"

不等他回答，乔晶晶直接切换到了游戏界面，然后直接把邀请发到了QQ里。

于途看着QQ对话框里跳出来的链接，不由有点恍惚。

他好像明明拒绝了她,怎么现在却有种答应了的感觉?

两人匹配了三个路人,开始了战斗。

在选择英雄的界面,乔晶晶依旧选了蔡文姬,结果队友居然又选了牛魔和大乔,这样辅助就太多了,于途直接敲字:"你用王昭君。"

乔晶晶从没用过王昭君,倒是见对手用过,好像挺厉害的?反正有于途在,她是无所畏惧的,于是就选定了王昭君。

十八分钟后,她光荣地奉上了0-8的战绩。

这还不是最惨的,最惨的是,杀了她三四回的对方中单还给她点了个赞。

乔晶晶感觉受到了羞辱。

她气愤地回到QQ说话:"对方中单居然给我点了个赞!"

于途:"稍等。"

一会他发了个游戏邀请过来,乔晶晶点进去,看见了熟悉的队友好慌他们。

手可摘棉花:"我还是用王昭君?"

没有路人在,于途就开了语音:"你们单位比赛的话大概率是征召模式,蔡文姬很可能被禁,而且这个英雄带不起节奏,逆风没什么作用。新手用王昭君还不错。"

乔晶晶也开了语音:"可是我不会啊。"

"她技能挺简单,一技能伤害加减速,二技能冰冻,三技能下雨,连招123,召唤师技能你改成闪现。"

乔晶晶连忙改一下。

好慌插口:"等下等下,发生了什么我不知道的事情?什么单位比赛?"

选英雄的时间已到,进入游戏后乔晶晶回答他:"是我们单位组织王者荣耀比赛,所以我请玉兔大神教我一下。"

好慌发了一连串意味不明的字符。

史莱姆包说:"于途教人还是可以的。翟亮就是成果,开始他火舞渣成啥样。"

好慌不服气,"我就看了一回,学习了下指法,后面都是靠我自己意识好。"

还有指法?

乔晶晶好学地问:"王昭君有什么指法吗?"

2001说:"不存在吧。"

听起来好像这个英雄很简单啊,这局表现乔晶晶稍微好了一点,但是也没好到哪里去,最后是2-7-2的成绩。

于途到最后才提醒了几句,"二技能注意预判,开大的时候可以用闪现调整位置,刺客打你的时候,你在自己脚下放二技能。"

乔晶晶连忙记住了,接着又用王昭君打了三局,渐渐找到了玩这个英雄的乐趣,有时候运气好冻住脆皮开个大,还是比玩蔡文姬更有成就感的。

第五局她又拿了王昭君,结果读条的时候,她发现对方队伍里居然也有一个王昭君。

在这个游戏里撞英雄,对乔晶晶来说,简直比走红毯撞衫还恐怖,撞衫一般她都能赢,反正是别人尴尬,游戏里肯定尴尬的是她啊。

乔晶晶分外地紧张,导致这一局打得还不如之前,被对方王昭君冻来冻去,死得十分凄美。

一局结束后,于途是胜方MVP,对方王昭君是败方MVP。乔晶晶想了想,郁闷地把这一局的视频保存了下来。

晚上睡觉的时候,乔晶晶把第五局的视频拿出来看,用的是对方王昭君的视角,看她怎么钻草丛阴人,团战中怎么站位,感觉颇有收获。

当然,她得努力忘记那个笨拙的猪对手是她自己。

唉,没想到当年她学演戏要反复地观摩前辈的视频,打游戏居然也要看。上天造物的时候一定是给她的美貌值太高了，于是各种天赋点只能省一点了吧？乔晶晶颇有逻辑地怜惜着自己。

第五局的视频看了两遍，她还是没什么睡意，于是又随意点了前几天和于途组队的一场匹配看，切了于途的视角。于途用的是诸葛亮，一贯的秀天秀地，开局八分钟的时候，丝血的诸葛亮被对方三分之一血的射手追杀，连续交技能和闪现逃生。对方射手见他已经跑了，便安心地在自家野区打野，谁知道诸葛亮却悄悄地折了回来躲在旁边的草丛，在射手路过的时候一个一技能加大招直接收割了人头。

乔晶晶想起那会对方射手暴跳如雷，连骂诸葛亮太阴，不由若有所思……

很快得出结论——我也要阴一点。她之所以一直打不过别人，就是因为太正直了！

打游戏这事，其实也需要顿悟。乔晶晶忽然领会了要猥琐的真谛，水平就飞速地上升了一截。再跟好慌他们打的时候，终于不那么严重地拖后腿了，有一次运气极好地冻住了三个残血，紧张地赶紧开大，居然拿到了人生中第一个"三连决胜"。

好慌他们给她打666，足足赞美了一波。乔晶晶也很得意，把视频录下来自我欣赏。

然而夜深人静一个人复盘的时候，却发现她三杀的时候于途就在旁边，站着没打。

这个三杀，居然是于途让的？

她有些郁闷地打开QQ，趴在床上打字。

手可摘星辰："我三杀那会你故意让我的？"

没想到于途居然在线，过了几分钟回复她："我的经济足够，你拿人头比较合适。"

乔晶晶捧着脸，顺手改了个ID，也等着过了几分钟，才回复过去。

手可摘棉花："谢谢^_^"

当玲姐想起自家艺人居然已经连续好几天请假不去工作室后，直接就杀上她家去了。开了门还没来得及说什么，就听到王者荣耀的音效从乔晶晶手上的手机里传出来。

这，好像没在偷懒？

乔晶晶头也不抬地回头往屋里走。玲姐赶紧追上去，然后就眼睁睁地看着乔晶晶用王昭君拿了个MVP，战绩八杀三死，简直目瞪口呆。

"你这是人机？"

"你才人机。"乔晶晶白了她一眼，"单人排位好吗？"

自从三杀培养了自信后，乔晶晶就偷偷一个人去排位了，一开始很紧张，结果发现青铜什么的，很好打嘛。

玲姐这下真的是惊了，"不得了，居然有胆子一个人去单排了？"

"我已经黄金四，都是单排上去的。"

"你这是吃了什么药了这么厉害。"

乔晶晶得意洋洋："天赋！"

玲姐捧场："厉害厉害。阿国没教你这个吧，你自己练的？"

"嘿嘿嘿。"乔晶晶忍不住炫耀了，"其实我找了一个游戏高手，让他带我的，我觉得他比阿国厉害很多啊。"

玲姐敬业地担心了一下："他可靠不可靠，不会爆料吧？"

"放心，他根本不知道我是谁。"

"网友？那怎么教？"

"开语音啊，告诉我技能怎么用，怎么走位该干吗。"

"哎我去喝个水。"沉迷游戏导致口干，乔晶晶把手机塞给了玲姐，"就是我好友里那个玉兔捣药，你点头像可以看战绩的。"

玲姐拿过手机，好奇地点开头像看对战资料，一看之下不由有点咋舌。胜率高就算了，全场最佳比例也是奇高，再看常用英雄里面，诸葛亮的胜率居然高达百分之九十几。她服气了。

"是比我家阿国厉害。"玲姐把手机还给她，放心的同时又觉得遗憾,"唉,要是现实中有这么可靠又玩得好的人直接面对面教你更快吧。"

玲姐言者无心,乔晶晶却是心中一动——于途……本来就是现实中的人啊。如果他直接教她,会是什么样子?

说起来也是奇怪,都过去好几天了,他的假期好像还没结束?而且每天都在游戏里,假期有这么过的吗?

他现在到底在做什么呢?总感觉不太像金融圈的人啊。

等玲姐走了,乔晶晶戳了一下于途的QQ。

手可摘棉花:"兔神,你的假期就在家打游戏啊?"

于途没有回复她。

乔晶晶越想越好奇,等不及于途回答,又去戳了下佩佩的微信。

她问得很有技巧。

晶晶:"佩佩,我们班有啥现在工作很牛的同学吗?"

佩佩:"不就是你吗?"

晶晶:"我是说以前成绩特别好的那批,都在做什么啊?"

佩佩:"哦哦,他们啊,齐骑在一个图书公司当总编辑了,王江在一个五百强当到副总了吧。"

晶晶:"还有呢?"

佩佩:"孙秀在市长秘书办公室。"

佩佩:"还有杜嘉,好像在阿里,收入很高的。"

乔晶晶:……

三分钟后。

晶晶:"于途呢?"

第七章

佩佩不知道去干吗了,一直都不回复,乔晶晶简直恨不得穿过微信把她揪过来。

佩佩:"于途好像是在上海的航天所吧。"

航天……

居然是航天?

乔晶晶坐直了身体,急急地追问:"可是他大学不是读的金融吗?"

佩佩:"你咋记得那么清楚?"

佩佩:"我怎么知道他怎么去航天了。"

佩佩:"你问这个干吗?"

乔晶晶扔了手机,不打算再回答她了。又过了几分钟,佩佩忽然发了两张截图过来,上面是高中同学群里的一段对话。

丁超群:@于途,上次买了你朋友圈发的你们所的空气净化器,忽然坏了,打维修电话打不通,你能不能帮忙问问啊?

丁超群:刚打通了说要到明天晚上才能过来修,这孩子房间里用的,你能不能打个招呼提前一点,孩子本来感冒就咳嗽。

李明:于途还卖净化器?

丁超群:他们所研发的民用什么的吧,我想航天科技肯定牛,也是没想到。

于途：哪里坏了？@丁超群

丁超群：启动不了。

于途：你家是不是在闵行这边？

丁超群：对。

于途：我直接去帮你看看。

乔晶晶十分仔细把对话看了一遍，然后谴责佩佩乱发图片："发这个给我干吗？"

佩佩："昨天群里的，我刚想起来，就给你看看呗，人家的确是搞航天的嘛。"

是啊……居然是航天……

原来他没有放弃自己的理想。

乔晶晶想起那个在航天论坛上侃侃而谈的男孩子，少年时代的于途，忽然在眼前无比清晰起来，渐渐又和游戏里的那个玉兔捣药重合在了一起。

乔晶晶忽然升起无限好奇，他现在会是什么样子了？

如果有一天他们在人群中偶然碰见，应该会很有趣吧，可惜她没法随心所欲地到处溜达，所以大概也不会有任何偶遇。

窗外雾霾沉沉，高楼远眺，看不清这个城市的模样。乔晶晶坐在落地窗前的沙发上发了好一阵呆，不知怎么地忽然心中一动，脑海中闪电般劈过了一个想法。她抓过手机有些兴奋地打字："佩佩，你把于途发的那个净化器广告给我看看！"

于是，第二天晚上，老五人组——玉兔捣药，要开学了好慌，史莱姆包，龙王2001以及手可摘棉花一起组队匹配的时候，乔晶晶开始了她的表演。

先是颇有层次地咳嗽两下，然后抱怨："唉，上海雾霾好大啊，你们那有雾霾吗？"

于途一般非必要不说话，好慌最配合："我和于途也在上海啊，巧！"

另外两个也纷纷报了坐标，一个在杭州，一个在武汉，并表示大家同雾霾共命运。

乔晶晶顺势往下演："你们用什么牌子净化器？我家买了一台玉兔空气净化器，结果没用几天就坏了。"

跑在她前面的玉兔捣药忽然停顿了一下。

乔晶晶嘴角上扬。

好慌叫起来："玉兔空气净化器？于途，那不是你们那搞的东西吗？"

乔晶晶给好慌点了个赞，这接戏能力一等一啊，不枉她选在大家一起匹配的时候说。

乔晶晶的声音充满意外和惊讶："这个净化器是玉兔大神你们公司的产品？我就是看名字和你一样才买的，没想到这么巧。"

于途："是我们一个实验室跟外面合作的。你换个插座试试，我有个同学也买了，也说启动不了，我去看了下，结果是他家里的插座问题。"

……这同学怎么把她的招数抢了！

乔晶晶硬着头皮："换过插座了，也不行，打电话给维修说要排到后天。可是家里老人咳嗽很严重，唉……"

好慌："你们合作单位的售后不太行啊，于途你去帮棉花看看？"

一个赞给他简直已经不够了啊，乔晶晶决定找个机会送他全套皮肤！

于途没说话。

乔晶晶声音充满了期待："玉兔大神还懂这个？"

好慌："那当然，他兼职排除故障专家。"

乔晶晶："那玉兔大神你能不能帮我的净化器看看？"

于途："你把你的联系方式给我。"

这么容易？乔晶晶正意外，就听于途接下去说："我让那个实验室的人去打个招呼，先去你家看看。"

……就知道没那么容易。当年她加他个QQ都那么难，怎么可能轻易去女网友家。

还好她还有大招。

"谢谢，不过。"乔晶晶叹气，"其实这已经是第二回修了，感觉就算来了也没啥用。"

龙王2001："这么不靠谱，到底哪里出了问题啊，我还想买来着。"

史莱姆包："于途你们行不行啊？"

乔晶晶叹息："就是啊，我是看广告说用了航天技术才买的，没想到……"

乔晶晶一边说一边内心默默忏悔一波。对不起啊祖国伟大的航天技术，回头一定给你们加血！

好慌："维修的没说哪里的问题？"

乔晶晶："我看他也很为难的样子，好像也找不出问题在哪。"

好慌："于途要不你去看看啊。"

乔晶晶没再说话，就怕说多了过犹不及。于途杀了对方一个花木兰才开口，"你和你父母一起住？"

乔晶晶眼睛一亮，连忙回答："是啊！"

"他们现在在不在？"

乔晶晶按捺住激动："在！"

又安静了一会，于途说："方便的话，我过去看看。"

乔晶晶差点跳起来，成功了！

她还当什么演员啊！她应该去当编剧才对。

乔晶晶沉住气，一派稳重地明知故问："我家在浦东，会不会有点远啊，太麻烦你了吧？"

于途："没关系，把地址发我。"

一局打完，大家都退出了游戏。

翟亮奔到于途房间，"于途你无不无聊，还要选在人家父母在的时候去。"

于途拿起外套往外走："你无不无聊？"

城市的另一边，乔晶晶放下手机急急忙忙地走出卧室，对着在客厅里守着的小朱说，"小朱，快把那个新买的净化器包装拆了。"

说完急匆匆地回卧室化妆去了。半小时后出来，抓住小朱把她的视线掰向自己的脸："看看妆是不是浓了？"

一张精致的顶级美颜近在咫尺，小朱虽然天天看见，此时仍然看呆了一下。乔晶晶放开她，"果然浓了点？"

嘀咕着回了卧室。

小朱："？？？"

过了十五分钟乔晶晶再出来，已经换了个清新可爱的新妆容。穿着一条宽松的大毛衣，露着纤细白直的长腿，绑着松松的马尾，活脱脱一个清新可爱的美少女。

"够少女不？"

换个人小朱大概会说够不要脸的，但是此刻只能恍恍惚惚加心悦诚服地说："少女少女。所以，晶晶你到底干吗啊？"

都这么晚了，变什么装啊。

乔晶晶满意地拍拍手，走向净化器："破坏净化器。"

于途随着人流走出了地铁站，一阵夜风吹来，他放慢了脚步，忽然觉得这一切有点不可思议。没想到他也有见网友的一天，不过生命的奇妙大概就在于不可预测，就像几年前他坚信自己要为兴趣和理想奋斗终生，最终却还是败给了现实。

棉花给的地址离地铁站并不远，十分钟就走到了。

小区看上去安保十分严格，门口已经有个二十多岁的女孩子在等着，那个女孩子捏着手机，从他出现，就表情十分激动地盯着他。

于途走过去，"棉花？"

女孩子立刻十分漫画地握着拳头压住自己的嘴，瞪着他上上下下地打量一番，激动得不行的样子，好半天才磕磕绊绊地说："不、不是，我不是，我是她助理，她在家里等你，我带你过去。"

这个声音的确不是棉花。可棉花不是说她是职场新人，怎么会有助理？

于途有些疑惑，不过还是跟上了她的脚步。

一路上女孩子时不时地扭头"偷偷"打量他，有次正好撞上于途的视线，立刻尴尬了。"那个，我叫小朱，在最里面的一栋，有点远。"

于途点点头，"没事。"

又走了几分钟。

"就快到了。"小朱带着于途快步往前，突然，她停住了脚步，看着前面吃惊地喊："晶晶，你怎么自己下来了？"

晶晶？

于途脑海中忽然闪过什么，瞬间抬眼望去，然后整个人就怔住了。

不远处的大堂里灯光明亮，一个纤细高挑的女子站在那里，正微微仰着头在看大堂里的布告，她侧对着他，戴着大大的帽子和口罩，整个脸庞只露出一双深邃明亮的眼睛，却把整个场景衬托得像一幅无可挑剔的光影照片。听到声音，长长的睫毛动了一下，她转过头来。

那双灵动的眼眸一下子就看向了他，似乎凝视了几秒，然后闪过了一丝促狭的笑意。

"我怕待会有人觉得我太大牌了，所以下来迎接一下啊。"

是乔晶晶。

高考一别以来，他们已经有十年没见了。或者这么说也不对，其实他到处可以见到她，在各种新闻媒体、各种大小屏幕，甚至地铁广告、公车站牌上,处处都有她的身影。

　　看着不远处那个朝他盈然而笑的女子,于途不能免俗地恍惚地觉得——他大概遇见了一个奇遇。

　　乔晶晶也在看着于途,她想,有句话,很流行的,怎么说来着。

　　哦,好像是——

　　归来仍是少年。

　　她在滚滚红尘中奔波名利,而这个人却一如既往,眼神清澈。

第八章

时光恍若流水,一时间,气氛有些惘然。
于途先回神过来,"好久不见。"
乔晶晶点点头,也说:"好久不见。"
于途沉默了一会,提议:"我们去看看你的净化器?"
乔晶晶:"……"

乔晶晶咳了一声,"我在家里蹲了好几天没出门了,有点头昏眼花,不如我们先出去走走?"
于途微挑眉头。
"唉,是这样。"乔晶晶嘴上唉声叹气着,表情却很灵活,"本来呢,我想用'没通电'这个大招的,没想到丁超群已经用了,我对着这么可爱的净化器,实在有点舍不得去破坏它……所以,它正在好好工作。"
于途的神色有一丝意外,最后犹豫了一下说,"外面挺冷的。"
乔晶晶愣了一下,顺着他的目光看向自己的腿。看见于途飞快地撇开视线,她心中暗笑。
"好,我上去换个衣服。"

乔晶晶家小区出去没几步,便是沿着黄浦江的滨江大道。虽然和外滩只有一江之隔,这里却人烟稀少多了。

乔晶晶加了条长裤，又把头发放了下来，再戴上帽子口罩平光镜，整个人遮得严严实实的，根本看不清长相。只是她明星做久了，举手投足间天然带着一种引人注目的气质，再加上旁边一身风衣挺拔出众的于途，两人走在一起，难免引得路人频频侧目。

乔晶晶忽然说："我觉得跟你走在一起有点不安全。"

于途："……这话是不是应该我来说？"

他才是应该担心随时被她粉丝发现的人吧？

"不是，我有时候跟小朱，就是刚刚那个妹子，出来散步一下真的没那么多人看我们。"

乔晶晶在毛衣的巨大口袋里摸了一下，居然摸出来一个口罩递给他："别连累我被发现啊，会上头条的。"

于途十分怀疑，他一个大男人戴着一个粉色的口罩，难道不会更引人注目？而且她口袋里居然正好有一个口罩，这是不是太巧了？

回想这阵子和她打游戏的种种，以及今天被"骗"过来的经过……于途十分确定，这大概不是巧合。可乔晶晶举着的手实在太执着，于途只好接过，戴上了口罩。

然后就看见乔晶晶眼睛得意地弯了一下，他心中也是一哂，着实没想到这位高中同学这么的，童趣？

戴好口罩，两人又往前走了一段路。于途看乔晶晶一派悠闲自在，完全不打算说话的样子，只好先开口问出自己的疑惑，"你怎么会和我打游戏？"

"啊？"乔晶晶好像在走神，闻言扭头，眼睛眨了眨，"你邀请我的啊？拉错了，你忘了？"

于途当然没忘，但是，"你怎么会在我QQ好友里？"

乔晶晶郁闷了，这种曾经用小号偷偷加你QQ的事情需要解释吗？她美眸一瞥，气势十足地反问："你健忘症？"

于途顿时明白了，不由也有一丝尴尬。

"你是不是还想问我今天找你来干什么啊？"发现大家有点尴聊的趋势，乔晶晶决定还是快点进入正题。

于途看向她，静待下文。

乔晶晶想了想，问他："你有没有微博？"

于途点头，"有。"

"那你登陆去我微博看看。"

于途看了她一眼，拿出手机登陆微博，找到了乔晶晶的微博页面，然后就看见了她最新发的微博。

乔晶晶V：
刚刚买了个超可爱的兔子净化器，很好用，关键是超萌有没有？

下面带了一个她比着兔子耳朵和净化器一起的自拍。

目光在图片上停留了一瞬，他下拉了一下评论，才发没多久，评论已经破五万了，还不断在上升中。大都是喊着"有有有女神好萌""女神推荐的净化器买买买"之类的回复。

恰在此时，手机界面上弹出一则微信提示。

穆一：挖，我们这么有钱了？居然请了女明星打广告？

于途点进去，微信上研究所的大工作群里正在热火朝天地讨论着，大概有三四个人同时发了乔晶晶的微博截图。

王春：乔晶晶这么红，发这么一条多少钱啊？@斜月一轮，你老公不是在那个合作的公司吗？去问问。

斜月一轮：问了，他说他们没请！之前问过小明星都要三十万一条，怎么敢想乔晶晶。

斜月一轮：老公说淘宝店卖空了，还有好多订单。备货少，没想到会发生这种事啊。

李伦：话说之前唯一的宣传就是所有员工发一轮朋友圈吧？这下牛

炸了。

于途收起手机,抬头看乔晶晶。

"为什么?"

乔晶晶眸光流转:"反正我也没这类代言,又不冲突,发一下支持祖国航天事业啊。"

于途注视她片刻,忽然一笑,"谢谢。"

说完便继续往前走。

乔晶晶傻眼:"……等等!"

一追上去,才发现于途眼中带着微微的笑意,乔晶晶顿觉受骗,有点恼了。"你太不厚道了。"

"我以为不厚道是骗我说单位要打王者荣耀的比赛。"

乔晶晶有点心虚,但是很快理直气壮,"我也不算骗你啊,我的确要去打王者荣耀比赛。"

于途微微抬眉,表达出一丝疑惑。

"你知不知道,我代言了王者荣耀?"

于途点头:"有阵子打开游戏会有你在送铭文的活动。"

"哦……总之,差不多一个月后,我要去和职业选手同台比赛。"乔晶晶也懒得解释了,"你把我微博往前面翻一翻就知道了。"

几分钟后,于途翻完了微博。"……所以下个月你要去KPL现场比赛?跟抽中的幸运玩家?"

"五个幸运玩家,加我六个人,所以还有四个职业选手,有职业选手参加这事还没公布。"

于途沉默了。

乔晶晶有些忐忑地问于途:"你觉得我的游戏水平怎么样?去打比赛的话……"

于途酝酿了片刻,客气地评价,"队伍里再多一个你,我估计也赢不了。"

"……"乔晶晶郁闷地瞪了他一眼。

"所以,"于途沉吟,"你想让我教你?"

跟聪明人说话就是省力啊,乔晶晶故作淡然:"可以吗?不是之前网上那种,那种效率有点低……最好现场面对面教,反正你休假,应该不耽误你工作吧……"

乔晶晶心里忽然有点扭捏,当然脸上还是那么毫无破绽,十分的云淡风轻!

于途有些为难。

"我没有看过职业赛,不知道他们水平怎么样,所以也不知道能不能教你。"

"这个没关系吧,反正我也不可能找别人教,你知道的。"

于途才看过她的微博,当然明白她的意思。不过,他注视着她,"你信任我?"

"啊?"乔晶晶有点莫名,"你是我同学啊。"而且又没有任何利益冲突。

于途还能说什么,心里长长地叹了口气,忽然觉得有点好笑。

他想起很久以前,高一的时候,有一天一个女孩子忽然跑到他面前,盛气凌人地说,"于途你教我数学吧,我请你吃肯德基。"

何其相似。

他忘了那时候他为什么拒绝,此刻却似乎没什么拒绝的理由,而他也的确无所事事,于是点点头说,"好。"

反倒是乔晶晶愣住了。虽然她之前自信满满地觉得自己都开口了他肯定会答应,但是居然这么简单?

"真的?"

"嗯。"

"心甘情愿的哦?"

于途点头。

乔晶晶高兴起来,立刻往回走,"那不逛了,我们回去打游戏吧。"

于途简直要跟不上她的节奏,"你父母在会不会不太合适?"

"谁跟你说我父母在的,他们在老家啊。"乔晶晶立刻把上一个剧本格式化了,兴高采烈地说:"我家只有兔子净化器。"

回去的路上和来时完全不同,一点都没有冷场,因为……于途一直在问她各种游戏里的问题。

乔晶晶有点蒙,这就进入学霸教学模式了?

到她家楼下于途才结束了提问,有些无奈地说:"教你的人怎么教的?"

乔晶晶感觉到了来自学神的蔑视,郁闷地说,"你玩游戏还去研究这些啊?"

"不用研究,打了几盘就知道了,这些细节有时候决定胜负。"他低头看了下表,"今天太晚了,我就不上去了。"

乔晶晶一看都十点了,点了点头。

"那明天,嗯,早上九点?你过来?"乔晶晶征询他意见,"你知道我不太方便出去的。"

于途其实觉得有点不妥当,但是好像也没别的地方可以去,思考了一下还是说:"可以。"

"那……再见。"乔晶晶朝他摆摆手。

"再见。"

于途绅士地按了电梯,等乔晶晶进去,才转身离开。

电梯门一关,乔晶晶嘴角就忍不住弯起来。

"小朱!"她欢乐地跳进家门,"我少女时代的一个梦实现了!"

小朱正一脸兴奋地窝沙发上向玲姐汇报细节,闻言连忙放下手机:"什么梦?"

乔晶晶:"学神教我数学!"

小朱:???

第九章

　　于途回家的时候，翟亮正在和乔晶晶打游戏，百忙之中瞄了他一眼："他回来了，你放心吧。"
　　乔晶晶的声音从游戏里传来，"怎么这么久啊？"
　　于途："地铁没了，要转车。"

　　乔晶晶愣了一下，王昭君不小心向塔走了一步，立刻被塔打了，对方打野李白不知道从哪里冒出来，一个大招就刷过来。
　　王昭君吓得抱头鼠窜："啊啊，救命。"
　　翟亮也大声喊："救不了你。"

　　于途不由莞尔，想起不久以前，翟亮还吐槽过明星，不知道有朝一日他若知道这个棉花就是现在最红的女明星之一会怎么想。
　　翟亮低着头打着游戏，随口问："于途，你净化器修好了没有啊。"
　　于途思索了一下回答："你问乔……棉花，以她的答复为准。"
　　翟亮心中有一句话不知当讲不当讲，这算什么答案？
　　"不打一局？"
　　"我有点事。"
　　翟亮总觉得于途去了一趟棉花家，好像有哪里不同了，但是哪里不同又说不上来。想了半天，对着手机问乔晶晶。
　　"棉花，你家净化器修好了没有？"

翟亮打完一局，屁颠屁颠地去找于途，结果却看见于途开着电脑，正凝神看着屏幕。他惊讶了一下，于途这阵子颓废得很，电脑碰都没碰过，今天这是怎么了，难道做好决定了？

走过去一看，电脑上的画面却是王者荣耀的比赛。

"你在看职业赛？"

"嗯。"

"怎么对这个有兴趣了？"

于途的回答十分漫不经心："大概就是，忽然有兴趣。"

"……"翟亮忽然想起一个重要问题，"对了，棉花漂不漂亮？"

于途这回沉思了一下，回答他："大街上随处可见吧。"

翟亮有点小失望，但是还是正义地批评于途："你嘴是不是有点毒？怎么能这么说人家姑娘。"

于途："实话。"

等到好久以后，翟亮终于见到了"棉花"的真面目……简直佩服得想打死于途，这脸……可不是大街上随处可见吗？

于途看比赛一直看到两点，乔晶晶两点钟都睡了一觉醒了。然后就有点睡不着，在被窝里发了一阵呆，她摸出手机，给小朱发了条微信。

"明天你让司机接于途吧。"

小朱这会当然不在，过了一会，乔晶晶自己撤回了信息。

这么做好像有点不合适……

对了，好像忘记了加于途微信啊……

乔晶晶迷迷糊糊想了一阵又睡着了，七点多很健康地醒来，小朱已经在微信里呼喊了半天。

"晶晶你撤回了什么？"

"要让我做啥啊？"

"半夜胃疼了？"

乔晶晶回复她："让你带双份早饭！"

"等等！"才发出去，她瞬间又改变了主意，"你早上不用过来了。"

然后她打开QQ发给于途。

"兔神，帮忙带个早饭^_^"

过了几分钟于途回复过来："好，带什么？"

乔晶晶万能答案："随便，对了，我家电梯密码××××，你直接上来可以吗？小朱不在。"

"好。"

九点钟，于途拎着一大袋早餐，准时敲响了乔晶晶家的门。

乔晶晶打开门，于途站在门口，脚步迟疑了一下才进来，将手里的袋子递给她。"随便买了点。"

看，让帮忙带东西就有话题了吧，但是……

"……我们吃得掉这么多吗？"乔晶晶抱着满满一袋子食物有点呆。

"我已经吃过了。"

？？？还是一人份？您对我们行业的胃有什么误解？

于途被她无语的眼神看得不得不解释了一下，"不知道你要吃什么，所以都买了点。"

"哦，那当午餐吃吧，我让小朱中午少送点。对了。"乔晶晶想起来，"我不太方便出去，所以以后午餐晚餐只能让小朱送到这里了，可以吗？"

"晚餐？"于途顿了顿，"所以我的工作结束时间是？"

乔晶晶倒没想过这个问题，眼眸一转，故意说："晚上九点？"

"你手不疼就行。"

乔晶晶："……"这倒是。

于途笑笑，"你先吃，我等你。"

乔晶晶飞快地解决完早餐，去客厅找于途。

早晨九点多的阳光轻盈地洒在落地窗前，于途坐在窗边的沙发上，正凝神看着电脑。乔晶晶的脚步顿了一下，总觉得这场景有些不可思议。

于途抬头看向她，"吃好了？"

乔晶晶点点头，有些诧异："你还带了电脑？"

于途"嗯"了一声，等乔晶晶坐下后问，"之前是谁在教你？"

"我经纪人的老公。"

"蔡文姬和孙膑就是他教的？"

乔晶晶点点头，"他让我打辅助，不过我后来跟你们玩，觉得王昭君更顺手一点。"

于途沉吟了一下，"你有没有看过职业竞赛？"

乔晶晶摇头。

"那先看几场。"

于途在笔记本上点开一个视频，"这是上半年的决赛，洛神对阵CS。"

"这个我知道，玲姐拿我的号转发过微博。"

"你没看？"

"我当时正在深山老林拍戏啊，信号很差的。"

"那现在看看。"说话间，视频里的决赛双方已经结束了扳选，进入了地图。

上半年的决赛打满了七局，几乎场场精彩，连看三局后，于途点了暂停，问乔晶晶："你有什么感觉？"

果然还要交心得体会！

乔晶晶思索着回答，"他们都死得很少？不像我们打架都几十个人头。"

"他们对自己的伤害量很了解，能不能打，打得划不划算，不会轻易地开团。"于途说，"你有没有注意到洛神战队的有鱼。"

"第一局打张飞的那个吗？解说说到他好多次。"

于途点点头，"第二局开始张飞就上了扳位，所以辅助的位置其实非常重要，有时候还是一个团队的指挥。"

所以之前阿国说辅助好打不太对？

"我辅助本来就很一般……那我能打王昭君吗？"

于途不置可否，"我看见你已经是黄金段位，自己去打的？"

乔晶晶很得意，"是啊，我还拿了好多个MVP。"

于途略一思索，把自己的手机递给了她，"你拿我的号排位试试。"

乔晶晶不明白他的意思，不过还是接过手机，开着于途的钻石号进入了单人排位，很顺利地选到了最近练得很好的王昭君。

十分钟后，乔晶晶体会到了，什么叫被杀崩。

她放下手机，脸色有点白。这一局还没有完，队友脾气还不错，只是不停发口号"猥琐发育，别浪""稳住，我们能赢"。

这差不多意思是让她别送人头了。

她把手机塞给了于途。

于途接过手机，操纵着王昭君回到塔下，低调地发育。

他一边低头打着手机，一边平静地陈述："你之前打黄金打得很好，但是打钻石就很吃力，你要参加的比赛，还有职业选手，难度只会比现在更大。我之前不知道你面对的情况，所以觉得打好王昭君就可以了，可是事实上，职业赛场上，王昭君根本上不了场。"

乔晶晶抿住嘴唇，心情有点沉。她找于途过来，其实更多只是一时兴起，现在才知道，其实是真的需要。

"我知道段位不同难度会大，但是没想到会差这么多。"她打起精神，认真地问："我现在要怎么做？"

于途有些意外地看了她一眼，十分简单地说："剩下还有一个月，你依靠自己，打到最强王者。"

第十章

乔晶晶最多沮丧了一顿饭的工夫，然后就自信满满了。

真是的，当年她演技不好，找了老师认真上了半年课不也……呃，过得去？九十五斤还被人嘲笑胖，结果三个月马甲线（的雏形）不也练出来了？

哦不对，雏形因为最近勤奋（沉迷）游戏已经没有了。

……这不重要，总之，她会是最强王者的。

于途在她对面吃饭，肉眼可见乔晶晶从一棵蔫掉的小草重新变成了自信的小白杨。吃完饭乔晶晶把饭碗一丢，充满信任地看着于途，"开始？"

于途站起来收拾碗筷。乔晶晶不好意思说小朱晚上会过来一起收拾，只好上前搭把手，两人把东西清理干净，于途拿起手机进入游戏。

"我们来1v1实战。"

"啊，我跟你打？那肯定打不过你啊。"

"通过实战，你要熟悉每个英雄的技能，伤害量，大招冷却时间以及一些操作细节。"

乔晶晶："……每个英雄？王者荣耀有七八十个英雄吧？"

于途"嗯"了一声，"所以并不多。"

乔晶晶："……"

于途开了房间邀请她，"进来吧，而且我也要看看，你适合哪一类英雄。"

乔晶晶被于途虐了一下午，开始怀疑自己请他来当老师正确不正确了。她放下手机，严肃地说，"我觉得不公平。"

于途静待下文。

"我还没到三十级，铭文还没满，你铭文比我多，我当然打不过你。"

于途给她看自己的手机，"我没几个铭文。"

乔晶晶点开一看，真的没多少，不少还是三级四级的……原来他一直没啥铭文，还打得这么风骚？

无话可说的乔晶晶又被虐了几盘，果断尿遁去了洗手间，回来的时候看见于途拿着手机在看什么，听音效应该是王者荣耀的视频。

走过去一看，居然是网上那个她玩小乔的视频。乔晶晶连忙拿手挡住，"不要看。"

这简直就是黑历史啊，尤其在她懂怎么打游戏之后。

于途从善如流地关闭视频，抬头淡定地说："我们来练小乔。"

乔晶晶："……"

六点钟的时候小朱送来了晚餐，乔晶晶一开门，就说："今天我要吃肉。"

"有白水鸡胸。"

"不，红烧的。"

小朱很为难："可是没准备你的啊，只有于老师的，而且你中午已经吃过两块了，晚上不能再吃了，乖啊。"

小朱和中午一样，送完餐就走了。乔晶晶和于途在餐厅相对吃饭，餐盒都摆好，一对比，两个人的晚餐完全是天差地别。

于途中午只是觉得她吃得特别少，但是吃的东西还算正常，晚上却都是些菜叶子蛋白和几块薄薄的鸡胸。

他顿时有点难以下筷,把自己的餐盒往中间推了一下,问:"你要不要先拿走些?"

呃,他听到她和小朱的对话了啊?

乔晶晶看了看他丰富的食盒,心向往之,但是还是克制地摇了摇头:"不用啦,你吃吧。"

她叹了口气,自责地说:"我这几天是又胖了点。"

于途看着她细得不堪一折的手腕:"……"

吃完继续练游戏,一打开游戏界面,乔晶晶却被好慌邀请了5v5匹配。她看了于途一眼,于途点头说:"玩一会吧。"

现在跟人开黑真的是放松啊,乔晶晶简直感动。

进入游戏,好慌叽叽喳喳地:"于途你今天去哪了,一大早就没人影。"

于途压根没开喇叭和话筒,自然也没搭理他。

乔晶晶也关闭了话筒,"好慌是做什么的啊,他好像也很闲。"

"他是我大学同学,之前在基金公司,不过下个月要出国了。他租的房子正好到期,这个月在我那过渡一下。"

哦哦,怪不得这么闲。

一局结束,于途说:"刚刚对方有诸葛亮,你满血的情况下应该给队友挡大招。"

乔晶晶:"……我不知道啊。"

于途:"这些是最基本的细节,你一定要知道。"

乔晶晶点点头,然后期盼地问:"你看出我适合哪一类英雄了吗?"

于途看了她一眼:"再打两天吧。"

乔晶晶自动翻译成再被他单方面虐待两天,眼前一黑,生无可恋。

第二天还是重复第一天的故事,乔晶晶连续输了两天,有情绪了,气愤地说:"你就不能让我赢一回吗?"

于途看了她一眼,然后手指停止了操作。

本来满场飞的不知火舞安静地站在了地图中央……

乔晶晶:"……不是这样的赢。"

于途想了想:"那你要求有点高。"

乔晶晶想哭。

她点到自己的战绩栏给于途看,"你看看我的战绩。"

于途看了一下,胜率的确有点可怜,"那只能去打别人了。"

……想赢只能打别人,虽然这是事实,但是你这么平淡地说出来是不是自恋得有点太明显?

乔晶晶心里吐槽着,蠢蠢欲动又有点担心:"跟别人solo?我打得过吗?"

于途:"打不过把手机给我。"

乔晶晶顿时展颜,开开心心地去跟人打架了。

乔晶晶选了这两天自己玩得比较开心的虞姬,对面是王昭君,乔晶晶对王昭君比较熟悉的,熟练地躲开王昭君技能,升到四级后,二技能近身,平A接大招再一技能,王昭君直接就被干掉了。乔晶晶有点不敢相信这么容易就赢了,不由看了于途一眼,于途……

于途毫无反应。

好吧,乔晶晶收拾起小激动,沉着地打了几个回合,把对方杀得投降了。

一局结束,她有点蒙。她居然这么轻松就赢了?

"继续。"

乔晶晶眼睛发光地又开了一局。这回她还是用虞姬,结果却被对方的孙悟空打得落花流水,乔晶晶有点不服气,使劲地按按按,完全忘记可以把手机塞给于途这回事了,直到水晶快炸了,才想起旁边还有一个高手,立刻塞了给他。

这时候已经是大劣势了。

于途接过手机，灵活地小走位后飞速地清理兵线，孙悟空只能退出等待下一波兵线。他大概太轻敌了，直愣愣就站住水晶前不动，于途一套连招，直接把他杀掉了。

乔晶晶看得一愣愣的，等到孙悟空复活再过来，于途也只是游走消耗，一边说："你前期死太多次，经济和装备比他差，这时候不要硬上，走位消耗他，注意清理兵线不要让兵线进塔。"

乔晶晶点点头。

虽然花了一点时间，但是于途还是把局势扳了回来，对方孙悟空也是服气，最后忍不住发问。

残龙傲雪（孙悟空）：你开头耍我呢？

乔晶晶忍不住扑哧一笑。于途没回复，结束战局后，把手机给乔晶晶。

"虞姬二技能可以免疫一切物理伤害，对线的时候要留着看准时间用。"

"我用刺客，你用虞姬，我们继续。"他看了下时间，"到你会准确躲避伤害为止。"

于途走的时候都快十点了。小朱咻溜地跑上来帮忙收拾残羹冷炙，结果看见厨房餐厅都好干净，而乔晶晶正欢乐地哼着歌玩手机。

小朱："练得很顺利吗？"

乔晶晶点点头，美滋滋的表情就差捧着脸了，"学霸不仅仅教我数学，还帮我打……哦，做作业。"

小朱：？？？

第十一章

1v1足足三天后，于途开始带着她打3v3人机，说是练习下小规模团战，乔晶晶发现自己轻轻松松就赢了，不由信心大振。

然后开始3v3模式的实战，立刻变成了艰难模式，倒不是说她多不行，主要是于途他压根不参团！老是一个人跑到野区打鸟打猪打小怪，让她和可怜的路人队友二对三，等到她和可怜的队友撑不住了，才跑出来秀一下。

美其名曰锻炼她的抗压能力。

不过学神毕竟是学神，乔晶晶还是学到了不少东西，不仅仅是英雄的使用技巧，于途边打还会边跟她说一些她以前压根不注意，却其实很重要的细节。比如说补兵，比如说根据对手来调整出装……

要知道她以前打王昭君，根本是一套装备打到底的。

下午的阳光正好，照得客厅里暖洋洋的。乔晶晶窝在沙发里，认真地打着游戏。

又是一场3V3实战，她玩的是孙尚香。

队友已经死了，于途的张飞终于从野区过来，塔下一声吼，吹飞了对方三人。乔晶晶正想冲上去打人，就听到于途的手机响起来。

乔晶晶立刻缩回了塔下。

每次有电话来游戏里就会卡，就算立刻挂断，游戏里的人物也有几秒钟卡住不动，团战的时候卡几秒钟基本就等于死。

她放弃了追击的打算，无意地朝旁边于途的手机上瞥了一眼，却看见来电显示上闪烁着一个熟悉的名字——夏晴。

居然是夏晴？

乔晶晶还来不及想什么，就见于途手快地按了挂断，乔晶晶有点意外，"你不接吗？"

于途表情平静地操作着张飞，"打完。"

这一局飞快地就结束了，于途站起来，"我打个电话。"

他走到阳台打电话，很快又回来，跟乔晶晶说，"我出去一趟。"

乔晶晶忍不住好奇："夏晴也在上海工作吗？"

于途回答得有些耐人寻味："应该还在北京。"

应该啊？

乔晶晶若有所思，朝他挥手道别，然后打自己的游戏去了。等一局终了，她放下手机，忽然有点担心起来——虽然是"应该"，但是有些事情很说不准啊，她会不会从明天开始没老师了啊？

夏晴约的地方离乔晶晶家并不远。于途没有迟到，不过他到的时候夏晴已经在咖啡馆里。

他点头致意后坐下，夏晴说："帮你点了美式。"

"谢谢。"服务员正好送上咖啡，于途问："来出差？"

"其实我是在杭州出差。"

她说一半就停下，于途端起咖啡，却没有接话问她怎么会来上海。

夏晴牵了牵唇角，"你怎么在陆家嘴这边？"

"正好有点事。"

"哦，我还以为你在这边面试。"

于途端咖啡的手微微顿了一下。

"我在杭州跟包包吃了个饭，他说，你准备从研究所辞职了。"她注视着于途，"是真的吗？"

"是有这个打算。"

"为什么？"夏晴的语气忽然加重了，"当年不惜和我分手也要去的地方，现在就这么轻易放弃了？"

于途沉默。

夏晴笑着靠向沙发，"我倒希望你坚持下去，不然显得我在你心里毫无地位，原来你不是不可能放弃，只是我不值得。"

于途叹了口气，"你和我在一起之前，就知道我在准备航天方向的考研。"

夏晴自嘲道："有句话怎么说来着？世上最可笑的幻想，就是以为你能改变一个人。"

于途喝了口咖啡，跳过这个话题，"你还在QE？"

"早就跳槽了，刚刚升了MD，薪水比毕业的时候翻了几倍，辛苦也翻了几倍。"

"你一直很优秀。"

"但是很累，我经常在想，我一个女人，为什么要这么累？"夏晴低头搅拌着咖啡，"打算换哪个方向的工作？听说DF总部给了你Offer。"

DF的总部就在北京。

于途顿了顿说："我已经拒绝了。"

夏晴语气很平静："是吗？"

她又喝了几口咖啡，放下杯子，看了下时间，"两小时后的飞机，我该走了。"

咖啡馆在商场里，离开的时候要穿过人潮汹涌的商场，两人沉默地走在人群里，夏晴忽然停住了脚步，看向商场里挂着的巨大海报。

"看，乔晶晶。"

于途抬头看去，从三楼挂下来的巨大的海报上，乔晶晶脸贴着手机，正朝着人群巧笑倩兮。

"你说她现在如果想起我们,会不会觉得可笑,以前班级里成绩最好的,现在却远远比不上她了。"

于途从海报上收回目光,"不会。"

夏晴有些惊讶,她以为于途根本不会回答。"你倒是很自信。"

出了商场门,于途说,"我送你去地铁站。"

夏晴愣了一下,笑着摇了摇头说:"于途,你还停留在过去。"

她拢了拢头发,"我好几年没坐地铁了,待会下了飞机还要见客户,就不去挤了。"

于途点点头,拦住一辆出租车,礼貌地送她上车。

拉开车门,夏晴却又停住脚步,回头,"你明知道我的来意是吗?"

于途只能沉默。

"你眼里只有头顶的天空,感情什么的,是不是渺小如灰尘,根本不值一提?"

于途微微皱眉:"你何必讽刺我。"

夏晴"呵"地笑了一声,"不是讽刺,是感悟,于途,你不该耽误别人的。"

乔晶晶开门看见于途的时候吓了一跳,她还以为是小朱,"你怎么回来了?"

她看向客厅里挂着的装饰钟,一个小时都不到,这是进展太顺利还是一言不合一拍两散了啊。

于途说:"你不是说要晚上九点结束?"

她之前故意说说而已啊,不过于途倒真的每天九点之后才走……

"我随便乱说的,你要是有事……"

"没事,我们继续。"于途边说边脱掉外套挂起来,向里面走去。乔晶晶跟在后面琢磨着,这好像是一拍两散了啊。

两人坐回之前的位置。于途让乔晶晶用扁鹊跟路人匹配打3v3,他在一旁观战，打了几局后，又让她试试用不知火舞，乔晶晶看见好慌上线，就把他拉了进来。

进了游戏，好慌嫌弃地说："怎么打3v3啊，没意思。"

"练小规模团战啊。"

"很勤奋嘛，不过……"好慌有点贱兮兮地拖长声调，"小棉花，你要不要考虑改拜我为师啊？"

乔晶晶奇怪："为什么？"

好慌："因为你玉兔大神快名花有主了。"

乔晶晶："……"

她看向于途。

好慌在那八卦兮兮地："他最近早出晚归的，我还琢磨着在干吗呢，结果今天听史莱姆包说是有情况，具体的我不能透露，总之你以后还是跟我混吧。他估计没时间带你了。"

你已经透露得太多了……

乔晶晶美眸一转，贼笑兮兮地说："真的吗，已经早出晚归这么不安于室了……"

修长的手指忽然擦过她的发丝，关掉了她手机屏幕上的喇叭和话筒，世界顿时一片清净。

于途低沉的声音响在她耳边，"专心。"

他的手收了回去，若有似无的感觉却依稀还停留在发梢，乔晶晶忽然觉得自己一侧的脸颊有点麻，被她操作着的不知火舞莫名其妙丢了敌方残血，跑向了野区。

她连忙把身子一侧，不让于途看见她乱七八糟的操作。幸好这时门铃响起来，乔晶晶清清嗓子，"小朱大概送晚饭过来了。"

"我去拿。"

于途起身去开门，然而门一打开，外面站着的却不是小朱，而是一个和他差不多高的陌生男人。

那人一身西装笔挺，看见他，俊朗的面容上浮现了一丝诧异，然后目光越过了于途看向室内。于途不知道他的来意，微微侧过身体挡了挡。

3v3节奏比较快，乔晶晶飞快地结束了这一局，扔了手机向门口走来，"小朱我让你带的酸奶……"

她的声音在看见门外的男人的时候戛然而止，一时也是蒙了。

这什么情况？他怎么会来这？

那个男人目光在乔晶晶有些凌乱的头发、随意的家居服和赤脚拖鞋上浏览了一遍，最后点点头说，"开车路过的时候看见有灯光，所以……打扰了。"

然后就十分有风度地离开了。

乔晶晶："……"

于途看向乔晶晶："不用跟他解释下？"

"谁要跟两年前就分手的前男友解释啊。"而且还这么装……不过今天什么日子啊，前男友前女友什么的扎堆冒出来，世界怀旧日？

姗姗来迟的小朱从电梯里冲出来，"晶晶晶晶，我怎么在楼下看见……呃，于老师。"

她看见于途，立刻住了嘴。

乔晶晶正要找她，"他怎么能上来，电梯指纹不是删了吗？"

小朱："可是还有密码能上来啊。密码本来也改过了，但是你老忘记新的，就又改回去了。"

"你去物业再改一遍吧，改成1316，现在就去。"乔晶晶催促她。

"这是什么？"

"我迄今为止最好的战绩，13-1-6。"乔晶晶想起来就得意，"绝对不会忘的，放心吧。"

小朱被赶去改密码，乔晶晶和于途面对面坐在落地窗前的地板上吃东西。照例于途是卡路里满满的三菜一汤，乔晶晶是她生无可恋的水果菜叶子和蛋白，对比之惨淡，十分需要聊点东西增加营养。

乔晶晶觉得她和于途今天都很尴尬，于是尴尴得正，大家都不用尴尬。反正也被于途撞见了，乔晶晶忍不住就吐槽了下。

"我跟他谈了大半年恋爱，有一天他忽然跟我说，他家里人比较保守，可能不会喜欢我的职业，他希望我先退出娱乐圈，他再去跟他家里人说。

"然后我就说，我家里也不喜欢从商的，觉得风险太大，动不动就破产什么的，要不你先辞职吧，不然我家里也不会同意啊。"

于途笑了笑，"苏先生其实很有才华，风评很好。"

乔晶晶有点意外，"你认识他？"

"我大学读金融的，这方面的消息还是会关注下。"

"哦……那你一定不知道他还这么自恋。"时隔两年，乔晶晶倒也不气了，不过戳起水果来还是用力了些，"你呢？"

"什么？"

"你和夏晴啊，为什么分手？"

于途抬头看她，乔晶晶眼里满满的是好奇。

"我听佩佩说，你们大三在一起的。哦，佩佩经常跟我八卦同学。"乔晶晶毫不犹豫地卖掉闺蜜，"不方便说就当我没问。"

她俏皮地把筷子按在了自己嘴上。

倒也没有不方便说。其实跟她的原因差不多，本科毕业的时候有几份高薪Offer，但是他却仍然想去读那个被父母强行否决掉的志愿。他和夏晴大三的时候开始，那时候他已经在为了研究生考试做准备，他以为她已经接受，她以为他可以改变，只是到后来，谁都没有改变谁。

"工作的关系，本科毕业后我离开了北京，选择了读航天方向的研究生。"于途简单地说。

原来是异地啊。乔晶晶转而好奇别的，"其实你高考报了金融专业我还挺奇怪的。我一直记得你的理想是星辰大海啊，怎么忽然去读金融了？"

于途目光微动，他有些惊讶她是怎么知道的，转而想起什么，心中划过一丝奇异的了然。

　　"填志愿的时候父母不同意，而我觉得我可以两个兼顾，那时候，有点年少轻狂。"

　　"可是你真的搞定了啊，后来还读了研，果然是我们班学神。"乔晶晶有点兴致勃勃的，"那你怎么放假这么久啊，搞科研不是应该很忙吗？"

　　"因为。"于途顿了顿说，"我打算放弃星辰大海了。"

第十二章

电脑屏幕上,两支职业战队正打得如火如荼,于途却有些走神。

他想起他说他要放弃的那一刻,乔晶晶意外而又惋惜的眼神。他有些不明白,他明明是要去走公认的更有前途的道路,她为什么会觉得惋惜?

除了老师外,好像也只有她,露出了这样的眼神。

"于途,"翟亮门也不敲地推门进来,"你什么时候回来的,我都不知道。"

于途回过神来,按了暂停,"没多久,你在阳台打电话。"

"哦。"翟亮一屁股坐在于途书桌上,贼眉鼠眼地,"你今天和夏晴见面了吧?"

于途抬眼看他,"你怎么知道?"

"呵呵,我是谁,发展得怎么样啊……"被于途审视的目光盯着,他说不下去了,举起手,"真不是我说的,夏晴去杭州出差跟包包见面了嘛,聊聊你不是很正常?"

"这么闲不如早点出国。还有,"于途想起来警告他,"你以后少在棉花面前胡说八道。"

翟亮一愣,哇哇叫,"棉花居然跟你打小报告?这妹子咋这样。"

他觉得受到了巨大的背叛,打算回头就去游戏里找棉花算账。"对了,曲铭刚打电话来请我们吃饭,明天晚上六点半浦东那边,咱们一起去。"

"我明天……"

翟亮不乐意了:"这抠门鬼难得请客帮我饯行,你别不给面子啊,在上海的大学同学都去。"

于途点点头,"行,明天我自己过去。"

于途和翟亮的大学同学不少都在陆家嘴一带工作,聚餐的地方自然也在附近,从乔晶晶家步行过去,不过十分钟路程。

于途到的时候人差不多齐了,西餐厅没有包厢,七八个人坐在边上的一个隔间里,场面十分热闹。

曲铭最先看见他,意气风发地起身招呼,"咱们称霸两专业的大才子来了。"

于途跟这个同学其实并不太熟悉,大学时代的他忙于学业,几乎天天泡图书馆,除了翟亮、包包这几个舍友,和其他同学并不算热络。曲铭却似乎一直对他抱有不轻的敌意,开始他不明所以,直到大学毕业他和夏晴分手,才明白为什么。

曾经曲铭也最爱拿这句话来讽刺他,不过现在笑容满面的,倒是一时判断不出真意了。

于途跟大家打了个招呼后坐下。

众人闲聊了几句,一个同学赵天忽然问:"曲铭,你不是说夏晴要来,怎么还不见人?"

于途一怔。

曲铭笑容满面地拿出手机,"我这就喊她。"

他拨通电话,"Emma,你怎么还没到,吃饭的地方就离你酒店几步远。"

那边不知道说了什么,他脸上挂着的笑容一点一点消失了,不过最后又笑起来,"行行行,没事没事,咱们下次再约。"

等他挂了电话,翟亮说:"咋,夏美女来不了了?"

"她说晚上她在北京有急事,刚刚去机场了。"

赵天奇怪："没跟你说？"

"哈哈，说正要打电话给我呢。"

"好久没见她了啊。"有人失望。

另一个同学说："夏晴在微信群里跟咱们道歉呢。"

翟亮赶紧去看微信，正好看见夏晴发出一句话，"不好意思啊上海的同学们，本来约好今天和大家聚会的，昨天临时急事回北京了，忘记跟你们说了。"

"抱歉抱歉，这顿就我请了，回头把账单给我。@曲铭。"

在场哪个不是人精，这下哪里还不明白曲铭是被夏晴放了鸽子，人家昨天就回北京了，压根忘了告诉他。

曲铭倒是应变快，"电话里听错了，还以为今天走的，来来，点单。"伸手叫来了服务生。

翟亮偷偷地推了下于途，低声说："你知不知道夏晴昨天就回北京了？"

于途垂眸喝茶，没有否认。

"醉翁之意不在酒啊，他搞这个聚会估计是为了夏晴吧。"翟亮觉得逻辑链很完整了，"他单独约夏晴人肯定不理他，所以说搞同学会给我钱行，但是他怎么叫你？不怕被比成狗啊？"

不过他很快就知道曲铭为什么敢喊于途来了。因为，如今的于途显然已经不被人家放在眼里了。

菜还没上齐，曲铭就瞄准了于途，有些轻佻地开口："那天遇见隔壁班的，听说于途你下个月要去他那边工作啊？"

"隔壁班的谁啊？"同学好奇地问。

"中×那个任望，国资的。"

赵天奇怪："于途不是在航天研究所？"

"打算离职了吧？"曲铭看着于途，神情中带着点高高在上的味道，"不过你现在出来做，要从头干起吧，我听任望说，拿的是跟应届毕业生一样的薪水？"

场面上安静了下来。

就听曲铭在那不停叨叨："于途你怎么不来我们外资试试，这边薪水高啊，不然一年三五十万在上海怎么过？还在任望那家伙那边，他当年成绩多差啊，这说出去，我们这帮同学也不好意思啊。"

于途不在，乔晶晶美滋滋地开了王昭君自己去匹配玩了。她深深觉得自己经过这么密集的培训，可以虐一把菜了，不料遇见比她还猪的队友，连续两盘被敌方打成狗。

正生气呢，小朱来了电话。

"晶晶，我来anne'L买色拉，你猜遇见谁了？"小朱的声音有些刻意地压低。

"八十个英雄总教头于老师。"

小朱："……你知道啊？"

"废话，我知道他去那里吃饭才想起他们家的色拉，对了，你买个色拉就回来，可别去找Edward，回头又不肯收钱。"

Edward正是那家西餐厅的老板，乔晶晶和他是认识的。

"知道啦，我买好了，马上给你送去。"小朱接着说，"我就坐着等色拉嘛，还点了点别的吃，正好就在于老师隔壁，不过中间有绿植隔着他没看见我。"

"你别去打扰人家。"

"当然不会，可是，我看他朋友对他很不友好哎，有一个居然讽刺他，说话很难听的，我气死了。"

乔晶晶眉头一皱。

西餐厅中。

翟亮气得快跳起来了，"于途保密单位，辞职了有脱密期，不能去外资，你不懂别瞎说，别把被夏晴放鸽子的气……"

于途按住了他，他目光沉着地看向曲铭："你只活三十？"

曲铭被翟亮说得有点炸："你什么意思？"

于途："所以这么急干什么，日子还长，过一年再看。"

"呵。"曲铭冷笑，"我知道大科学家看不上我们这些玩金融的，可我们这一行也不是什么好混的地方。"

于途客气地说："第一个'们'字就不用带了。"

曲铭气极："你！"

于途自若地朝他举了一下杯。

翟亮还是气呼呼地，大家也觉得曲铭过了，正待打圆场，这时，一个服务生托着一瓶酒走到了他们桌边。

他的目光在所有人身上快速地打量了一圈，最后准确地微笑着对于途说："于先生，上次你和乔小姐存在这里的酒，我拿过来了。"

于途一愣，服务生已经把酒连带冰桶放在桌上，接着又送上两盘薄薄的火腿。

"这是我们老板送给于先生的，请慢用。"他微笑着退下。

大家被这突如其来的发展搞得有点蒙。

"于途，你来过这里啊？"赵天比较懂红酒，拿起酒瓶一看，忍不住惊呼了一下："罗曼尼康帝？"

在座的除了于途，都是在金融圈里混的，对于红酒哪能不了解，这么出了名贵的红酒当然是知道的。但是知道归知道，见过的却是不多，顿时都有点小激动。

"让我看看让我看看。"

"于途你深藏不露啊，这酒得多少钱一瓶啊？"

"怎么也得六位数吧。"

翟亮也惊异地看着于途。

于途目光落在酒瓶上，忽然笑了笑，说："我还有点事，今天先走了，你们慢聊。"

众人一怔，就见于途站起来拿了外套，从容地穿好，然后又拿起了那瓶酒，不疾不徐地跟大家道别离开了。

等等！

……他居然带走了那瓶酒？

十几分钟后，乔晶晶无缝对接了于途同学们心头的呐喊。

"你居然把酒带回来了？！"

于途站在门口，"舍不得给他们喝，所以带回来了。"

乔晶晶打量他的神色，解释了一下："知道你去嘛，就想起那家的色拉了，让小朱去买，然后……你不嫌我多事吧？"

于途眉微扬，"我是这么不识好歹的人？"

乔晶晶眼睛顿时亮了："我觉得也是。那，爽不爽快，开不开心？"

于途点点头，"火箭成功发射程度的。"

这是什么鬼形容啊！乔晶晶快笑喷了，而且爽得像火箭成功发射什么的……

"我怎么觉得有点污……"

于途哭笑不得，"你在瞎想什么？"

"没有没有，"乔晶晶连忙转移话题，"那要不要为了庆祝火箭升空，喝酒庆祝一下？"

六位数的酒？于途正要拒绝，就听乔晶晶说，"虽然才几百块，可是也不能浪费啊。"

于途怀疑自己听错了："几百块？"

"当然！你当我傻啊，随便请不认识的人喝那么贵的酒。"乔晶晶得意洋洋的，"我认识那家店的老板，在那拍过戏，这个呢，是拍戏用过的空瓶。"

"……"于途无话可说了。

"喝不喝？反正今天我不打游戏了，我才发现我左手大拇指都起老茧了。"

于途的回答是拿着酒走进来，然后关上了门。

乔晶晶欢呼一声，奔向厨房，"我去拿杯子。"

不过他们并没有立刻喝上酒，因为乔晶晶忽然想起一个问题。
红酒的热量是多少？
酒的热量好像很高啊，立刻百度了一下，还好红酒在酒类里热量算低的，一百克七十卡左右，可以接受。
然后乔晶晶又拿着杯子满屋子找喝酒的地方。
阳台太冷，餐厅太呆，落地窗前可以，不过也得有点氛围吧，所以把餐桌上的那支玫瑰拿过来，抽屉里翻出个两个蜡烛……
可以了！
于途在旁边默默看表，二十分钟后，他终于在鲜花烛光相伴中，喝上了第一口酒。

这天晚上他们并没有喝到很晚，甚至也没有说太多话，于途有些庆幸乔晶晶什么都没问，只是一会在批评红酒难喝还不如米酒，一会在说游戏里的猪队友，一会自得其乐地刷手机玩自拍……
落地窗外闪烁着上海最顶级的夜景，他却是这段时间以来从未有过的放松。
手机里一直轰炸着翟亮的微信，他等到回家的路上才看。
"乔小姐是谁？"
"乔小姐是谁，是谁是谁？"

乔小姐……
是一个喝酒都要拿厨房秤称一下计算好卡路里的大明星。
一个，他刚刚认识的老同学。

第十三章

不知道是不是自己的错觉,乔晶晶觉得,好像从那天喝过酒开始,她跟于途相处,跟以前不太一样了。

具体哪里也说不上来。但是比如说,有时候他会主动问下,要不要给她带下早餐?再比如,他训练她的时候好像更毒舌了一点?

3v3的训练基本结束,又打了几天5v5匹配,于途问乔晶晶:"你玩了这么多天,觉得自己喜欢哪些英雄?"

乔晶晶报了几个,然后表示:"但是我还是最喜欢诸葛亮和李白。"

因为他们峡谷最帅!

"多段位移的英雄你都用不了。"于途无情地泼了一盆冷水,颜狗晶顿时蔫了。

"打野你可以放弃这个位置了,比赛的时候直接选一个擅长这个位置的职业选手。上单要抗压,你不合适,也交给队友。所以你最合适的位置是在中路或者下路,法师、射手、辅助,往这三个方向努力。法师可以考虑扁鹊、干将和嬴政,手长,比较适合你。"

"王昭君呢?"虽然于途说过她上不了赛场,但是乔晶晶还是有点不死心,毕竟是自己第一个玩得好的英雄。

"你多看几场职业赛就不会这么问了。"于途毫不留情地否决。

"辅助可以考虑东皇太一、张飞、白起、牛魔,容错率高,孙膑你还可以,另外苏烈、梦奇现在比较强势,最好也熟练下。"

"张飞?"

"他技能不难。"

好吧，虽然第一次跟阿国用张飞的确惨不忍睹，但是被于途训练一阵下来，其实也还好了。

于途非常霸权地决定了这两个位置她合适的英雄，到了射手倒是问了一下她："你射手喜欢虞姬？"

乔晶晶点点头，"因为三技能很好用啊，二技能又能跑。"

于途若有所思，"你跑起来的确很快。"

乔晶晶："……夸奖？"

于途"嗯"了一声，"你倒是从来不卖陌生队友，但是卖我毫不犹豫。我一直想问你这个心路历程是怎么样的？"

"……有吗？"乔晶晶心虚地想辩解，但是在于途谴责的目光下不得不正视自己例行卖兔的行为，"大概是……信任？"

"谢谢。"于途并不感动的样子。

乔晶晶把他说的英雄都琢磨了一遍，有点沮丧，"这些好像都不是很秀啊，也不是很帅。"

于途无语，想起她休息的时候就爱在那研究哪个皮肤好看，喝个酒还要摆上鲜花，有些无奈地说，"要秀的话，射手你还可以考虑一个英雄。"

"哪个？"乔晶晶眼睛亮了起来。

"百里守约。"

百里守约是王者前不久新出的一个英雄，特殊技能是超远程狙击，乔晶晶立刻开了一局匹配。

二十分钟后她放下手机，瞅着于途："你确定我玩得好？"

"你准头很不错，其实你虞姬一技能的命中率也很高。"

乔晶晶想了想好像的确是，不过她其实没怎么想着去瞄，完全凭直觉，有时候刻意去瞄一下反而打不中。

"刚刚这一局你打得不好，一是因为队友没给你经济，二是走位还不够灵活。不过虞姬和百里守约虽然也需要走位，但要求比孙尚香和马可波罗低一点，还可以拯救一下。那两个英雄你真是一言难尽。"

……你也太毒舌了吧。再想到昨天他评价她的娜可露露是"飞蛾扑火""乳燕投锅"，乔晶晶简直想打人。

"除了走位，现在你最缺的是意识，就是你经常边玩边问的十万个为什么。"

"……啥？"

于途面无表情地陈述："我要去哪？我要干什么？我要不要开大？"

乔晶晶："……"

于途看了一下时间说，"所以从今天开始，我们半天实战练习，半天看职业赛。"

乔晶晶觉得之前的课程大概像武术课，然后现在呢，开始教兵法了，怎么带线怎么套路怎么埋伏……

马上她都可以上阵杀敌了吧。

不过王者毕竟才发展了一年多，常用的套路并没有很多，乔晶晶又不笨，看了两天于途精选的竞赛视频，也就了解得差不多了。

当然了解归了解，真正打起来状况还是千变万化，说到底，还是要多练。

5v5还是比3v3强度大很多的，几天下来，乔晶晶晚上一闭眼，都是基地水晶爆炸的样子。

所以难得有个活动，乔晶晶居然觉得像放假。

十一月十号的一大早，乔晶晶欢乐地给于途打电话，"于途你还没出门吧，我今天要去杭州参加马爸爸家的双十一晚会，请假一天。昨天忘记跟你说了。"

于途其实已经到了地铁站，他到乔晶晶那要一个多小时。

她那边声音很嘈杂，好像很忙碌，于途说了声"好"，乔晶晶说："那我先挂了，你要是有兴趣也可以看看，今天我会唱歌。"

于途笑了下，又说"好"。

忽然不用出门，一整天都显得无所事事起来，于途回家后又去电脑上王者荣耀的官网看了些资料，结果下午五点多的时候乔晶晶又微信过来。

晶晶："在不在在不在？"

于途："在。"

晶晶："现在没事做，我们去打一局吧。"

她飞快地扔了个链接到QQ上，于途点了进去。两人匹配了三个路人，进入了5v5王者峡谷地图。

这次于途选了马可波罗，乔晶晶选了牛魔。玩了一会，乔晶晶忍不住抱怨："我觉得牛魔比张飞还难啊，大的位置不知道放哪。"

于途："你随便打。"

乔晶晶："你都能赢？"

于途："不，我会录下来。"

乔晶晶："……然后回头给我上课？"

于途："嗯。"

这时候打野李白忽然出声了。

神奇的小昆虫："马可，我觉得你女朋友的水平比我女朋友还烂啊。"

于途一愣，正要说牛魔不是他女朋友，可是又觉得跟个陌生人说这些有些奇怪，才犹豫了一下，就听乔晶晶说："可是你水平也不如我男朋友啊。"

于途：……

于途其实不算意外，乔晶晶玩游戏一直很有风格。游戏里难免有喷子，每次她被骂，她都会骂回去，但是她骂回去的水平又实在很……一言难尽。比如说人家骂垃圾，她就回你才垃圾，人家骂傻*，她就回你才傻。

所以人家说"你水平不如我女朋友"，她回一句"你水平也不如我男朋友"实在是情理之中。

神奇的小昆虫立刻就反驳了："别闹，那是他玩射手，李白我不太熟。不信等会我拉你们，秀一手神级马可。"

他女朋友倒是没说话，打了一行字。

小鸟虫子（庄周）：老公加油！

这时，一直没啥动静的路人忽然在聊天栏刷屏了。

不穿好凉爽（嬴政）：你们别说了，我要挂机了。

不穿好凉爽（嬴政）：今天是双十一，光棍节，结果大街上到处是情侣，老子躲家里玩游戏，还能匹配两对情侣。

不穿好凉爽（嬴政）：我有情绪了，我要挂机。

然后他就蹲泉水不动了。

乔晶晶："……"

她连忙打字。

手可摘棉花（牛魔）：等下，你弄错了，明天才是光棍节啊！

不穿好凉爽（嬴政）：真的？

乔晶晶怀疑他去查了日历，过了一会。

不穿好凉爽（嬴政）：好吧，那朕再打一下。

这局终于一波三折地赢了，于途的马可波罗毫无意外地拿了MVP。

一退出这一局，乔晶晶就接到了神奇的小昆虫的邀请。她来了兴致，接受了邀请，进入房间。

神奇的小昆虫：你男朋友拒绝了我，他是不是不敢来？

手可摘棉花：你等等。

乔晶晶把对话截图在微信上发给了于途。

于途：拉我。

于途进入了房间，神奇的小昆虫立刻点了开始。进入选英雄界面，小昆虫和于途同时秒选。

小昆虫毫无疑问选了射手马可波罗。于途……

居然选了李白!

这简直是打擂台啊,乔晶晶立刻激动起来。说起来,还没在5v5中看过于途玩李白呢。

神奇的小昆虫(马可波罗):挖,你这是挑衅啊。

玉兔捣药(李白):很少玩,试试。

小鸟虫子(庄周):老公加油ヽ(✿ ▽ ✿)ノ

乔晶晶立刻跟上:男朋友加油ヽ(✿ ▽ ✿)ノ

可怜的路人:…………都是情侣?

乔晶晶生怕他也挂机,安慰他:坚强点,不要挂机。

路人幽默地说回:不会,我有猫。

这一局打得很快,马可很秀,可是于途更秀。一身白衣的潇洒剑仙,来无踪去无影,瞻之在前,忽焉在后,翩若惊鸿,宛若游龙,倏忽来去之间,秒了对方脆皮一万遍。

对方直接被他前期就杀崩了,十分钟就点了投降。

神奇的小昆虫(马可波罗):……伤自尊了。

小鸟虫子(庄周):老公你是最棒的!

乔晶晶最后还欺负了人家一下。

手可摘棉花(扁鹊):要坚强,要加油哦/(ToT)/

结束后退出游戏,乔晶晶忍不住回味了一下刚刚飘逸的李白,好一会她才兴奋地打开微信想说点什么。却见于途发来一条信息。

于途:你怎么这么皮?

乔晶晶心弦一颤,一时间竟然忘记了自己刚刚想说什么,然后就看见微信提示——对方撤回了一条信息。

第十四章

隔天就是群情骚动的双十一，乔晶晶却不得不心如止水地看自己玩牛魔的视频。

于途还真的录下来了，转到电脑里和她分析她哪里做对了哪里有问题。"常用的辅助英雄其实就是那几个，技能不同，但是学好一个，意识就到位了。"

哦……

所以你昨天为什么要撤回信息啊？

接着于途又给她看了几场职业选手用牛魔的视频。

乔晶晶觉得心里苦，大好光棍节，单身就算了，要学习就算了，学个帅点的英雄也行啊，牛魔实在太不美型啦。

到了下午四点多，于途说今天要提前走。

"晚上我有个单位同事的聚会。"

"我觉得你聚会有点多。"显得她一个女明星一点社交都没有的样子。

于途并不觉得欣慰，"难道不是正常频率？而且欢度光棍节这种主题。"

"……"

于途"咳"了一下，"说是还要问我点工作上的事。"

"……去吧。"

于途还不忘嘱咐,"你自己好好练下张飞这几个辅助。"

乔晶晶有点郁闷。自己去玩还带布置作业的?

无聊地跟他到门口,想想他可以去参加热闹的聚会,自己却得一个人蹲着,简直有点可怜:"要是能跟着你去玩就好了。"

话说出来才发现好像有些不妥,就算她不是乔晶晶,跟着于途去也不合适啊。

正在懊恼说话不经大脑,却听于途说:"我带你的话,你敢去?"

乔晶晶一怔,却见他脸上也闪过了失言的懊恼。

尴尬地互望一下,她赶紧送于途走:"玩得开心,拜拜拜。"

同样是聚会,这个聚会上于途就自在多了。大家碰了下杯,同事小胡感慨:"今年还是去年人啊。"

大孟说:"明年就不是今年人了,于途去了投行,那花花世界,他还能像我们一样保持纯洁?"

"那不是遍插茱萸少一人?"

"搞不好多了老关。"

于途一愣,"老关怎么了?"

老关大名关在,美国回来的博士,是于途同一个型号的主任设计师。于途这么年轻就当上副主任设计师,其中也有他的提拔。

"嫂子跟他闹离婚呢。"

"怎么会?"老关和他夫人是出了名的恩爱,不然当初也不会放弃高薪和他从美国一起回来。

"怎么不会,你一走,他的活多了一倍,加班时间又变长了,天天看不见人,嫂子能不气吗?"

于途皱眉:"其他人做什么去了?我休假之前还来了两个人。"

大孟说:"人多有什么用,这你不最懂?再说就老关那傲娇脾气,除了你还看得上谁啊,不满意就只能自己做,熬呗。"

于途一时沉默了。

"别胡说啊你们。"另一个同事说,"老关早把嫂子搞定了,今天还跟我炫耀爱心早餐呢。"

"就是,大孟你这纯属光棍的嫉妒。"

大孟"呸"了一声,大家又乐呵起来。小胡想起来:"对了,老于,我有个问题跟你探讨一下,我觉让我有点启发。"

于途还没说话,大孟说:"哎哎,你们两个,保密别忘了啊,在外不谈技术。"

"我跟老于聊聊外国的技术也不行?不然以后还跟他说啥?陆家嘴的房价?"

两个人在那斗起了嘴,于途的目光微微一暗。他们行业是有严格的保密制度的,出了单位他们对具体技术方面的东西提都不能提。等他离开后,大概只能从新闻杂志中得到一些蛛丝马迹了。

他靠向椅背,低头喝了口酒。

饭吃到八点钟,同事们打算彻底放纵一下,再去唱个歌。于途却有些兴致索然,打了个招呼一个人先走了。

他们今天约的地方在港汇,下面就是地铁一号线。

地铁站里一如往常的人潮汹涌。

这是个神奇的城市。往南到莘庄换五号线,就到颛桥航天城,往北到人民广场换二号线,就到陆家嘴金融中心。

相反的方向,一边寂寞,一边繁华。

宛如人生的岔途。

一辆辆的地铁来了又走,人群中,于途站了很久。

乔晶晶正在家里打游戏。

她本来对光棍节没啥感觉的,但是想到于途此刻正在跟朋友们吃吃喝喝,她却可怜地只能一个人打游戏,猛然就体会到了一阵光棍的忧伤。

不过不知道是高手都去过节了还是光棍们都提不起劲，她的王昭君居然凯瑞了，连续几盘战绩都极佳。

于是截图马赛克后发到了微博上，大部分人都纷纷点赞表扬说女神好棒。

但是也有比较特别的。

比如这条——

小娇妻嘟嘟：我家女神这么美貌这么有钱这么瘦，可是光棍节只能玩游戏…………我不美还胖木有钱，但是我有老公啊ヽ(￣▽￣)ﾉ

……这一定是亲粉丝。

这么瘦这么美貌的乔晶晶憋屈地又开了一局，结果团战放大的时候于途居然打电话进来。乔晶晶立马无情地拒接，等到这局打完才回过去。

一接通，于途说："你又在玩王昭君？"

"……你还带监视的？"

"刚刚看了下，"那边似乎笑了一下，然后问，"要不要出去玩？"

乔晶晶一愣，站起来，"你在哪？"

"楼下。"

乔晶晶开心地跑下楼。

于途见她又是全副武装，却连头发丝都透着一股放风的喜悦，好笑之余心里竟然有些轻松。

乔晶晶雀跃地问，"你怎么回来了？你们聚会的地方也在附近吗？"

于途也很想问自己这个问题。

"差不多吧。"于途说，"他们要去唱歌我没兴趣。"

"哦……那我们去哪里啊？"

于途想了想，"看电影？"

附近的商场地下一层就有一家电影院。两人步行过去，一边走一边拿着手机查看什么电影。

"这部？"于途指着一部文艺爱情片，女孩子应该比较爱看。

乔晶晶瞥了一眼，"不行，你是不是故意的啊？谁都知道我和女主角不合啊。"

于途："……我对贵圈了解不多。"

于途再看了看，安全起见他选了个纯男人的电影，"这个呢？"

"唉，这个应该挺好看的。可是男主角刚和他女朋友分手了，他女朋友是我好朋友来着。"电影再好看都不能背叛闺蜜啊。

于途："……"

他把手机塞给她，"你选吧。"

乔晶晶对于途的手机已经很熟悉，上下划拉着，"我们去看个动画片吧，只有走道的位置了……指纹来一下。"

她已经飞快地选好座位，停住脚步拿着手机让于途按指纹付款，一时竟忘记了可以把手机直接还给于途。

于途竟然也没拿过去，只是低下头，在她握着的手机上轻轻按了一下。

一瞬间，乔晶晶觉得自己好像哪里也被这样轻轻地按了一下，一阵的心悸，她抬起头，恰好望进了于途深深的眼睛里。

好像过了好久，又或许只是片刻，于途拿回了自己的手机。

他看了看时间，"我们要走快点，还有十五分钟。"

两人没再说话，一起安静地往电影院走。等进入商场后，于途忽然说，"我们分开走。"

乔晶晶一愣。

"别回头看，有人跟着我们。"

然后他就快步越过了她。过了一会乔晶晶微信上收到了他发过来的取票二维码。

于途:"你取票先进去。"

晶晶:"好像一取就是两张啊,你怎么进来?"

于途:"到了影院里我跟你说。"

乔晶晶觉得她看个电影真有点刺激,她先取了票,按照于途的指示把其中一张票放在了一个空桌上,然后自己先进去。简直就是她拍过的谍战片!

进了放映厅,才在走道边上的位置坐定,灯光就灭了,大屏幕上开始放广告。身边的位置一直空着,乔晶晶有点急,票不会被别人拿走了吧?

她拿出手机低头发微信,还没发出,视线忽地一暗。一个身影出现在她身边,一片漆黑中,那人俯身低声地问:"这里有人吗?我在桌子上捡到一张电影票。"

第十五章

乔晶晶有一瞬间的断电……

好半晌,她才干巴巴回答了句"没有",挪了下腿让他走进去。

乔晶晶依稀感觉到他好像笑了一下,走进去在她旁边坐下,灼热的男子气息忽然就无孔不入地侵入了她所有的感官。

电影开始好几分钟,乔晶晶才回过神。她不由有点懊恼,她刚刚算不算被撩了啊?然而她竟然没撩回去?简直丢尽了大娱乐圈的脸。

余光怀疑地瞥了下于途,他正凝神看着大屏幕,俊逸的侧脸一派专注认真的样子……

好吧……应该是她的错觉……

乔晶晶收回了目光,也开始认真地看电影。才看了几分钟,就觉得有点不对劲。这目测是一个讲主角如何在家人的阻挠下坚定地追求梦想的故事?

她想起那天于途说他要放弃星辰大海时落寞的眼神……

于途看这个心情会不会不太好?

电影很有趣,九十分钟完全不枯燥,主角最后当然坚持了他的梦想,并且得到了家人支持。音乐声中电影结束,观众们都心满意足地离开。

乔晶晶和于途等到所有人走光了才起身。

"我送你回去。"

乔晶晶点点头。

回去的路上于途有些沉默，她偷偷打量他的神色，夜色下他的神色淡淡的，发现她看他，疑惑地朝她扬眉。

"呃，我不知道是这个剧情。"

"挺不错。"于途说，"电影里是个幸运的梦想家。"

乔晶晶到底忍不住问了，"上次你说你要放弃了，为什么？"

她想起他说高考的时候父母反对，"还是因为家里人？可是你舅舅好像也是搞航天的？你父母为什么会反对呢？"

于途怔了一下。

乔晶晶忽然反应过来，她知道得太多了！连忙抬头看看天空。

可是于途居然不跳过话题，看着她，眼睛里还有点笑意的样子。

乔晶晶的视线只好从天上回来："那个……佩佩……"

于途点点头说："我知道，她掌握全班的八卦。"

"……是这样没错。"

乔晶晶赶紧转移话题，"难道你父母还不同意吗？"

"我考研的时候他们就答应了。"

"那为什么？"

之前那淡淡的笑意已经彻底褪去，于途好一阵子才说，"前阵子我父母来上海了，却没有告诉我。还是小姨打电话给我，问我妈妈的情况怎么样，是不是良性，我才知道他们来看病。

"我去找他们的时候，他们住在几十块一晚上的小旅馆里，房间里还有一些饼干泡面。"

乔晶晶想过很多原因，但是没想到这个原因却这么常见，普通，以及，无解。她有点后悔如此刨根问底了。

"你妈妈没事吧？"

"没事，虚惊一场。"于途垂下眼睛，"但是我无法不去想，如果有事呢？我有没有能力给她最好的医疗？"

他自嘲地自问自答，"我没有。我明明可以有，但是我没有。"

一瞬间乔晶晶差点想说,我可以帮你。但是她知道这话绝对不可以说。过了一会,她问:"那你接下来打算去做什么?"

"投行吧。"

不过到底他本科的专业也荒废了很多年,一切都要从头开始。他笑了笑,声音有些沉郁和自嘲,"我从小自负聪明,结果人到三十,一事无成。"

乔晶晶停下脚步,看着他,一时说不出话来。

于途站了一会,说:"走吧,很晚了。"

夜阑静。

于途靠坐在床上抽烟,思绪有些放空。他想他今天大概有些失态了。

他不知道为什么他会对乔晶晶说那么多,甚至暴露了心底最深处的挫败。关于父母的事,他在老师面前都没提起过。

枕边的手机屏幕亮了一下,他拿起来,是乔晶晶发过来信息。

晶晶:"我忽然想起一句话,很适合你。"

于途:"什么?"

晶晶:"可是,你已经是看过最多星星的一只兔子了[①]。"

于途怔了一下:"玉兔号的微博?"

晶晶:"嗯。"

然后她发了一段长长的语音过来。

"之前都被你带晕了,你凭什么说自己一事无成啊。就算你现在要放弃以前的事业,从头再来,但是之前做过的事情就在那里啊。虽然不知道你具体做了什么,但是我想一定很有价值,所以就算以后你不做这份工作了,也不用否定以前吧。你起码为了理想争取奋斗过啊,比从没尝试过就妥协,我觉得起码这不是错误。"

---

① "你已经是看过最多星星的一只兔子了"引用自"月球车玉兔"微博。

晶晶:"加油啊兔神!"

于途摁灭了烟,片刻后,又把那段长长的话按住再听了一遍,乔晶晶的声音其实很好听,他记得高中的时候,每次有文艺活动,她总会上台唱歌。

他没想到有一天她会对他说这样一番话。

——你已经是看过最多星星的一只兔子了。

是啊,不论他以后会做什么,过去这十年,他到底没辜负自己,无论坚持还是放弃,起码不应该觉得这是一个错误。

于途的手指按在微信的回复框,他自己也没意识到,这一刻的心情如此的柔软,以至于输入文字的时候,打字的速度都那么缓慢。

于途:"谢谢。"

于途:"你该睡了。"

于途:"明天我们开始排位。"

晶晶:"……晚安!"

于途笑了笑,放下手机,起身行至窗前。

窗外的天空漆黑一片,看不见丁点星光。他想起那天他去找父母,也是这样漆黑的夜晚,他还记得推开旅馆房门时心头刹那的窒息。

曾经一切似乎都唾手可得,所以满不在乎,以为自己可以解决一切,成长大概就是告诉自己,他并没有那么的无所不能。

他想,该做决定了。

他已经成全过自己,不该遗憾了。

第十六章

第二天还没睡醒，乔晶晶就接到玲姐的电话，先跟她讲了李导要见面的事情，然后又问，"你昨天是不是去看电影了？"

乔晶晶吓一跳："被拍到了？"

玲姐嫌弃："你一惊一乍，你一个人去看电影被拍到有啥好慌的。"

"……哦。"

"我觉得你可以谈个恋爱了，这么美的一个大妹子，光棍节一个人去看电影，唉，我这个经纪人都觉得有点丢脸。"

这什么逻辑？光棍节已经变成情人节了吗？

乔晶晶还有点诧异，"你居然怂恿我谈恋爱？"

玲姐"切"了一声，"世道不同了，又不是以前，你看你粉丝们还嘲笑你是单身狗呢。行了，我挂了啊，记住了，明天下午三点跟李导见面，你好好准备一下。"

乔晶晶也是无奈："李导的电影什么都没透露，就一个名字，我准备什么啊，他以前的作品我都看过了。"

玲姐想想也是，"那就行了，回头随机应变。"

挂了电话，乔晶晶上微博去搜索那张照片，虽然模糊但是还挺好看的，乔晶晶放心了，正要关掉图片，忽然好像发现了什么，又把图片放大。

果然，角落里居然还站着一个于途。照片上的她在取票，而于途就在角落里看着她？

果然很谍战嘛。

她保存了下图片，然后思绪有点飘远了。

谈个恋爱啊……

好像，也可以？但是，起码要百里守约那么帅吧？

唔，是的，乔晶晶最近喜欢的英雄从诸葛亮到李白，现在变成了百里守约。因为一枪狙击掉一个残血实在感觉太好了！

吃完午饭，她和于途在客厅每人各带四个电脑5v5大战，她用百里守约。

结果居然狙了于途好几枪。

一枪点死他后，乔晶晶有点怀疑地看着他："你是不是故意让我？"

"嗯。"

"……我不信。"

于途笑了，"那你问什么？我什么时候让过你？你要是一枪都打不中我，才是我的失败。"

也是哦，毕竟她的守约还是他手把手教的。

于途的确不会让她，这一局最后还是他赢了，对于输给于途这件事，乔晶晶现在已经没啥情绪了，不过理由还是要找的。

"一定是因为系统配给我的电脑不会运营兵线。"

于途觉得电脑这锅背得有点冤，乔小姐会输掉纯属因为她一直追着他打。

乔晶晶看看时间，站起来，"我们去看直播吧，下雪的直播要开始了。"

下雪是乔晶晶最近迷上的职业选手之一。

她最近被于途带着看了一阵竞赛视频，成了好几个职业选手的粉丝。划拉着把人家的比赛啊采访啊都看了一遍，然后又摸去斗鱼触手这些平台看人家直播，顺便又在平台上看了一圈游戏主播，着实惊叹了下主播们的人气。

"我要是还没出道,我也可以当主播啊,唱唱歌打打游戏什么的。"

唱歌于途没意见,但是,"打游戏?"

乔晶晶毫不羞愧地说:"我之前是演戏忙没好好打,如果我是职业主播当然要好好练一下,只唱歌怎么行?"

她不务正业地溜达了一圈,觉得自己还可以教美妆,教穿搭,教瑜伽,着实是多才多艺,注定要红。

不过乔晶晶喜欢的职业选手们嘛,于途曾经评价过:"长相都不错。"

乔晶晶:"……你不要侮辱我,主要还是打得好,凑巧长得好看。"

两人现在看视频很高端了,之前都是在手机上或者于途的电脑上看,某天乔晶晶忽然想起自家有个小小的家庭影院,立刻开辟了新战场。

大屏幕投影比电脑手机上舒服多了,而且还可以边看边玩游戏。

今天下雪用的是孙尚香。乔晶晶想起于途的孙尚香也很厉害,突发奇想地说,"其实你也可以去打电竞吧,说不定比他们还红。"

"……电竞对年龄要求很高,你觉得这些选手几岁?"

"二十几?"

"你在看的这个,我看过资料,十八。"

乔晶晶心灵震撼了,"比我小十一岁?"

于途怀疑她加减乘除出了问题,"不是十二?"

乔晶晶顿时炸了,"我才二十九!下个月才生日。"

"……很严谨,我算错了。"严谨的科研人员于设计师给予了认可。

看了一会直播,又转去看了几场比赛录播,乔晶晶看得有点燃,心里蠢蠢欲动。"好像过几天有四强赛,要不我们去现场看比赛吧。"

于途:"……你能去?"

看比赛直播的时候可以看见比赛场地,其实并不是很大,观众席大概只能容纳两三百人,乔晶晶太容易被发现了。

乔晶晶也有点犹豫。转眼她又有了个主意,指着屏幕说,"你看每次比赛前，解说都猜ban位，要不下一场我们也来猜，全猜中了我们就去。"

话音刚落，就听"啪"一声，大屏幕忽然暗了。

乔晶晶眨眨眼，看了看自己的手指，这是……被她一指禅了？

于途忍俊不禁，"可能是过热保护，我们先打一局排位，过一阵子再开。"

结果两人打了一局排位后，投影还是开不了机。

于途看向乔晶晶："上次你骗我来修净化器的时候，说你家里有全套工具？"

说骗什么的，真伤感情。话说工具包还是上次为了"请"他过来特别准备的呢。

十分钟后，问了小朱才翻出工具包的乔晶晶蹲在于途旁边看他拆投影机。

"你真的会修啊？"

于途谦虚地说："试试。"

他拿着万用电表还有什么的工具测试了一会，"应该是电源板的问题。"

"那要换这个板？"

"换太贵，修一修吧。"

乔晶晶有点崇拜了，"你们搞航天的还会这个。"

"这个很基础。航天是个系统工程，很繁杂庞大，各方面都要懂一点。"于途随口说，"我要是去焊接，也是个一流工人。"

学神你还是和高中时候一样自恋啊……

乔晶晶看他低头专注测试的样子，抿着嘴，有点想笑。

她专心地看了一会修机器，手机突然响起来，乔晶晶接通电话，玲姐有些急促的声音传来，"晶晶，李导改行程了，明天要回北京，改成今天下午见面了，怎么发微信给你一直不回。"

"我没注意,几点?"

"四点半,我在你楼下了,化妆师和造型师也到了,我们马上上来。"

乔晶晶一愣,"还要化妆造型?"

玲姐说:"时间紧,他们帮你快一点。呃,我忘了,是不是你那个于老师在……"

乔晶晶叹气:"他当然在啊,你带一群人来。"

玲姐:"……你自己想办法,反正我们都在电梯里了。"

乔晶晶挂了电话,于途思考了一下说:"跟他们说我是修电器的?"

乔晶晶有点犹豫,"有点帅吧……"

"也是。"于途说,"那你出去的时候把这里的门关上。"

只能这样了,毕竟人都在电梯了,不过乔晶晶还是解释下,"化妆造型不算我们工作室的人,所以……其实玲姐早就想见你了。"

门铃响起来,于途说:"快去。"

乔晶晶匆匆跑去,当然没忘把门带上。

外面嘈杂起来,于途把手机静音,上淘宝买了几个零件。外面的人忙忙碌碌了一阵,乔晶晶发微信给他:"我走啦,你等我回来。"

于途笑了笑,"好。"

第十七章

乔晶晶和玲姐到了约定的地方，才发现来的不止他们，还有传闻中暂定的男主角和他的经纪人。

李导的助理很抱歉："北京有点急事晚上要回去，所以约在一起了，你们不介意吧。"

倒也没什么好介意的，大家一起聊聊天而已。

李导很和气，大家一起喝喝茶，也没谈太多电影上的事情。这些成名的大导演自有一套观察人的方法，有时候不经意间你一句话一个动作就决定成不成了。

随意聊了大半个小时，聊到时下一些流行的东西的时候，男主角经纪人忽然说，"晶晶你代言的那个游戏，我们也在玩呢，真的很火，就是排位老上不去，什么时候带带我们。"

席间静默了下，玲姐眼睛里快喷火了。

李导那边的人都没说话，乔晶晶说："你什么段位？"

经纪人说："我才铂金。"

乔晶晶淡定地说："我段位高，带你会增加难度的，手机给我，我帮你打一盘。"

乔晶晶王昭君凯瑞全场，拿了个胜方MVP。

最后走的时候李导笑容很和蔼，"两个年轻人都不错，不过晶晶啊。"他忽然点名了乔晶晶。

"这个角色很合适你,就是一点,你太瘦了,大概需要增加一点体重。"

玲姐的眼睛顿时亮了。

乔晶晶走后,于途又清洗了一下投影机的灰尘,然后就无事可做起来。他回到客厅,开始思索自己为什么会答应乔晶晶等她的,不过重点似乎更应该是乔晶晶怎么放心他一个人在她家里的?

翟亮发消息过来,"干吗呢?一天到晚不见人影。"

他回复:"看家。"

翟亮:"???你不在家呀。"

他打开电脑,专心看了一阵工作上的资料,过了一个小时,接到乔晶晶的电话。

"于途告诉你一个好消息。"

"拿到角色了?"

"差不多吧,不过最重要的是,李导说……"乔晶晶的语气美滋滋的,于途以为大导演给了她什么认可,正洗耳恭听,就听那边欢乐地宣布。

"他说我太瘦了!"

于途:"……"

"你还在我家吧,下来下来,我们去蹭饭。"

于途到了地下车库,小朱在一辆保姆车里朝他招手。他走过去上车,乔晶晶说:"今天玲姐老公生日,她先回去了,我们去她家蹭饭,给她一个惊喜。"

于途:"……确定是惊喜?"

到了玲姐家,玲姐打开门看见乔晶晶,果然一副你怎么阴魂不散的表情,不过乔晶晶一奉上TF家项链,她就喜笑颜开了。

阿国抱着女儿过来,不服气地说:"乔老师,我过生日啊。"

乔晶晶很有理地说:"我送给你老婆,就帮你省钱了啊,难道不等于送给你?你要是实在不乐意,可以拿去店里换你用的。"

阿国秒怂:"不用了不用了,送我老婆就对了。"

玲姐早就看见了于途,眼睛发亮半天了,"这位就是于老师吧?"

"叫我于途就好。"于途抱歉地说,"没有准备空手过来了,不好意思。"

"不用不用,你人过来就好了,晶晶之前都不让我过去。"玲姐忍不住吐槽了下。

几人到屋里招呼着坐下,玲姐忍了一会,还是倾身问,"于老师你有没有兴趣来我们圈玩玩?现在圈子里最缺你这个年龄段的,出道完全不晚。"

乔晶晶真想翻个白眼,她就知道会这样。

好不容易打消了她的念头。玲姐说,"我看干脆把小朱丹丹他们都叫过来热闹一下吧,都是工作室的人,于老师你介意吗?"

于途当然没意见,乔晶晶也点点头。

等工作室的几个年轻人来了,场面登时热闹起来。玲姐干脆又叫了个火锅,大家一起烫火锅吃。

工作室的小年轻们都没见过于途,但是好奇已久,偷偷摸摸地嬉笑打量。玲姐咳嗽了一下,提醒他们注意形象。

乔晶晶淡定地说:"没事,于老师初中高中时候对这种场面就很习惯了。"

于老师:"……初中?"

乔晶晶说:"我初中也是你校友啊,初三那会两个中学合并嘛,你在一班,我在九班。"

于途有些意外。

乔晶晶趁机抢了他烫的一勺牛肉。

"哎,晶晶,你们学校不会是按照成绩排班的吧。"玲姐调侃。

"你偶像剧看多了吧。"乔晶晶瞪她,"我初中学习成绩也不错的好吗,不然怎么能和于老师考上同一个高中,到了高中才被于老师这样讨厌的人智商碾压了。"

讨厌的于老师在一旁默默地烫了一勺子新的牛肉。

小朱立刻出声挺老板:"没事啊,晶晶,你不是一向号称靠美貌和身材的吗……哎,你怎么吃这么多肉。"

"让她吃吧,李导要求的。"玲姐解释了一句,想起下午见导演发生的事,忍不住跟大家描述吐槽了一番。

"你们说说是不是奇葩?我还没见过这种蠢货,当面给人下绊子的,段吴当时的脸色都变了。"

段吴就是李导今天见的男演员,说起来人气比乔晶晶略不如,不过演技挺不错的。

乔晶晶说:"后来段吴给我发微信了,说他公司早就定了明年要给他换经纪人了。"

"是该换了,耽误他。"玲姐说着若有所悟,"原来是这样,大公司就是麻烦,这蠢货难道是为了推自己下一个艺人?都顾不上段吴了,吃相真是难看。这些人怎么就是不懂,搞黄了你,她就能上?"

"管他呢,反正我是MVP。"乔晶晶得意地对于途说,"没给你丢脸哦,于老师。"

阿国在一旁挺失落的,"我也当过你老师啊,你怎么这么容易就另投师门了呢?"

"不行不行,"他火锅也不吃了,放下筷子,"于老师我们来solo一把。"

"开开开。"乔晶晶在旁边鼓劲,"于老师你不要因为他是寿星就手下留情啊。"

于途从善如流。

三局后,阿国放下手机,内伤地说:"吃火锅吧。"

他要补补。

吃完火锅,大家喝酒的喝酒,玩游戏的玩游戏。工作室的小年轻们在餐厅玩德州扑克。客厅里,乔晶晶一边在沙发上逗玲姐的女儿玩,一边听沙发另一侧阿国和于途聊天。

他们先是聊了一阵游戏,接着又聊到了游戏公司的股票,然后话题就顺势带到了港股美股,于途都颇有见解,搞得阿国都好奇了,"于老师你是做什么的?"

就听于途回答:"下个月去中×。"

"投行啊,怪不得。"

乔晶晶怔了下。

两人聊了一会,阿国被拉过去玩德州了,于途婉拒了邀请,拿了一杯酒走到了阳台上。

脚下的城市灯火璀璨。

乔晶晶把小萝莉还给了玲姐,走到他身边,侧头看他,"你真的打算去投行了吗?"

"嗯。"

"高中的时候,我一直很崇拜你。"乔晶晶忽然说。

于途看她。

乔晶晶一副坦然的样子:"因为你数学物理一直满分啊,那时候我想,这个同学以后大概会成为很厉害的科学家,那样的话我也会感到很荣耀吧。"

"……作为你的同学。"乔晶晶连忙补充一句。

于途笑了笑,"大概要让你失望了。"

"不会啊,投行也很好。"乔晶晶不让自己露出遗憾的表情,语调特别轻快地说,"我觉得你做什么都会很厉害的。"

他在这行,恐怕不会有那位苏先生厉害。于途脑中忽然闪过这个念头,然后他就一怔,心下不由哂然。

怎么会想到去和人家比。

于途喝了口酒,忽然说:"曾经有人说过我很自私。"

乔晶晶看向他,眼睛里打着问号。

"明明有能力去让家人过更好的生活,却自私地为了自己所谓的理想,让家人牺牲。"

乔晶晶皱皱眉头,"你应该告诉他,'不好意思,我就只有这个能力。'"

于途眉头微扬。

乔晶晶说:"你想啊,如果你不像现在这样哪方面都能做好,只能做好一样呢?其实按照大众标准,也很优秀了吧,还会有人说你自私吗?那个人说你自私,不过是因为你能力种类太多太优秀了嘛,但是怎么能因为你优秀就怪你呢?"

乔晶晶一口气说完,还想了想,点点头,"我觉得我逻辑成立。"

于途蓦然笑了。

他觉得自己简直有病。刚刚那两句话,他是故意说的。六七年前,的确有人这么对他说过。他曾经不以为然,但是有时候也会陷入困惑。

他莫名地想知道乔晶晶会怎么想。

结果她的回答却那么的……歪理邪说?

"不对吗?"乔晶晶歪头看他。

"对。"

于途从她脸上收回目光,心里忽然冒出一句不知道在哪里看见过的话,你这么好看,说什么都对。

乔晶晶有些感慨地说:"没想到我们有一天能聊这些。"

于途说:"比起来更奇怪的是我教你打游戏。"

"骗来的啊。"乔晶晶拿他的话还他,然后想起来问,"你说下个月去投行,是什么时候啊?"

"大概中旬。"

"那可以一直教我到比赛?"

"可以。"于途简洁有力地回答。

乔晶晶觉得有点开心。

微风和煦地吹拂她的发丝,她趴在阳台栏杆上,愉快地想,他们已经算朋友了吧?

第十八章

自从那天蹭饭打开了食欲之门,乔晶晶的体重就直线上升。玲姐某天下午上门视察,一把就捏住她的脸。

"你现在多少斤了?"

"九十五。"

玲姐倒抽一口冷气:"你胖了五斤?一个星期就胖了五斤?你要增肥也不用这么急啊,不怕那个博主又来骂你?"

"放心吧。她最近被人拍了路透照,自己胖了起码十斤,脸多大来说我啊!"

有小号的乔晶晶随时掌握着所有的八卦动向!

"而且,"乔晶晶傲娇地说,"一个星期我都钻石一了,胖五斤有什么问题?"

是的,乔晶晶现在已经是一颗尊贵的钻石一了,而且完全是靠自己单排上去的。

于途?

不存在的。

于老师压根不跟她双排,彻底贯彻要她单排上王者的教育方针。有时候她连续遇见坑队友,十连败气得想扔手机,都动摇不了他冷酷的心。

理由还很充分。

"你比赛的时候会有两个路人队友,你不知道他们的水平,所以先做最坏的打算。"

以为就这样吗?不,还有更过分的,比如现在。

"上一局排位是你坑了别人。"

玲姐说完事一走,之前一直保持沉默的于老师就毫不留情地评价,"有两次团战队友还没跟上就开团,太急了。"

乔晶晶:"……"

于途:"我录下来了,你过来看。"

乔晶晶:"……你等等,我再称个体重。"

乔晶晶放下手机一溜烟跑了。

体重秤在门口也有一个,乔晶晶过去称了下,回来的时候心情有点沉重。

经过中午那一顿,她居然已经九十六斤了,虽然说明天早上一般会下降点,但是如果晚上继续大餐的话,搞不好会虚增到九十七?

那本来晚上预定好的餐厅到底还要不要去吃?油爆虾花雕醉鸡什么的真的很诱人啊。而且她都很久没去外面吃了。

但是,身为一个女明星,职业素养也很重要,哪有体重到九十六七的。

她坐在沙发上,稍微圆了一点点的脸上一派凝肃。

于途观察了她几秒,觉得是不是自己太严格说话太不留情了?他难得产生一点检讨自己的情绪,结果还没到一分钟,就听乔晶晶在那痛下决心地说。

"这样吧!要是我五点半之前能上星耀,我们就还是去外面吃,但是明天开始不能再这样了。"

于途:"……"

于途:"你过来看上一局的排位录像。"

……乔晶晶觉得这人将来要是有孩子了,孩子一定很可怜。

于途:"快点。"

于老师敲黑板了!

等于途讲完她在团战中的失误,乔晶晶继续开始她的单排。现在已经是下午三点多,她是钻石一两颗星,如果要上星耀的话还需要净胜四场,一场二十分钟左右,算算时间,基本上只能胜不能败了。

所以乔晶晶已经做好了在家吃的准备,然而万万没想到,她居然人品爆发了。

第一场,她遇见了一个厉害的韩信队友,队友凯瑞了。

第二场,对方阵容很脆,她拿到了百里守约,自己MVP了。

第三场,本来对方大优势,但是十八分钟后他们挂机了一个。

第四场更戏剧,对方队伍的打野和中单吵架了,然后两个人开始故意送人头。

等到第四场对方的水晶炸裂,乔晶晶放下手机,表情有些迷惘。

她就这么星耀了?

不是说升段位等于渡劫,难度很大吗?

于途一直在用自己的手机观战,有必要的话他会录下来跟乔晶晶分析得失,但是这几场显然没有分析的必要。他直接关掉了游戏,问:"去哪里吃?"

他们吃饭的地方是浦西一个老上海餐厅,车子到了门口,乔晶晶在车里往外看,觉得有些奇怪。

"怎么这么多人等位?"又不是周末,而且以前这个餐厅也没很热门啊。

小朱说:"这个我知道,好像前阵子评上米其林了。晶晶于老师你们先去吧,我去品牌还个东西,一会来找你们。"

于途对乔晶晶说:"你先进去吧。"

乔晶晶想了想,表示赞同:"好吧,免得你连累我被拍。"

于途面无表情:"嗯,我就是这么考虑的。"

乔晶晶忍不住笑，戴上帽子口罩先溜下去了。

她顺利地穿过人群隐身到了预定的包厢，不过给她带路的服务员好像发现了，一脸按捺的兴奋。乔晶晶早被人看惯，十分淡定地坐下开始研究菜单。

等于途进来，她内心已经点了五六个菜，还有点意犹未尽。"我们多点几个菜吧，吃不了你带回去给好慌，好几个我都想尝尝味道。"

于途却没有落座，乔晶晶歪了下头，疑惑地看他。

于途考虑了一下说："晶晶，我想请你帮个忙。"

"什么？"她合上菜单。

"刚刚进来的时候遇见了我的老师和师母，他们在门口等位，但是前面还有十几桌。所以，可不可以把这个包厢让给他们，我请你到别的地方吃？"

于途请客啊，那当然好。反正他下个月就去投行了，乔晶晶也不会跟他客气，但是……

乔晶晶眨眨眼，"不能把他们请过来一起吃吗？"

于途有些意外，"你不介意？"

"我为什么要介意？"

于途目光落在她脸上，嘴角微微弯起，"我去请他们。"

很快于途就带着一对六十岁左右、衣着朴素的夫妇进入了包厢，乔晶晶早就微笑着站在门内等着了。

于途心中一暖，为他们互相介绍，"老师，师母，这是我高中同学乔晶晶。晶晶，这是我的老师张教授和师母王教授。"

乔晶晶微笑地问好："张教授好，王教授好。"

两位教授点头回好，心里却是无限的惊讶。虽然刚刚过来的路上于途已经说了他是在和朋友吃饭，但是这么漂亮的朋友？

还是女孩子？

难道是在处对象？

两人都忍不住看了乔晶晶好几眼，越看越觉得惊艳，莫名地还有几分眼熟，然而他们夫妻都是醉心科研的人，很少关注娱乐，自然也想不起来在哪见过。

寒暄过后大家入座，于途这才发现张教授手里还拿着一个蛋糕盒。"今天是老师还是师母的生日？"

王教授笑着说："都不是，是我们结婚纪念日，每年都来这里吃的。其实今天订了位的，不知道怎么被取消了。"

居然是结婚纪念日？

乔晶晶立刻看向于途，眼神询问他，是不是他们不方便在场？

于途也觉得不太合适，正要开口，王教授细心，抢在前面说："没事没事，都是老夫老妻了，就喜欢人多热闹，再说还是你们订的包厢呢。"

长辈都这么说了，当然不好再走。

张教授伸手拿过菜单点菜："菜我来点，这里吃了几十年了，什么好吃我知道，今天就让你们蹭饭了。"

王教授哭笑不得："我们蹭人家包厢，你别反过来说。"

于途笑着给大家倒上茶水，叫来服务员点菜。

点菜的时候服务员不停地朝乔晶晶看，表情有些激动，好在职业素质过关，并没有多说什么。

倒是王教授又疑惑地多看了她几眼。

乔晶晶回以端庄淑女的笑容，搞得王教授都有些不好意思了。

点完菜，服务员退出了包厢。张教授喝了一口水，问于途："你没出去玩，一直在上海？"

"嗯，在上海有点事。"

张教授点点头，心情很好的样子，"我正好要找你。"

他脸上笑容洋溢，"于途啊，你的问题，我已经帮你解决了。"

于途一愣。

"我知道,你和关在目前的型号项目上受了一些委屈,你们的项目短期内不像民用型号那样能看得见收益,上面的重视和投入难免不够。人员呢,也有点人浮于事,不公平的事情,也是有的,我也知道。之前你一时意气说要走,我也理解,所以让你先休个假,一是让你缓缓,二来,这也是我的策略,让上面知道,问题是存在的,必须解决的。"

老教授为自己的小心机得意着,"本来行政上的事情我是不太过问的,不过该反映一定要反映啊。果然我去一说,院里很重视啊,你们的项目是未来啊,你和关在都是领导们很重视的下一代领军。"

"你假期差不多了吧。过几天开会,你和关在把你们的困难和要求都反映一下,争取一次性到位。"

乔晶晶轻轻地放下茶杯,忍住不去看于途,原来他工作上还要遭遇这些吗?而且,他的老师好像不知道他想离职还有考虑到父母的原因?

张教授说完了好一会,于途却沉默着,一直没有回答。

老教授似乎感受到了异样的气氛,笑容渐渐消失了,他意识到有些不对。"你还是要走?"

王教授连忙说:"今天不谈工作上的事情,大家轻松一点,就吃吃饭。"

张教授有点生气,"让他说,还有什么原因?"

于途垂下眼睛,清晰地说:"老师,我离职,是为了钱。"

第十九章

包厢里瞬间安静到极致。

各种情绪在张教授脸上交织闪过，最后定格为深深的失望，但是他并没有出言苛责，只是好像整个人一下子失去了神采。

"我也理解，这几年，走了许多人，每个人的选择我都是理解的，我只是有点失望……"老教授说了好几遍理解，然而对自己最寄予厚望的学生，他到底没有压住。

"于途，你太让我失望了。"

"你是我最得意的学生，我以为……"他深深叹了口气，"不说老一辈的航天人，一穷二白从零开始，就说你的同事关在，他当年放弃在美国的高薪回来。我一直以为你和他一样，也是有自己的信仰和坚持的。"

于途没有辩驳任何一句话，他的目光定定地落在眼前白色的桌布上，始终沉默。

乔晶晶忽然一阵难过。

"可是，于途也放弃过高薪。"她脱口而出。

于途意外地抬眼，两位教授也惊讶地看向她。

"我觉得，于途和他的同事都是最顶尖的人才，值得最好的对待，如果毫无压力心甘情愿当然没问题，但是如果要用信仰和理想去要求他们不顾一切，会不会有点……"一个词在她脑海中闪过，她未加思索，"绑架？"

"晶晶！"于途喝止她。

乔晶晶停住，她有些后悔，她好像太冲动了。

"对不起。"她立刻道歉。

包厢里又是一阵沉寂，一时间谁都没有说话。

于途站起来："老师，对不起，我们不打扰你和师母吃饭了。"

这次老夫妇没再挽留，乔晶晶跟在于途身后，快步走出了餐厅。

夜风一吹，于途冷静下来，他停住脚步，语气有些无奈。"你享受着这个社会最大的红利，不该对老师说出这样的话。"

这是什么意思？

乔晶晶本来就在懊悔，现在心里好像再被针刺了一下，她霍然看向于途："你是什么意思？如果我不是乔晶晶，不是一个明星，就可以说？"

她睁大眼睛看着他，"我只是想帮你说话，我……"

"我比谁都希望你继续做一个航天设计师！"

于途愣住，盯着她："为什么？"

有什么为什么？

因为你仰望星空的时候最发光最好看。

因为曾经我喜欢上你的那一刻，你就在那侃侃而谈，说着我压根听不懂的宇宙奥秘。

因为我曾有过那么多幻想，每个幻想里的你都是一个航天设计师，而不是别的什么。

因为你喜欢啊。

乔晶晶忽然感到无比的委屈。

而她太久太久没受到这样的委屈了。

保姆车开到他们身边停下，小朱降下车窗挥手，"晶晶，于老师，你们怎么在外面？"

乔晶晶手指动了一下,扭过头,再也不看于途,直接拉开车门上了车。

小朱感觉气氛不太对,来回看看,"呃,于老师?"

乔晶晶关上车门,命令道:"开车。"

汽车消失在路口。

于途站在路边,下意识地想去衣袋摸根烟,可是他一时竟忘了自己其实并没有抽烟的习惯,只是偶尔去朋友那蹭两根。

他觉得有点心慌。

可是又好像不全是心慌,是血液流动,是心脏跳动,是一种失控的直觉,仿佛脱轨的预警。

一种陌生的涌动忽然就席卷全身,在他向来冷静自持的大脑里横冲直撞。他大概知道这是什么,只是从未体验,也不曾计划。他没想到会在这一刻突如其来地降临,他毫无准备,措手不及。

一切只因为那双倔强的,委屈得快要哭出来的眼睛。

但他冷静得很快。

他举步走向餐厅门口等位的人群,在一个小女孩面前停住脚步,礼貌地说:"能不能麻烦你把刚刚拍的照片删除?"

女孩的父母警惕地看着他。小女孩先是僵了几秒,然后不太情愿地拿出手机,当着他的面把所有照片都删除了,连同垃圾箱里的备份。

于途点头道:"谢谢。"

小女孩咕哝:"我本来也不会发,我是她对家的粉丝,才不会帮她炒话题呢,而且还把她拍得那么好看。"

然后她古灵精怪地说:"小哥哥你叫什么名字?是不是才出道啊?不然你这么帅我不会不知道啊。要是你和乔晶晶炒CP的话,我可以偷偷当你们的CP颜粉哦。"

于途觉得自己大概有点老了。小女孩最后还善意地提醒他:"不过她粉丝很凶的,你要小心啊。"

于途:"嗯,谢谢提醒。"

深秋的街道上,于途一边往地铁走,一边低头发微信。王教授很快回了过来,让他不用放在心上,他们都尊重他的选择。

而另一个……一直没有回复。

他叹了口气,停步站在路边。精密的大脑开始思索该怎么处理这个新型问题,刚有点头绪,手机屏幕忽然被一通来电占据,号码显示为"未能显示",于途心中一凛,立刻接通了电话。

话筒里传来一个凝肃的声音,"于途,J-X号在轨卫星突发故障,姿态失控,不管你在哪里,立刻结束假期,用最快的速度赶到西安卫星测控中心。"

第二十章

玲姐在小会议室外拉住小朱,眼神示意里面,"这是怎么了?怎么连着三天都来工作室了?"

小朱低声说:"好像跟于老师吵架了,于老师这几天都没出现。"

"前几天不还挺好的吗?"玲姐放开小朱,推开会议室的门。

乔晶晶正靠在沙发上发呆,看上去有些无精打采,玲姐打算说个好消息振奋下她精神。

"晶晶,李导那边合约发过来了,条件还不错。另外这消息传出去,来谈电视剧的报的片酬又涨了哈。"

玲姐报了个数字,表情美滋滋的。

乔晶晶的表情却没什么变化,玲姐拿手在她眼前挥舞了一下,乔晶晶抬起头看她,忽然问:"我值那么多钱吗?"

玲姐一愣。

乔晶晶又问了一遍:"拍一部电视剧最多五个月,我值那么多吗?"

"怎么不值了,你的片子电视台和视频网站都抢,广告商抢着植入投广告,电视台和视频网站都不亏钱,怎么就不值了?王琉和岳晓华也快这个数了。"

"我不是跟她们比。"

"那你跟谁比?"

乔晶晶没有回答她,半晌,她垂下眼睛,"我想这个是不是很矫情?"

"不是矫情不矫情。"玲姐在她身边坐下,"说实话,我也想过这个问题。但是目前的市场就是这样,你不拿别人也在拿,你不赚这个钱,你拍的剧片方还是卖那个价,差额最后落到投资方的腰包里。所以你想这个不是矫情不矫情的问题,是没意义。"

"而且,我问你,如果人家要找你拍个戏,给你几千万,你会不会说我只要几百万?"

乔晶晶抿嘴,实话实说:"不会。"

"所以你想这个有什么意思呢?这题目太大了。咱们好好拍戏,不出幺蛾子,对得起人家的作品人家的钱,该做的慈善也实打实做就行了。"

玲姐一口气说完,试探地问,"你怎么忽然想这些?于老师呢?"

乔晶晶眼睫微动,一言不发地拿过手机开始玩游戏,玲姐心中隐约有些明了,没再说什么,看她打了一会游戏就起身离开了。

乔晶晶打了两局排位,又发了一阵呆,打开了微信。手指惯性地下拉,点开了某个名字。

那两句话这几天她已经看了好几遍。

"对不起。"

这一条那天她立刻就看见了,可是根本不想回他。

下一条已经在深夜。

"我要出差一段时间,归期不定。"

西安。

于途脱下防静电服,从保险柜中拿出自己的手机,按了一下,果然没电了。

他穿上外套往外走,关在走进来,"老于,等我一起。"

于途等他换好衣服,两人一起往测控中心旁边的招待所走去。

西北的十一月已经十分寒冷,六点多天还没亮,天地间一片黑暗寂静,只有微弱的路灯光照着脚下的路。

被风一吹,关在缩了缩脖子,调侃于途:"出去浪了一个月,专业倒是没荒废啊。"

"主要是人家测控中心的功劳。"于途脑海中还盘旋着数据，"卫星寿命还是受到了影响。"

"当初设计寿命就是三年，现在已经是超期服役了，再说这次故障原因也不在总体设计上。"关在打了个哈欠，用力晃了晃脑袋，"这颗卫星是你参与设计的第一个型号吧，也是我们第一次合作。"

"嗯。"

"你猜我第一次见你什么感觉？"

"嫉妒吧。"于途笑笑，"挺明显的。"

"呸。"关在笑骂一声，"一开始我觉得，哟呵来了个门面，结果没多久你就给了我一份总体优化方案，我心想不错啊，这才貌俱佳堪为良配啊。"

于途无奈，"注意用词，别给我们工科生丢脸。"

关在嘿嘿一笑，冷不丁地说："我们来谈谈钱？"

于途脚步一缓，"老师跟你说了？"

"张总打电话给我了，让我旁敲侧击下，你是不是有什么困难？"关在说着忽然想起了什么，"是不是跟你家里有关？"

他恍然大悟似的："我想起来了，有一天你接了家里的电话，讲的是方言，第二天就有点不对劲。"

于途沉默了一瞬。

"家里没事。"他回答，"我就是心杂了。"

"没事就好。"关在点点头，没再追问，"我有点好奇，干投行真的那么赚？刚毕业百万是不是真的？"

"看人看年景。"于途说，"零八年金融危机前有人能拿到。我毕业那年，刚从金融危机中缓过来，还算不错。"

"我要是去Google也是高薪，不说Google，去NASA也不错，不过身为外国人，大概永远接触不到核心技术，而且一旦有成果还不是他们的，我可没什么全人类视角。"

他掏出烟，递给于途一根。

"知道我为什么从来没挽留过你吗？因为我从来没觉得你会走。我一直觉得你和我是一样的人，用我老婆的话来说，四个字，不合时宜。现在这个型号是我们一起设计，一起论证，一起提的方案。我觉得你舍不得，我还跟人打赌，要是你走了，我就改名叫关在猪圈。"

于途低头专注地看着手里的烟，"那不阖家团圆了？都是兄弟姐妹。"

"滚，那我跟你也兄弟。"

关在吸了口烟，"我有个问题啊老于，卫星故障的事情谁也说不准，我们这次五天就解决了，但是花几个月的也有，要是真几个月，投行能等你？还是你不管这边甩手就走？"

于途停下脚步，"打火机，借个火。"

微弱的火光一闪而灭，两人没再继续刚刚的话题。

关在抽烟一向快，走了几分钟又点了一根，于途皱眉："你少抽一点。"

"我提个神，一会你嫂子就起来了，我给她打个电话再睡。"关在想起来，"对了，说到你嫂子，她有个师妹，想介绍给你。"

关在语气有点酸溜溜的，"人家就看了一眼我和你的合照，就问有没有女朋友，长得帅就是占便宜，当年我追你嫂子可费了九牛二虎之力。"

"你这习惯性嫉妒早点治。帮我婉拒吧。"

"真不用？我也见过一次，挺漂亮的。"

"不用了。"

关在就没再提。过了片刻，于途自己开口了，"我最近，认识了一个……"

他顿了顿。

关在精神一振，"姑娘？"

"嗯，挺机灵的，有点皮……也很听话。"

"行啊。"关在来了兴致，"刚刚休假认识的？"

"不是，我高中同学。"

"高中同学？咋现在才谈？"

于途笑了笑："我以前，判断力不行。"

他补充："没在谈。"

"怎么，人家不喜欢你？不至于吧。"

于途没有说话，眼睛却很亮。

关在立刻懂了。"你行啊，宝刀未老。"

说话间，两人已经到了招待所门口，烟都还没抽完，便在外面没进去。

关在有点撑不住困意，猛吸了几口，靠在柱子上闭目养神。

于途站在一侧的台阶上。

四周很安静。

渐渐地，远方的天际透出了一丝微光，不过头顶上的星星尚未隐没，依旧星光闪耀。宇宙浩瀚，亿万星辰，里面有他和同事们刚刚耗尽心血救回来的一颗。

他想起关在的问题，如果这次任务要花一个月甚至几个月，他会不会走？

他没有回答，关在没有追问，因为他们心知肚明，他不会。

当血在热的时候，怎么可能抽身离开？

他忍不住地又一次问自己，是不是真的要放弃？

他已经有一阵子没想过这个问题，他以为他已经坚定，可是在这五天五夜和同事们竭尽全力地共同奋战后，竟然又有一丝动摇。

或许他该再想想。

最后一丝烟雾在眼前消散，于途脑海中莫名闪过一双亮如星辰的眼睛，那双眼睛的主人此时大概正在甜蜜的梦境中无忧无虑地酣睡吧。

心头刹那间生出一丝柔软，驱散了身上的寒意，他眉目舒展了些，回头提醒关在："你可以打电话给嫂子了。"

关在没有回答，他闭目靠在柱子上一动不动。于途心中突地一跳，他走过去，试探地喊："关在？"

靠在柱子上的瘦削男人眼珠子好像动了一下，却没能睁得开，下一刻，整个人宛如崩塌般地向地面倒了下去。

上海这几天骤然降了一次温。

乔晶晶一大早醒来，发现游戏的版本又更新了，看更新说明，又出了一个新的英雄，装备属性也有一些调整。这阵子版本更迭频繁，她皱了下眉，打电话给玲姐，让她去跟KPL那边确定下，比赛上会用哪个版本。

等洗漱好，玲姐的电话回过来了。

"说就用今天刚刚更新的版本，所以新英雄也有可能上。"

"嗯，我待会试试新英雄，装备也要调一下。"

玲姐听着有些感慨，"一个多月前你还是小白一个，现在真是内行了。阿国说昨天和你匹配了两把，你打得挺不错的。比赛有把握不？"

"竞技说不准的。"

排位打多了其实也就明白，有时候，技术再好也可能连输，不好也可能躺赢。一个月前她还信誓旦旦一定要在比赛上赢，现在却明白，竞技是不可控的，没有稳赢的说法。职业选手会输，她当然也会输，只要表现出最好的自己就可以了。

吃早餐的时候，乔晶晶翻了下日历。

已经是十二月一号了。

于途整整消失了十天。

不过，其实到现在，她也不是很需要于途了。

照样看竞赛视频,听解说分析战术体系,照样一个人单排,不过是少了一个人看着她打,帮她战后分析而已。

她想起那时候于途跟她说,让她一个人打到最强王者。如今也只有一步之遥而已。

吃完早餐,她看了一会电影剧本,做了一些笔记。然后打开了手机,正要点进单人排位,忽然一个邀请框跳出来。

玉兔捣药(来自QQ好友)
至尊星耀V
邀请您组队排位.5v5王者峡谷。
接受　拒绝

乔晶晶的手顿住,她定定地看着那个邀请框,良久没做出反应。
一分钟后那个邀请框自动消失了,很快一个新的邀请又弹出来,仍然是玉兔捣药邀请她排位。
这次乔晶晶点了进去。
两人在一个队伍房间里,却谁都没说话。
过了一会,于途点了开始。

他们整整打了一上午,每次打完,于途就发一个新的邀请过来。
她一直没说话,他也不说话。
她打百里守约,他就打辅助。她拿辅助,他就拿射手。她拿中单,他就打野,时不时到中路来帮她抓人。有一局她赌气地拿了玩的很差的娜可露露,他就拿了关羽,一路跟着她到处GANK。
五连胜,六连胜,七连胜……
十连胜的时候,乔晶晶放下手机,忽然觉得一阵气闷。不是说不和她双排吗?现在又算什么?

门铃响起来。

乔晶晶有些烦躁地走过去开门。

"晶晶晶晶。"门一开,小朱喘着气说,"于老师怎么在楼下,你把他关楼下不准上来吗?我想了想都没敢打招呼。"

乔晶晶愣住。

几秒后,她抓着手机就往下跑,没有戴帽子没有戴口罩,甚至都没换掉拖鞋。

电梯里,手机屏幕上又弹出排位邀请,乔晶晶心里翻腾的不知道是什么情绪,只觉得电梯前所未有的慢。

她跑出电梯,跑出大堂,然后站住了。

大堂外,梧桐树下的长凳上,有个人坐在那里,正低头很认真地看着手机。

好像察觉到了她的到来,那人抬头看向她,眼神有些疲惫,有些温柔,问她说:"还气吗?"

第二十一章

乔晶晶心里酸酸胀胀的,但她知道,自己不是在生气。

但是她又不想承认。

于途站起来,过了一会才说话,声音有点喑哑。"你一直没回我微信,所以我来问一下,还需要我教你吗?"

乔晶晶咬了下唇,把头撇到了一边,"那天我也用词不当,你帮我向你老师道歉。"

"说过了。"于途说,"师母前几天还发消息问我,你的朋友晶晶是不是那个明星乔晶晶。"

"……哦。"

又没话说了。

"我不在的时候,你游戏打得很好。"

"你又知道。"她有点小赌气。

"昨晚我看你的历史战绩了。"于途叹了口气,又问,"所以还需要我吗?"

乔晶晶觉得他简直在逼她,可是她到底说不出一句不要,只好气恼地说:"你淘宝的那些奇奇怪怪的零件总算寄到了,写了我家地址,手机号码却是你的,幸好物业代收了,难道就扔在我家不管吗?"

于途说:"要管的。"

哼。

乔晶晶一副很不情愿的样子:"……那先上来吃饭吧。"

"有我的？"

……当然没有。

于途笑了笑，"我明天再过来，坐了一晚上的火车，现在太臭了。"

一晚上火车？

乔晶晶这才注意到他的样子很落拓，衣服皱巴巴的，头发有些凌乱，眼睛里还透着红血丝。

她这下是真的生气了，"你……坐一晚上火车还跑来这打游戏！"

"嗯，幸好带了充电宝，不然电量都不够。"

乔晶晶简直不知道说什么好了，明明是生气的，可是心头好像又偷偷地泛起了一丝欢喜。她瞪了他好一会，最后彻底败下阵来，郁闷地说："我让司机送你回去。"

"不准拒绝，别去地铁里熏别人了！"

于途没有拒绝。

乔晶晶一下午都有点魂不守舍，游戏也打得飘忽不定，于是在十连胜之后，光荣地来了个十一连败。到了晚上睡觉前，输输赢赢，段位又退回了星耀1。

……于途和她双排上的分都掉光了。

乔晶晶陷入了严肃的关于命运的思索——难道她只有单排上王者的命？

幻想了一下明天于途看见她战绩后可能会有的一言难尽的眼神，乔晶晶深深地忧郁了。于是第二天早上于途一来，她就把自己的手机送到他面前，先发制人地说："看，我掉了十颗星。"

她一副邀功的样子，于途差点以为自己听错了，也许她说的是她单排上了十颗星？

他拿过她的手机确认了一下——的确是掉了十颗星。

"引以为豪？"

"匹配机制问题，连胜之后连败几率很大啊。"乔晶晶为自己辩护，"而且我有五个败方MVP。"

于途目光微垂，修长的手指在屏幕上划动着，就站在门口，把她昨天单排的数据看了一遍。

乔晶晶在旁边装作一起看手机，余光却忍不住偷偷瞥向他，看他低头认真的样子。

欢迎回来啊，于老师。

"这一场怎么回事，守约16%的输出？"

……于教头才对。

"是辅助的问题！"乔晶晶赶紧甩锅。然后也不看教头本人了，紧盯着手机，一旦出现不堪入目的数据，就赶紧在他开口前狡辩几句。

于途听而不闻地看完，把手机还给她。

乔晶晶问："一会我是继续单排吗？还是你带我双排？"

"我带你。"于途干脆地说。

咦，于老师怎么出差一趟性格大变了。

"你出差发生什么好事了吗？"不然怎么变得这么体贴善良。

于途脱下大衣正要挂起来，闻言，他的动作凝滞了一瞬。

乔晶晶却没注意，想起来问他："对了，你去哪里出差了啊，这么突然，很严重的事吗？"

"西安。其他不能说，保密要求。"于途挂好大衣转过身，神色已经如常。

"这么严格，家属也不能说吗？"乔晶晶好奇地追问，问完才发现自己的话有歧义，连忙补充，"假设……我不是说我。"

"不能。"

"那多无聊啊，岂不是很没话题。"乔晶晶随口感慨。

"大概吧。"于途眼睫微动，他往里面走，"我们开始吧。"

屋子里有点热。乔晶晶不喜欢穿得臃肿，前几天一降温，立刻就开了全屋地暖，室内温度比降温前还高了几度。于途第一局打到一半，趁着乔晶晶把他卖在河道，把毛衣也脱了，只穿着一件白衬衫。

游戏里的人物还没复活，他的目光不由落在了乔晶晶身上。大概地板上暖和，她便不肯好好地待在沙发上，而是拿着手机赤足坐在了地毯上。白色的长绒地毯，精致秀气的脚趾上点着朱，乌黑的长发披散。模糊的记忆中，好像一直这样爱美和娇气，此刻却突然动人。

而当她抬起头，眼神有点迷惘地看他时，一切就都更生动起来。

"你干吗在泉水不动……"她想起什么，表情登时有点小心虚，"我不是故意卖你的啊……"

"信任，我知道。"他平静地收回视线，注意力重新回到了游戏中，"跟上我，去对方野区拿个红。"

"好。"乔晶晶高兴地跟上他的李元芳一起搞事去了。

于途今天打得和以往有些不一样，特别的凶，不断地入侵压制对方野区，用的也都是他不常用的英雄，比如说李元芳、韩信、百里玄策之类的。节奏带得飞起，每一盘结束得也很快，居然比昨天更快地带她回到了王者十星。

然后他放下手机，看了看时间说，"你自己随便玩一会，我去修投影机。"

……怎么有一种——"看，这是朕给你打下的星星，你自己玩，随便掉"的感觉？

乔晶晶连忙挥掉这种不靠谱的想法，拿着手机晃悠地跟着他到了家庭影院，蹲在一边监视他修投影机。

"多久能修好啊？"

"很快。"

"大后天就决赛了，要是修不好我们就偷偷去现场看？"

于途低头拆着零件，"你到底是想去还是不想去？"

"看你水平？"

"……别干扰我发挥。"

"哦。"乔晶晶闭嘴，又看了一会他干活，然后坐在旁边的地毯上开始单排。

她选了露娜,因为上一局于途玩的就是露娜,在敌方高地一打五,秀得要命,弄得她也跃跃欲试起来。

然而两波团战下来,她就后悔得想哭了,露娜真的太太太难玩了,人家是"月下无限连",她大概是"月下无限空"?

她本来还想坚持一下,可是自己的队友没说什么难听的话,对方的苏烈却开始嘴贱,叫嚣着垃圾们快点投降,乔晶晶一气,直接把手机塞给了于途。

于途正挽着袖子拆零件,手都来不及擦,就被塞了一个0-4的露娜。

塞给他的人还气愤地要求他:"揍对面那个苏烈,一直嘲笑我。"

于途看了一眼她的经济,"现在揍不了。"

不过遇见苏烈的时候,他还是走位调戏了一番,然后穿墙走人。

这其实不是于途的风格,用他的话来说,这属于无用功。

平时的于老师根本不会浪费时间这么做。

这次是因为她让他去揍人家吗?

乔晶晶的眼神从手机屏幕上移开,默默地落在他的脸上。

她莫名地觉得,出差回来的于途,好像变得,有点温柔,还对她有点……纵容?

说不上有哪些具体的细节,很细微,也许于途自己也没察觉。

可是她就是觉得。

甚至蠢蠢欲动。

想试探。

"于途,我这几天可以拿你的手机打游戏吗?"乔晶晶忽然问他。

于途从游戏中抬眼看她,乔晶晶的眼睛亮闪闪的,理由信手拈来,"打比赛的时候要用比赛专用机啊,就是你手机那个牌子,型号也差不多,我练习下手感。"

于途点点头,"密码××××,自己去客厅拿。"

想得寸进尺。

"你有没有加高中同学群啊?"手机拿了过来,乔晶晶明知故问。
"有。"
"我没加……有点好奇他们现在怎么样了,可不可以用你的微信看看他们的朋友圈?"
于途淡淡地说:"朋友圈就是给朋友看的,你也是他们同学。"
哎,关键不是人家给不给看,是用你的微信呀。
乔晶晶眼睛一转:"所有人吗?"
于途心中微涩,为她小心的试探,他想说"我都没看过,你看什么",然而最终他只是头也不抬地操作着游戏,仿佛一无所觉般地应了一声。
乔晶晶叹了口气,这个人完全不懂她的点……算了,不懂也不错。看着于途用露娜帮她报了仇,她决定投桃报李,帮他的号也赢一场。
至于朋友圈什么的,说说而已,她才懒得看。

其实于途的手机乔晶晶第一天就拿来打过排位,后面当然也用过,不过那是直接打游戏。这还是第一次她自己解锁,好像得到了某种许可,他的世界完全开放给她。
她忍着去翻他手机里都有什么东西的冲动,准确地找到了王者荣耀的标志,点开排位赛。
打了几分钟,她自己的手机响了,是小朱的电话,乔晶晶百忙之中在自己手机上按了个免提。
小朱的声音响起来。
"晶晶,品牌给你送了生日礼物,还有三个大箱子,我让司机师傅搬上来?"

乔晶晶正想答应，忽然想起旁边的于老师。

唔……想支使于老师干活……

"等一下。"她对小朱说，然后笑盈盈地看向于途，"司机进来不太方便，你去电梯那边帮忙搬一下？"

于途直接下楼去搬了，乔晶晶便拿着手机边打游戏边在电梯门口等着。

游戏里推到敌方高地的时候，电梯门开了。小朱拿着个小箱子，于途搬着个大箱子，两人一前一后地走出来。乔晶晶抽空往电梯里瞄了一眼，里面还有两个巨大的箱子。

她有点奇怪："哪个品牌提前这么久送我礼物，这么多？"

"B家啊，每年都提前十几天的。"小朱回答说，"哦，这三个大箱子里的不是啦，是你上次代购的那些衣服包包鞋子，一起寄来了，哎呀来得还是很及时的，正好过几天你比赛可以搭配一下。"

乔晶晶手一抖，送了个人头。

"……你不是说品牌送的东西？"

小朱举了举手里的小盒子，"这个呀。"

乔晶晶："……"

队友顺利地推掉了敌方水晶，大大的"胜利"两字出现在屏幕上，然而乔晶晶的内心却一片荒凉……

她麻木地收起手机，走到于途面前，打算帮忙搬一下，于途让了一下，"我来，有点重。"

哦……

能不重吗……一箱子里不知道塞了多少件衣服……

她为什么要折腾……为什么不让司机偷偷搬进来算了……

于途把三个大箱子都搬进家里。关上门，小朱还在叽叽喳喳："晶晶，你秋冬季的衣帽间太挤了，我把前几次买的那些不合适的衣服整理出来吧,好多标签还没摘呢,和以前一样大家分一分?还有寄给佩佩姐。"

乔晶晶:"……"

很好,暴露了更多她奢侈乱花钱的细节!

她现在就想知道,她的助理,为什么,情商,这么低?

她背对着于途,无声地对小朱说了个"闭嘴",小朱还算机警,立刻不说了,但是那瞬间抿得特别紧的嘴和瞪大的眼睛是怎么回事?

……谁教你这么浮夸的演技的?

乔晶晶好想扣她工资。

"挺好的。"

身后突然传来于途低低的声音。

乔晶晶扭头看他,怀疑自己幻听了,这是那个说她享受这社会红利的于老师说的话?

看到她疑惑的目光,于途笑了笑。

他想,是挺好的。

就这样,每天开开心心,打扮得漂漂亮亮,无忧无虑,再好不过。

这天于途走得比较早,六点多就离开了。

他走出乔晶晶家,打了个很长的电话,然后在街边买了一杯热咖啡。

站在路边,慢慢喝了很久。

咖啡很快就冷了。

不过大概这才是正常的温度,没有一室的温暖,没有狡黠的笑靥。

他将咖啡杯扔进垃圾桶,伸手拦下了一辆出租车。

第二十二章

乔晶晶悄悄地收回了试探的小爪,安安分分地跟着于途打了两天排位。

转眼就到了KPL的决赛日。

决赛开始时间是下午三点,乔晶晶两点半就在影音室里等着了。先打开了直播平台,然后就拉着于途一起研究把竞猜币投给哪个队伍好。

这次决赛的两支队伍是洛神和天宫。而天宫,正是乔晶晶喜欢的职业选手下雪所在的队伍。

所以感情上似乎应该是投给天宫。

但是她可有十万竞猜币啊,都是她辛辛苦苦每天打排位匹配才积攒下来的。如此巨额,哪能感情用事。为此她仔细地看了一堆赛前报道和八卦,还窥探了一下隔壁的于老师。

正好看见于老师把所有的竞猜币都投给了洛神。

"你都投给洛神了?"

"他们状态更好,洛神春季赛冠军,经验也更丰富。"

乔晶晶不服气地说:"下雪状态也很好啊。"

所以有点不顺眼。于途说:"想赢的话投给洛神,概率大。支持偶像就投给天宫。"

"那不行。"乔晶晶肃容,"我可是理智追星的人。"

她到底该相信偶像还是相信学神?

"算了,我还是投给天宫吧,不然我们都投洛神多无聊。"乔晶晶投完，脑子里冒出一个主意，兴致勃勃地提议，"要不我们也打个赌吧？谁押的队伍输了，就答应对方一个要求？增加趣味性啊。"

于途对她层出不穷的新鲜主意早处之淡然，"可以。"

他示意大屏幕，"开始了。"

三点整，比赛正式开始。

决赛就是决赛，打得眼花缭乱异常激烈。乔晶晶本来规规矩矩地和于途一起坐在沙发上，看着看着就滑坐在了地毯上，抱着膝盖看得目不转睛。

前面三局洛神和天宫打了个2:1，乔晶晶有点紧张。决赛是七局四胜制，如果天宫再输一局，就很难扳回局势了。

还好第四局天宫开局很顺，连续两波团战都赚了。第二波团战下雪还拿了个三连决胜，乔晶晶粉丝之心简直燃爆。

"下雪好厉害啊！换我都死一百次了。"

然而洛神毕竟是春季赛冠军，面对劣势不慌不忙，很快就在下一波的团战中打了个漂亮的伏击，紧接着又拿下主宰，立刻追平了经济。

局势登时又扑朔迷离起来。

乔晶晶的心再度被吊起，她扭头问于途，"洛神真的好稳，你觉得……"

她的声音突然停住了。

身后侧的沙发上，于途靠坐在那里，不知何时竟然闭上了眼睛。

这是……睡着了？

乔晶晶拿起遥控关掉了声音，然后悄悄地从地毯爬回沙发，屈膝坐在他身边，认真地研究他。

他的睫毛很长很密，所以眼睛总是显得很幽深，乔晶晶有点点嫉妒，她的睫毛也长，却不算密，每次都要仔仔细细刷好久。一个男人要这么好看的睫毛干什么，还不如送给她。

他的眉毛修长而硬朗，所以总是英气十足的样子。不过此时他的眉间却微微蹙着,好像有什么忧心的事,睡梦中都不放松。

乔晶晶皱眉,他最近很累吗?看这么激烈的比赛都会睡着。

可是他在忙什么呢?

自从出差回来,他每天都六点多就走了。乔晶晶其实想过问他,是不是还在忙研究所的事,为什么决定离职了还在忙。可是想到上次不欢而散的原因,到底没问出口。

乔晶晶默默地看了他半天。

算了,不管他忙什么了。忙什么都好,年轻的时候,忙一点累一点也很正常,谁不要拼呢,她自己忙起来也经常连续几天每天都只睡三四个小时。

不过眼底下淡淡的黑影实在有点碍眼。

她想了想,拿出手机给他拍了个照,然后打开P图软件,熟练地帮他把眉间的褶皱抹平,再把黑影P掉了。

但是怎么看怎么奇怪,怎么还不如没P的时候好看?

她把照片和真人对比了一下,退回恢复后重新开始P。这回更仔细了,用上了当红明星级的P照经验,但是成果还是不尽如人意。

唔,可能是原片的角度不对,不够正面。

重拍一张好了。

她跪坐起来,倾身对着于途的正脸拍照。然而她低估了沙发的柔软和弹性,随着她不断地调整角度,一个重心不稳,居然整个人直接砸到了于途身上。

乔晶晶整个人都蒙了,在于途身上僵硬了好几秒。

身下的躯体温热而坚硬,彰显着男性特有的力量感,她的心慌张地怦怦猛跳了好几下,才镇定了一些。

于途好像没什么动静。

她侥幸地想,难道他没被她砸醒?

也不是没可能吧?毕竟,嗯,她这么轻?

她动了动想起身,然而下一秒,她侥幸的幻想就破灭了。一只灼热有力的手掌突然牢牢地握住了她的手腕。

她登时停住了动作，可握着她手腕的手却也没有动作，只是握得特别的紧。

好一会，那只手才温柔又坚定地将她从他身上带起来。

乔晶晶借力坐回沙发上。

她脸上有点发烧，压根不想去看于途，感觉就算红毯上摔一跤都不会有现在这么尴尬了。

她该怎么解释……

"那个……我……"

于途打断她，声音有些低沉，"你要拿什么东西？"

乔晶晶一愣。

于途的视线转向他身侧的茶几，"茶杯？"

她终于反应过来，"……嗯。"

于途把茶杯递给她。

乔晶晶捧着茶杯，目不斜视地坐着，心里松了口气，这算揭过了吗？是吧，他都主动帮她找好理由了。

可是为什么心里居然有点闷闷的？

于途坐在沙发上，身体微微前倾，几缕发丝凌乱地落在额前。他的目光定定地落在自己手上，片刻后，镇定地抬头看向大屏幕，"谁赢了？"

乔晶晶这才想起还有比赛，抬眼看去，屏幕上已经在回放比赛的精彩瞬间了。

……比赛都结束了？

但是她哪知道谁赢了。"……你猜。"

于途拿起自己的手机看了下竞猜结果，"我猜你输了。"

原来天宫输了。

"哦，那我输了，你可以提要求了。"

她的声音快快的，情绪不高的样子。于途眼眸微敛，心绪又杂乱起来。最终，他没有管住自己，他听见自己在问她，"你月底生日，想要什么礼物？"

乔晶晶眨眨眼，"我在问你要提什么要求。"

于途顿了一下说："要求就是告诉我要什么礼物。"

乔晶晶看着他，眼睛慢慢地亮了，刚刚那种烦闷全都不翼而飞，她情绪飞扬起来，"那我可不会客气哦。"

"当然。"

乔晶晶不客气地想了一会，实在想不到要什么，"太突然了，我想想再告诉你。"

哎于老师真是太直男了，哪有送礼物还问别人的。难道不是突然拿出来才是惊喜吗？

"好。"于途点头，拿起遥控器，把一直被遗忘的音响重新开起来。

"决赛结束了，再过几天就是颁奖典礼，你想好选哪些职业选手做你队友了吗？"

怎么忽然聊正经事了，她还在想礼物呢。

不过看于途十分认真的样子，乔晶晶也跟着换了个频道，"你有什么建议？"

"第一人选，天宫，舟隐。"于途找到了刚刚决赛的第一场回放，"天宫决赛虽然输给了洛神，但是作为队长，舟隐的个人能力毋庸置疑，是KPL赛场上少有的全能选手，英雄池深，什么位置都能打，方便你们调整战术。"

"我还以为你会建议选洛神的人。"

"洛神的实力当然很强，但是他们最强的地方在于整体的配合，你有两名队友都是随机抽选的，所以还是选个人能力突出的选手最佳。"

乔晶晶点点头，"好吧，我也蛮喜欢舟隐。"

"嗯，舟隐长得也不错。"

"……人家才十九岁！"

年龄都知道。于途一笑,提醒她看大屏幕:"注意舟隐的打法。"

乔晶晶就看了看。

"看出来了吗?"

"什么?"乔晶晶蒙蒙的。

"这几天和你排位的时候,我在模仿舟隐。"

乔晶晶一怔。

"他常用的英雄,习惯的打法,行为模式,这样到了比赛场上,你会更熟悉他,更容易和他配合。"

"……这几天你在模仿他,让我熟悉他的打法,练习和他配合?"

"对,我还模仿过下雪,你没发现?"

完全没有。她只是觉得他最近的打法套路和以前不太一样,却原来他是在模仿别人,只为了让她熟悉那些选手的风格……

去研究这些要花多少时间和精力?他这么累,是因为这个吗?

乔晶晶心里一瞬间不知道是什么滋味,她只知道,她一点都不想再去试探什么了。

不需要了。

"我想到生日礼物了。"她说。

于途看着她。

"你送我一个五连绝世吧。"乔晶晶微笑着说,"打到现在,还没五连过呢。不过是你送我,不是他们送我,所以不要模仿他们了。"

"我更喜欢和你打配合。"

于途的目光一瞬不瞬地停在她脸上,然后低头好像很无奈似的一笑。

"你笑什么?"乔晶晶有点恼了,明明很浪漫好吗?

"没什么……感觉是个体力活。"

"……"

不要以为她听不出他在嘲笑她,她只是运气不好才会打到现在都没五连过的!

"现在就开始吧。"于途拿起她落在沙发上的手机递给她,"你先单排掉三十颗星。"

"什么?"乔晶晶以为自己幻听了。

"你现在段位太高了,王者五十星的五连绝世。"于途叹气说,"我送不起。"

乔晶晶瞪他一眼,忍不住也笑了,傲娇地说:"那我不管。"

"对了。"她忽然想起什么,跑到客厅找了一下,拿了两张票过来。

"颁奖典礼的门票,到时候你和好慌一起来看吧!来之前请阁下务必好好休息,别又看到一半睡着了。"

于途接过门票,"叫上好慌?"

"对啊,一起来嘛,到时候你可以告诉他——台上那个最厉害的……哦不是,最好看的,就是手可摘棉花!"

第二十三章

早在十天前，KPL官方微博就公布了颁奖典礼上娱乐赛的玩法。

KPL王者荣耀职业联赛V：

五位幸运玩家还有三天即将抽出，下周将和代言人@乔晶晶 一起进行娱乐赛。剩下其他四位队友来自哪里呢？（dog脸）铛铛铛！小编兴奋地告诉大家，到时候将由这六位选手自己在观众席中随意挑选，那么观众席中都有谁？？？(dog脸)

下面放了一张图，正是十二支职业队伍的大合影。

评论已经爆了。

雪花飘啊飘：就是说他们可以每个队伍选两名职业选手？

貂蝉小小小姐姐：这样有点意思啊，我也要去官网报名了。

不得不说官博卖了一手好关子，憋到最后才放大招，立刻刷了一波热度。玲姐旁观了一阵，也是佩服不已。

她最近挺紧张的，时不时就要抓个工作室的人吐槽解压。想想也是，她一个艺人经纪人，哪里想到有朝一日还要操电竞教练的心啊。

到了比赛当天，她更坐不住了，一大早就赶到乔晶晶家里出谋划策。

不过她的重点有点偏。

"穿宽松点的毛衣吧……这件太长了，拿走拿走。"

"不要高跟鞋，小白鞋……算了还是高跟鞋吧，显腿长，万一有的观众拍照技术不行呢。"

"头发扎起来,青春活泼一点,额头那边不要梳那么光,要毛茸茸一点!"

"裤子脱了换短裤,一定要露腿!"

乔晶晶也没全听她的,最后穿了一件白色的大毛衣,松松地塞在短裙里,配上高跟鞋。除了一副镶钻兔子长耳环,全身上下没其他首饰,显得青春而活泼。玲姐左看右看,长舒一口气,"可以说很完美了!咱们输比赛可以,腿不能输,脸不能输。"

乔晶晶从镜子里白了她一眼:"你能不能说点吉利的?"

"赢赢赢,我这不是给你放松嘛。"玲姐回答得斩钉截铁,但是心里还是有点紧张。

"对了,你不是之前都王者五十星了吗?怎么我今天早上看看又倒退了很多,是不是状态不太好啊。"

……别提了。

说到这个她就郁闷……因为于老师真的再也不和她双排了,眼睁睁地看她单排掉回了王者十五星,然后异常积极地带着她打匹配。

这种有目的性的匹配很累好吗?到后来她都想拉着于老师冷酷的裤脚问他能不能不收这个礼物了。

真不知道他为什么这么急,她生日在月底啊。

然后到现在也没打出五连绝世来,于老师还挺失落的样子= =

她懒得跟玲姐解释了,简单地说:"十五星才是我真实水平,之前五十星都是于老师带我上去的。"

"哦哦,十五星也很棒了。"玲姐放下心来,也给她打放心针,"你放开打,不要紧张,熟悉的几个营销号媒体我都打好招呼了,保证输了也把这事说得漂漂亮亮。"

"……"

乔晶晶也是心累,从未见过如此唱衰还自信满满的经纪人。她提醒了一句,"竞技说不准输赢,赢了别乱吹,输了更别乱捧虽败犹荣什么的，过犹不及。"

玲姐一凛，立刻打电话把这点跟宣传提了一下。挂了电话，正想表扬乔晶晶一句有分寸，却见她又在美滋滋地对镜照耳环了。玲姐顿时无语地把表扬都咽了回去。

颁奖典礼七点开始，下午五点多，乔晶晶团队就到达了KPL赛场后台。

KPL本来专门给她准备了一个化妆间，玲姐十分功利地拒绝了。"去刷刷选手们的好感度嘛，也许有用呢。"

乔晶晶出现在大化妆室的时候引起了一阵骚动。不少工作人员包括一些略外向活泼些的职业选手都来找她合影签名。

乔晶晶当然一一配合，不过给选手们签名的时候，她都直接to签了。大家看她唰唰唰的，看人一眼就准确地写下to某某某，都有些吃惊。

一名叫阿明的选手有些羞涩地问："你怎么知道我的ID。"

乔晶晶笑眯眯地："我是代言人啊。"

好官方地回答了一下后才一笑说："我看过你们很多场比赛，哦，还有直播。"

"还看直播？"对方很吃惊。

"当然。"乔晶晶很认真地说，"到时候要和你们一起打比赛啊，当然要知道你们打什么，知己知彼嘛。"

阿明想了半天，小声说："要是对方选了我，我少杀你一回。"

乔晶晶："……"

……这就是电竞宅男表达善意的方式吗？

又签了一阵，工作人员急匆匆地来喊选手们入场了。

乔晶晶站起来送他们一下，选手们走到门口，有个男生忽然大喊一声："女神待会选我，我叫舟隐，天宫战队的。"

大家顿时哄笑起来。

轮到乔晶晶上台的时候，五位被抽中的幸运玩家已经站在了台上，两女三男，年纪跨度还挺大，十几岁到四十多都有。要不是这是公开公证的抽奖，简直让人怀疑王者荣耀在故意炫耀他们的受众宽广了。

她出场的BGM很搞笑，居然是《乱世巨星》，乔晶晶心态很放松，一听差点笑场。BGM结束，主持人大声宣布："欢迎我们王者荣耀的代言人，乔晶晶。"

乔晶晶跟大家打招呼："大家好，我是乔晶晶。"

她有专属的后援团到场，粉丝们一片尖叫。

"晶晶老师还是第一次来到我们的现场吧，并且要和大家比赛，你紧不紧张？"

"我一般不紧张。"

主持人机灵地接梗："哦？"

"都是我队友紧张。"

观众席上顿时一阵笑声，视频网站的直播弹幕上也刷起了一片哈哈哈。

"怎么办我居然觉得她有点萌。"

"队友紧张笑死我。"

主持人顺势问："那你知道你旁边几位里面，哪两位是你的队友吗？"

乔晶晶一歪头，打量了一下说："最紧张的两位？"

观众们又一阵笑。

主持人擦汗："我觉得他们都很紧张了。其实现在还不确定你的队友会是谁，待会呢会通过抽签决定。接下来先请我们五位幸运玩家做一个自我介绍，哪位先开始？"

幸运玩家们互相看看，最左边的短发女生接过话筒："大家好，我的游戏ID叫九个番茄，上交大学生，段位是铂金。"

眼镜小哥："我叫战斗小熊，房产中介，段位钻石，大家要买房可以找我。"

中年男子："我叫一目尽海，是个码农，段位是至尊星耀。"

白领妹子："我叫童童很灵，职业是律师，段位是黄金。"

最右边的青年男子拿到话筒的时候观众席上有一阵小小的喧哗，他笑着朝观众席挥挥手。

"大家好，我叫花间一壶酒，最强王者二十一星，职业是王者荣耀主播，直播房间号××××，我想说我真的没暗箱，我真的是被抽中的。"

主持人笑着接口："这个我保证，没有暗箱。"

说完他看向乔晶晶。

乔晶晶："啊我也要？"

乔晶晶连忙说："我的游戏ID叫……好几个呢都要报吗？我还没来得及关闭添加好友啊……"

大家又一阵笑后，乔晶晶："职业是演员，今天的职业是王者荣耀代言人，段位是最强王者十五星。"

刚刚那个主播报自己二十一星的时候没太多人惊讶，此刻底下却是"哇"的一片惊呼，粉丝疯狂地挥舞道具。

乔晶晶面带微笑地站着，底气十足。

主持人："好，大家都介绍完毕了，现在说一下我们这次队伍的分配，晶晶女神和咱们主播都是最强王者，所以肯定不能在一个队伍。另外四位幸运玩家将按段位公平地分组抽签。"

两次抽签后，最后眼镜小哥和短发女生走到乔晶晶身边，小姑娘眼镜亮晶晶的，上来就抱了乔晶晶一下。

"晶晶，我是你的粉丝！因为你才报名的。"

"那你可别坑她啊。"主持人开了句玩笑后接着说，"你们给自己队伍取个名吧。"

主播拿过话筒说："我建议我们队就叫摘星队，就是想赢。"

主持人点赞："摘星队！有气势！想赢没错，这就是竞技！"然后他看向乔晶晶。

乔晶晶和队友商量了一下说："我们商量了一下，觉得比赛要赢除了实力还需要运气，所以我们要叫好运来队。"

主持人："……可以。"

直播弹幕上再次刷起一片哈哈哈哈。

"好运来啊好运来，我忍不住唱起来。"

"这队名接地气哈哈哈……"

"乔晶晶居然有点段子手潜质啊。"

接着乔晶晶和主播又在主持人的带领下抽红蓝方，好运来队立刻有了好运气，抽到了蓝方先手。不仅先扳先选，还可以先选第一个队友。

"接下来就到了大家最期待的选队友环节。两支队伍可以在台下'观众'中随意选两名作为队友。好，让我们看看台下都有哪些观众。"

大屏幕上立刻出现了职业选手们坐在前三排的身影。

主持人说："哎哟这些观众都有些眼熟啊。"

真正的观众们一阵大笑。

"按照规则，蓝方好运来队先选一人，然后红方摘星队选两人，最后蓝方再选一人。给你们三分钟时间讨论选人方案。"

乔晶晶转身跟自己的队友商量人选，小姑娘大概是她真爱粉，一直手足无措很紧张的样子，搞得乔晶晶也很紧张。

"你们可别真那么紧张啊，我没那么坑的。"

短发女生点点头："我会好好打的。"

眼镜小哥比较镇定："我们把自己最擅长的英雄说说吧，我射手中单不行，上单可以，辅助也行，我比较喜欢近战那种吧，坦克也行。"

短发女生："我才铂金，擅长的英雄比较少，平时用的最多的是蔡文姬和扁鹊，其他辅助也会一点，张飞什么的，就是比较一般。"

乔晶晶想了想："你们都可以打辅助是么？我不擅长打野，其他位置都可以。那我们最好选一个打野一个射手，你们考虑过选哪两个职业选手吗？"

短发女生:"我我我,随便,你选。"

眼镜小哥说:"你决定吧,我觉得你跟网上说的不太一样,应该是会玩的。"

乔晶晶:"我觉得我们选一个队伍的最好了,这个游戏其实最讲究配合,如果他们两个是队友,配合起来也比较好。"

男孩子这次是真的点头了:"对,这点我都没考虑到。"

嗯,这点于途也没说,是她自己想的,乔晶晶有点开心。

三人商定了人选,主持人宣布讨论时间到了,询问蓝方的第一人选,乔晶晶接过话筒。

"我们的第一个人选是,天宫战队的舟隐。"

"哦!天宫,舟隐!"主持人拉长了声音,现场大屏幕上立刻出现了舟隐的头像和资料。

舟隐也是KPL的明星选手了,而且颜值很高,他的粉丝在下面一阵欢呼,场面比起明星来都不差的。

主持人开玩笑:"晶晶老师你老实告诉我,你选舟隐是不是看脸?"

"当然不是。"乔晶晶狡黠一笑,"我选他是因为,刚刚我在后台,舟隐同学大声喊让我选他。"

"还有这种事?"主持人看向观众席,"我就问其他选手,你们没这么不要脸地喊一声吗?后不后悔?"

摄像头扫过几个明星选手,大家脸上都是忍俊不禁。

舟隐已经走上台,主持人揽过他的肩感慨:"我舟KPL的交际花,名不虚传啊。"

乔晶晶笑:"其实是开玩笑的啦,选舟隐老师是因为他很全能,任何位置都能打,英雄池特别深,我觉得第一个选他无论如何都没错。"

主持人有点吃惊:"女神你很专业啊,对选手们的位置和英雄池了如指掌。"

"当然,来之前我有个每个位置的三人名单的。"

"可以说来听听吗?"

"不可以。"乔晶晶无情地拒绝了他,"这么得罪人的事情我才不干。"

"好吧好吧。"主持人无奈,"那么接下来轮到红方选择两位职业选手。"

红方玩家们商量了一下,选了最著名的中单法神CS战队骑猪,和有国服最强射手称号的洛神战队禾流。

主持人又转向蓝方,"好了,红方的人选已经定了,不得不说是非常明智的选择,那么蓝方,第二个人,你们会选谁呢?"

乔晶晶说:"我们仍然选择天宫战队的,下雪。"

主持人:"两个人选都是天宫战队,女神你是天宫的粉丝吗?"

乔晶晶说:"我当然是粉丝啦,不过这也是战术。"

"哦?愿闻其详。"

"王者荣耀是个团队游戏,队友之间的配合很重要,所以我们特意选了同一个队伍的两名选手,他们之间的配合我相信会有一加一大于二的效果。"

直播间里立刻刷起一片"有道理""机智"。

摘星队的主播脸上流露出一丝懊恼。

于途坐在台下,嘴角微微弯起。

聪明。

第二十四章

下雪走上台,双方的人选就齐了。大屏幕镜头切给了解说,红蓝双方各自入座。

赛前有十分钟的讨论准备时间,工作人员也需要在这段时间里帮他们迅速地设置好游戏ID。

好运来队里,乔晶晶首先发言:"中奖玩家公布后,我去找了一下这个主播的直播视频,他实力很强,但是英雄池好像并不深,要是打王者局,用最多的是露娜、李白、韩信。而且他们选骑猪和禾流的意图很明显,就是想让他打野。我建议我们ban掉他擅长的打野英雄,再第一个先拿强势的打野英雄,对方等于少了一个最强王者。"

舟隐朝她竖了下拇指。

镜头正好给到这个画面,看直播的群众纷纷猜测。

"乔晶晶说了什么,我男神居然表扬了。"

"刚刚选人就觉得她有点聪明。"

"要是赢了我真要转粉啊。"

乔晶晶笑眯眯地说:"我觉得我们还有一个大优势,我们知道他们什么位置,他们不知道我们打什么位置。所以胜率很大。"

比赛之前一定要给队友打足气。

短发小姑娘看起来都不那么紧张了。

五个人又商量了一番,十分钟一到,正式进入扳选环节。

好运来队按照之前商量的策略依次ban掉了露娜、李白和韩信，结果对方第一ban居然给到了王昭君。

大家都愣了一下，这个ban太非常规了。

等到对方第二ban给了蔡文姬，乔晶晶确定了，"第三ban估计会给张飞。"

第三ban果然给到了张飞。

短发女生恍然大悟地说："你的微博贴过这几个英雄的战绩。"

乔晶晶点头，她有时候的确会贴一下战绩，但是除了王昭君，蔡文姬和张飞她其实挺一般。只是偶尔打得不错顺手贴了一下，没想到却给了对面错误的信息。

"他们的策略看来跟我们一样，针对我比较多。"

短发女生有点急了："怎么办，我辅助最擅长蔡文姬。"

乔晶晶说："那你扁鹊中单，我来辅助。"

不少乔晶晶的粉丝都在关注着这场比赛，意识到自己爱豆被针对了，都有点担心。

很快红蓝双方阵容确定。

好运来队：扁鹊、铠、东皇太一、百里玄策、孙尚香。

摘星队：不知火舞、马可波罗、赵云、花木兰、牛魔。

乔晶晶打东皇太一。

战斗开始。不需要舟隐多说，一开局，乔晶晶就熟练地向河道走去，游走站位开视野。

舟隐有点放心了，一个人会不会玩，其实开局就能看出一半。而且刚刚战前讨论的时候，他总有一种对方似乎很熟悉他打法的感觉。

很快，对方红区的一场红Buff争夺战证明了他的直觉。他们完美配合，顺利拿到了对方红爸爸和打野的一血。

3Buff一血完美开局。

这一局打了二十分钟,可以说非常的顺利,两位职业选手配合无间,发挥非常出色,相反对面队友之间的配合就不如这边,打野拿走太多经济,也严重影响到了职业选手的发挥。

好运来队顺利地拿下了第一局,东皇太一战绩5-4-12。

死亡次数有点多,但是东皇太一本来就是一换一的英雄,乔晶晶三次换到了对方输出,可以说发挥很完美了。其中有一波闪现进塔开团,和一波东皇太一扔球砸死对方残血打野,解说都给予了大力赞扬。

提心吊胆看直播的乔晶晶粉丝们简直喜极而泣,终于放下了高悬的心。

不过场上最亮眼的肯定还是职业选手的表现,舟隐强势带节奏经济压制,下雪一波四连超凡奠定胜局。所以也难免有人嘲讽乔晶晶躺赢,但粉丝们才不管,赢了就好好吗?再说就算躺赢,那也是有眼光有谋略会选人!

第一局结束后,没有立刻开第二局,双方又回到了舞台中央。

主持人先恭喜了好运来队一番,然后表情有些神神秘秘地说:"大家知道我们这个是娱乐赛,所以呢,趣味性是第一位的,第二局我们的玩法有点不同。"

一位工作人员走上台,拿上来一个抽奖箱。

主持人介绍说:"这个箱子里面有些小纸条,每张小纸条上有一项权利,双方都可以抽一次,抽到了就可以行使相应的权利,胜方先抽。"

大家都看乔晶晶,于是她走上去抽了一下,主持人拿过她抽的纸条读:"好运来队的权利是,可以多ban掉对方一名英雄。"

主持人点头:"看来女神手气不错。"

然后对方主播上来抽,主持人拿过他抽的纸条读:"摘星队的权利是——"

主持人哦了一声,"这个有趣了,摘星队,可以ban掉对方上一局的MVP。"

舟隐吓了一跳："四打五？"

主持人解释："是必须把上一场的全场最佳换掉的意思。"

上一局得分最高的是射手位的下雪，他人头最多，此时只能向大家摆摆手下台了。

主持人："那好运来队要重新选择一个人做队友了，晶晶你会选谁？还是天宫的吗？可是天宫的最强射手就是下雪。"

乔晶晶忽然问主持人："我记得官方微博是说，我们可以在台下观众中随意选择队友，那我可以选非职业的吗？"

主持人愣了一下，就听到耳机里导播兴奋的声音："可以可以，答应她答应她。"

"这个，官博的确是这么说。"他刚刚也是那么说，但是那是抖机灵啊，主持人觉得自己良心未泯，劝了一句，"但是你确定吗？虽然我不知道你想选谁，但是你确定他的水平会超过职业选手？"

乔晶晶："前面的问题确定，后面的不确定，不过我想选他，因为他一直是我的队友，我希望这次也能和他并肩作战。"

主持人也有点激动了："那么你要选择的人是？"

乔晶晶："等一下，我还要问问我队友的意见。"

舟隐摇头表示没有意见，他反而好奇得很，其他两名队友也没意见。

"那我想选……"乔晶晶看向观众席，目光牢牢地锁定在那个其实早就看见的人身上。

"于途。"

第二十五章

摄影机紧跟着她的目光,精准地锁定了大致范围,接着竟然直接锁定了于途,大屏幕上立刻出现了一道挺拔的身影。

观众席上响起了一阵骚动,依稀听到有人在说"好帅啊""是不是也是明星"。

于途眼中闪过一丝意外,不过很快便沉静如常。他和舞台上那个最耀眼的人目光相接,那人朝他嫣然一笑,带着熟悉的灵动调皮。

主持人在台上话就没停过:"等一下摄影大哥,你怎么知道就是这个帅哥?你也是看脸吗?"

"这位帅哥回答我,到底是不是你?"

于途于是也一笑,以行动回答了他。他从容地起身,将原本置于膝上的大衣放在座上,举步向座位外走去。

同一排的观众纷纷让行。

观众席上的喧哗之声更大了。

一时间所有人都看着他,有人甚至直接拿起了手机拍照,摄影机更是紧追着他不放。而他却好像对这一切都视若无睹,始终姿态沉着,目光清湛,镇定地走在通向舞台的道路上,不见丝毫的局促。

乔晶晶遥遥地注视着他一步一步地走近,心中忽然燃起了一丝骄傲。

是啊,于老师从小到大天之骄子,什么样的场合没经历过,才不会怯场。

不过那时候她更多是在台下看着他。

现在他们终于可以站在同一个舞台上，他在走向她。

欢迎啊于先生，乔晶晶微笑着想，欢迎来到，我的主场。

于途迈步踏上台阶，乔晶晶这才注意到他今天好像特意收拾了一下，穿了一件她从没见过的黑色毛衣，里面的白衬衫领口微敞，格外的英俊而气质出众。

乔晶晶远远地朝他眨了下眼，等他走到身边，关掉话筒轻声说："今天有点帅。"

于途脚步停住，微微低头，"有点？"

乔晶晶忍不住扑哧一笑。

旁边的主持人觉得自己眼睛都要瞎了。

喂喂喂两位，这是在舞台上好不好？虽然观众听不见，但是你们这样明目张胆地"调情"好吗？想送我一起上热搜吗？

他赶紧上前刷一波存在感。

"来来来，帅哥你站我另一边。"他把于途拉到自己另一边，按捺不住激动地发问："我猜一猜，这位帅哥是不是也是咱们演艺圈的？"

"不是。"于途回答，"我是晶晶的高中同学。"

"高中同学？"主持人有点意外。

乔晶晶接口，"其实我们初中就是校友。"

"缘分很深啊，初中校友，高中同学，那大学……"

乔晶晶笑，"大学就没有了，毕竟我没考上清华。"

"哇，清华。"主持人夸张地赞叹了一下，"高才生啊，我现在相信你游戏打得也一定很好了。那你和我们女神是多年朋友喽？"

于途微微一顿，乔晶晶抢答，"不是啊，我们之前失去联络很多年了，前阵子一起打荣耀才熟起来的。"

"这种例子很多哦。"主持人说，"王者荣耀真的拉近了很多人之间的距离，本来是泛泛之交却在游戏过程中彼此了解，甚至终成眷属……哎!我不是说你们,我没给你们制造绯闻啊!"

观众们哈哈大笑,乔晶晶也忍俊不禁:"万一上热搜我找你哦。"

说到微博热搜,乔晶晶脑中忽然闪过了一件事——那个高中同学的爆料帖。

这次她把于途请上台,又暴露了一些关键信息,回头百分百会有网友翻出那个帖子一一对照。这却是她刚刚没考虑到的。那个帖子还提到了于途和夏晴的事,万一她被人误会插足人家感情就不妙了。虽然很容易解释清楚,但是事后解释总不如先发制人。

乔晶晶心念电转思虑周祥,脸上却连神情都没变一下,笑吟吟地就把话往下带:"其实你说得没错,王者荣耀真的是一款能让人跨越时间隔阂,重拾友谊的游戏。我在游戏里碰到了不少昔日的同学朋友,大家已经很久不联系,但是组队开黑一下,好像又熟悉了起来。不过大部分老同学现在都忙于家庭和事业了,一起玩的时间比较少,只有于同学多年单身狗最近又放假,一起打得最多,所以刚刚就想到找他来一起打比赛。"

她这一番话说得自然,又无比贴合代言人的身份,旁人当然丝毫没感觉到突兀异样。然而于途却清楚地知道,乔小姐的游戏好友里除了他,哪里还有半个昔日旧友。那么她说这番话,落点是,强调他多年单身?

为什么?

他目光微动,瞬间想起了一个多月前那个爆料帖。

主持人正在那大惊小怪了:"不是吧,这么帅这么学霸的多年单身狗?"

乔晶晶心中给他点了一万个赞,简直太会抓重点了!嘴上却义正词严地谴责他:"你重点偏了啊。"然后笑着调侃一句,"但是的确很奇怪啦,游戏还打得这么好。"

她目的达到,也不欲多说,正想把话题带过,没想到这时于途却微微一笑,接过话说:"不奇怪,你也是。"

乔晶晶:"……"

直播频道里瞬间爆屏。

"23333，来自学霸的智慧反杀，乔晶晶一脸懵逼笑死我。"

"真一脸懵逼.jpg，不过想想也是啊，你这么好看也单身狗啊，凭毛吐槽别人哈哈哈。"

"刚刚怀疑两人是情侣，现在互相戳穿是单身？"

"之前他上台满屏好帅果断关弹幕，现在连忙打开看大家吐槽。"

"哈哈哈，前面的别走，一样的操作。"

乔晶晶是真的蒙了一下，都不用演的，不过很快就反应过来，脸上做出佯装生气的样子，心里却开始微笑。

不知道你是有意还是无意，但是这一波配合很6啊于老师。

主持人适时地总结："感谢两位现身说法，现在我们知道了，长得好看对于脱单毛用都没有，这么一想感觉很励志呢。"

台下的笑声就没断过。

导播在耳机里提示注意时间，主持人忙进入正题，"这位于同学刚刚在台下应该看见了，按照之前大家的方式介绍一下自己好不好？就是ID、段位、职业，然后我们就抓紧时间开始比赛了。"

于途点了下头，目光看向观众席："大家好，我的ID叫玉兔捣药，段位王者五十星，职业是——"

前面每个人都说了自己的职业，于途停顿了一下，"航天设计师。"

第二十六章

乔晶晶本来正在默默吐槽他的王者五十星,心想你不押着我单排我也有五十星啊。闻言却是一愣,惊讶地朝他看去。

主持人略浮夸地惊呼了一下:"航天设计师,太厉害了,是造火箭吗?胖五我知道。"

"不是。"于途简略地回答:"我目前从事深空探测器设计。"

"……不能再问了,名词都听不懂了。"主持人擦了把汗,"好!双方队员再度集齐!请入比赛席!"

红蓝双方再度回到两侧的比赛席上。

第二局的赛前讨论时间变短了,只有五分钟。好运来队没急着入座,在旁边围成一圈讨论,大家按上一局的习惯,先看向了乔晶晶。

乔晶晶有点心不在焉,被看得愣了一下,然后恍然地"哦"了一声,把脑袋转向了于途,一副"他都上台了为什么还要我动脑筋"的表情。

于途:"……"

短发女生兴奋地在他们两人之间瞄来瞄去。

舟隐感觉被喂了一嘴狗粮,他清清嗓子:"刚刚我们配合得挺好,第二局就看对方怎么选再临场应对吧,你打射手,补上下雪的位置?"

他问于途。

"我都可以,不过。"于途沉吟了一下说,"上一局他们的ban主要针对了晶晶,但是晶晶的东皇太一发挥出色,他们应该意识到自己策略有误。这一局的ban位大概率会给到上一局我们非职业选手用的三个英雄。"

眼镜小哥说:"你是说他们会ban东皇、扁鹊和铠?"

于途点头:"可能性较大。非职业选手的英雄池都比较浅,可能只会一两个英雄,第一局拿出来的肯定最拿手的,ban掉就能打乱对方整个部署。而且他们对我不了解没法ban,舟隐老师英雄池太深,针对不了。"

乔晶晶唔唔唔地点头,眼睛却瞄着一旁的工作人员,他们正在帮于途设置ID。因为ID有字数限制,所以她上一局叫"好运来队晶晶",而于途的ID大概会叫"好运来队玉兔"?不过他们知道是哪两个字的玉兔吗?

她忍不住分心监工一下。

短发女生急了:"可是我中单只会打扁鹊啊,其他英雄就蔡文姬熟悉点,张飞也打过,不过很一般。"

眼镜小哥说:"ban掉铠没事,我还会打别的,但是中单我打不了,脆皮我都不太行。"

看工作人员准确地设置好ID,乔晶晶终于把注意力转回来了,她假装跟上节奏,严肃地发表自己的意见——

"那怎么办?"

短发女生:……女神的智商怎么下线这么快?

于途:"……"

于途无奈地说:"如果真的这样,我和晶晶打射手和中单。"

舟隐问:"晶晶姐你会打中单和射手?"

乔晶晶离家出走的智商回归了一下,盘算着说:"那我中单嬴政好了,清兵快,安全,干将也行,打不过猪神就缩塔下。"

她一点都不羞愧地说出自己的怂包战略,然后美滋滋地吹捧于途:"他就随便啦,英雄池也很深的,随便哪个射手都行。"

大家都看于途。

于途只能认了:"……嗯。"

舟隐一拍手掌："行，就这么干！"

五分钟一到，第二局扳选开始。

这次好运来队就变成了红方，所以蓝方摘星队先扳先选，果然不出于途所料，对方没再去ban王昭君、蔡文姬、张飞，而是依次ban掉了东皇太一、扁鹊和铠。

好运来队早有准备，不慌不忙地继续ban了三个打野，第四ban舟隐和于途商量了一下，给到了上一场发挥还不错的那个大叔的花木兰。当然，这个ban是娱乐赛的特殊ban，系统里没法实现，是通过口头完成的。

七个英雄ban完，对方还没开始选，乔晶晶耳机里忽然传来于途的声音，"晶晶，上一局已经赢了，这局要不要大胆一点？"

乔晶晶一怔，转头看他。于途就坐在她左边，他调整着手机设置并没有抬头，低沉的声音却通过耳机传到每一个队友耳中。

"上一局摘星队的职业选手都很让着主播，这一局如果仍然这样，那第一个拿的应该是打野英雄，所以我们大概率能拿到百里守约。"

"你是说……"

"我来中单，你打射手。"

他话音刚落，对方第一个英雄就选定了，果然是打野英雄百里玄策。

舟隐吹了声口哨，他觉得有点刺激。

很快双方阵容确定。

好运来队：百里守约，蔡文姬，诸葛亮，白起，达摩。

摘星队：百里玄策，庄周，牛魔，孙尚香，不知火舞。

英雄决定后，还有几十秒的队内调整时间，所以这个时候还不能确定是谁打哪个英雄。

直播平台上已经议论纷纷。

"猪神玩火舞是又要让蓝给主播？太谦让了吧。"

"乔晶晶打蔡文姬？继续躺赢啊……"

"不是说游戏高手，高手就只会玩辅助？"

"她还是不太行吧，对面有职业还把蔡文姬都拿出来了，黔驴技穷？"

"有点懂她的策略了，反正打辅助不管输赢都好说话。"

解说也是这么想，不过他说话当然客气多了，"看来刚刚新来的帅哥是打百里守约，补上下雪射手的位置，那么乔晶晶应该还是打辅助。东皇太一ban掉了，她打蔡文姬也不错，是个容错率比较高的英雄。

"双方最后调整阵容……等一下，我没看错吧，乔晶晶打百里守约？百里守约？！！！看看是不是还会再调整！

"确定了确定了！乔晶晶百里守约！新来的帅哥玉兔打中单诸葛亮！舟隐达摩打野。好运来队阵容大调整！出人意料！"

观众席上响起一阵议论声，直播平台上直接炸了。

"眼花了，乔晶晶百里守约？他们调整阵容出错了？"

"居然不打辅助了？"

"百里守约难度很大啊，超远距离狙击，她能瞄得准？"

诸多猜测中，双方队员进入地图。

游戏一开局，乔晶晶端着枪直接往下路走去。

其实在当前版本下，于途打射手绝对比她打射手赢面大，哪怕是她最拿手的百里守约，于途也比她水平高多了，比如那一手玄之又玄的盲狙……

但是，如果不跟他比，她也挺不错的，如果有机会秀一下，当然不能放过。至于赢不赢再说，反正已经赢了一局，就算接下来连输两局也没有很难看吧？

乔晶晶很光棍地想着。

蔡文姬跟在她后面，声音很紧绷，"我是跟着晶晶吗？"

于途淡淡地："不用太紧张，我们阵容有优势，你先在河道站下位，晶晶单下。"

蔡文姬怯怯地："我们有优势吗？我用蔡文姬……"

乔晶晶宽慰她："前期像火舞会远程消耗我们啊，你补上血量我们就不用回家了，挺不错的，再说有舟隐呢。"

于途："嗯，有舟隐。"

舟隐："……"

感觉被联手欺负。

舟隐说："蔡文姬跟着我，别分经济。"

乔晶晶在红爸爸那稍微看了下，感觉对方没过来反，就绕过红直奔下路兵线去了。其实守约打红很快，有时候匹配她偶尔也会先拿一下红爸爸，但是这种正规比赛，肯定是要留给打野发育的。

对方庄周已经在清兵线，乔晶晶没有急着上去，塔内原地二技能开始瞄准。

乔晶晶并不知道，比赛一开始，所有的镜头就都在她的百里守约身上。毕竟这是一场娱乐赛，并没那么严谨，当然是紧着观众们最想看的来。观众们最想看的是什么？当然是乔晶晶的百里守约到底怎么样。

大屏幕上，小小的百里守约蹲在塔里，技能的三条红线渐渐并拢成一条，然后快速向庄周移动，放！

"砰"的一声，第一枪精准地命中庄周。

观众席上响起了一阵小小的惊呼。

百里守约这个英雄之所以说秀，就在于狙击打中敌人的那一刻突然又刺激，视觉效果很有几分惊心动魄的感觉，如果是秒残血，那简直让人心跳都要骤停一下。

这边庄周虽然血厚只掉了一格血，但是命中的那一刻也很有几分热血沸腾的感觉，早就被叮嘱过要多表扬乔晶晶的解说立刻捧场："不错不错，挺准。"

不过直播弹幕上又是另一番景象。

"庄周刚刚清兵站着不动？走位一般啊。"

"简直我血厚来打我啊23333"

"也还行啦，别太苛刻，毕竟我打架炮黄忠还失手。"

乔晶晶一枪打中，出塔收兵，顺利升到二级，然后开始在关键的位置放视野。瞄到庄周再次出现在自己视野中，乔晶晶又狙击了一枪。

这一枪却是没中。

而且因为预判相反，还偏得有点远。

乔晶晶郁闷地嘀咕："幸好第一枪中了，要是连续两枪没中，估计要被嘲笑了。"

于途说："偶像包袱这么重？"

乔晶晶说："是啊……"

她话还没说完，就听到一个熟悉的女声叫到——"First Blood！"

她一愣，连忙看去，屏幕上显示诸葛亮击杀百里玄策。

于途拿到一血。

第二十七章

乔晶晶："？？？"

他不是在跟我聊天吗？！怎么就拿了一血？

观众和解说也一头雾水。

因为大家都在看乔晶晶在下路的动态啊，看她放视野打小怪什么的，解说还说了一下放视野的位置有什么讲究，带着大家一起沉浸在一种种田般的祥和的气氛中。怎么一血都产生了，镜头都没给？

导播干吗去了？

还好有回放功能。

回放中，舟隐的达摩拿完蓝升到二级就带着蔡文姬去对方红区反野，玄策打红被打断，牛魔和不知火舞从两路支援，于途也带着五个被动法球飞奔而至，双方发生小规模团战。只见于途的诸葛亮闲庭信步般穿梭在野区，小走位躲开火舞的扇子，把五个被动法球全部送给了本身就已经半血的玄策，再加一技能补伤害，轻松拿到一血。

不知火舞不敢再入场，在远处扔扇子，达摩顺利拿走红爸爸。

乔晶晶看不见回放，但她很有意见。

"你打团的时候能不能不要跟我聊天？认真点啊，万一因为你浪输了，我的偶像包袱会炸的。"

于途说："嗯，不浪。"

言犹在耳，结果接下来，他和舟隐两个人完全是浪飞了的节奏。完全没听到他们两个有什么交流，却配合无间地不断地入侵对方红区，或者去上路压制孙尚香发育。

哦，也不算没交流吧，一般是这样。

舟隐："行不行？"

于途："可以。"

好！上了！开个小团。

舟隐："怎么样？"

于途："能开。"

好，上了，开暴君。

乔晶晶：……等下，你们这默契哪里来的？

他们中野联动节奏带得飞起，开局才几分钟，经济已经领先不少，阵容的前期优势被发挥得淋漓尽致。

乔晶晶依稀觉得，于途跟自己打好像从来没这么肆意张扬过，难道因为自己的水平跟不上？然后遇见舟隐这样的高手一下子就被激发了所有潜能？

乔晶晶在下路默默耕耘着，忽然觉得有点寂寞。

她其实在下路也打中了庄周很多枪，但是庄周血厚，又有免伤，她一个没带辅助的守约想要击杀他却是不容易，辛辛苦苦才推了个半塔。说起来练英雄的时候，她也拿百里守约和于途的庄周对线过，结果反而是被于途推了塔。所以大叔庄周玩得比较一般，也有点保守，远比不上上一把他的花木兰。

此时庄周已经被她消耗至三分之一血量，在塔内不出来，乔晶晶正要带兵线进塔，忽然听于途说："晶晶。"

她瞬间回神，同时瞄到视野装置中不知火舞的身影，毫不犹豫一个大招后跳，落地后头也不回地往安全方向飞奔。

这一下闪避兔起鹘落，果断之极，解说卖力表扬："不知火舞支援庄周，乔晶晶反应很及时，大招逃生，躲开了火舞的扇子，不然等着她的就是一整套伤害了。"

乔晶晶拉开安全距离，立刻二技能开始瞄准视野中的火舞。

不知火舞是个非常灵活的多位移英雄，再加上对方又是顶级职业选手，观众和解说都没觉得乔晶晶会一枪打中，心态十分放松。乔晶晶自己也不是很有信心，但是仔细一想，于途的火舞和她对线的时候都被她连续三枪击毙过呢，心顿时沉静下来。

三条红线小角度偏移，聚拢，移动，放！

只听"砰"的一声，脆皮的火舞几近半血。

台下一阵惊呼。

火舞血量不健康，没有再追击，选择回塔清兵线。乔晶晶保守地追上几步躲入草丛，左上角小地图提示诸葛亮正在接近，她再度二技能准备。

骑猪的嗅觉十分灵敏，于途的诸葛亮才出现，他已经一扇子扔出，于途二技能走位躲过并接近，直接大招锁定火舞。

解说："火舞还有半血，诸葛亮大招伤害秒不死他吧，这时候开大招有点急了……"

然而就在此时，又是"砰"的一声，毫无预警地一枪再度打中火舞，紧接着诸葛亮的大招爆发，瞬间收割火舞人头。

解说意外地"哎"了一声："这配合……乔晶晶，有点准。"

这次他说的话不是任务了，而是真心实意地点评："这波配合非常不错，对伤害量和时间把握很准，诸葛亮走位很刁钻，当然关键是乔晶晶这两枪非常准。讲道理，我有点意外。"

意外的不仅仅是他，直播平台上也是一片点点点。

"……连续两枪好像不能说运气？"

"感觉被打脸。"

"……女明星这么厉害？"

"有点惊艳，万万没想到系列。"

战斗还没有结束。

人头给到了诸葛亮，诸葛亮再度刷出五层被动，庄周见势不妙早就回撤，诸葛亮二技能进塔开大再出塔，元气弹再度秒掉庄周。

二连击破。

下塔破。

"这个诸葛亮叫玉兔，ID这么萌，打起来很凶，一点都不萌啊。"解说感叹了一句。

至此，节奏已经基本掌握在红方手中。

不过赛场上从来都是瞬息万变的，顺风逆风不过一两场团的事，舟隐和于途都不想把战斗拖到孙尚香发育起来的大后期，节奏十分激进。推对方中路二塔的一波团战中，白起大招被火舞骗走落空，达摩进塔追残血反被孙尚香秒，诸葛亮虽然收了两个人头，却仍然被对面火舞抓住机会一波反打直接团灭。

不知火舞三连决胜。

摘星队趁机开大龙，接着反推掉了好运来队的中路二塔。

舟隐连声说浪了浪了，于途却笑了："托大了，他们很厉害，我金身快出了。"

他们的尸体凌乱地死了一地，他的声音却听上去非常愉悦。

乔晶晶不由偏头看他，他正全神贯注地盯着手机，手指划动着查看对方动向，眼睛里全是跃跃欲试的光芒。

这是一波大节奏，让前期一直被压制的孙尚香找到了机会发育，不过目前为止，好运来队在塔数和经济上仍然占有优势。

然而几分钟后，白起却再次出现了失误，清兵的时候过于深入，虽然舟隐及时提醒他后撤，他却因为贪恋兵线拖了一会，导致被敌方包围，瞬间被击杀。

敌方五人迅速推进，换线直压上路二塔。

双方再次陷入混战。

达摩一拳踢到对方三人，乔晶晶跟着输出，助达摩击杀牛魔，自己却因为走位不佳被孙尚香点残。

她懊恼极了："我怎么站在那。"

她立刻后撤远程狙击，第一枪狙击孙尚香落空。

解说的语速已经加快："后面兵线又来了，如果好运来守不住，有可能被一波！"

然而就在这时，于途的诸葛亮绕后进场了。只见他直冲敌阵，二技能冲脸大招锁定孙尚香。他自己瞬间残血，千钧一发之际开启辉月定在原地，抵挡所有伤害，击杀孙尚香。

解说激动地喊："可以，辉月开得太及时了，手速可以！"

金身时间一过，诸葛亮直接带着被动闪现靠近火舞，小走位躲过扇子，被动加大招再度锁定，火舞位移让半血庄周挡大招，诸葛亮却同时二技能位移让他的意图落空，火舞再度被击杀。接下来被动直接灭了残血的百里玄策。

乔晶晶都没看清楚他怎么打的，几秒内胜负已定。

诸葛亮三连决胜。

他从进场后几乎一直是残血状态，却毫无怯战之意，此时丝血仍在追击庄周，走位简直巅峰精妙，最后庄周也没走掉，人头被诸葛亮收入囊中。

四连超凡。

在KPL的赛场上，极限守塔的操作并不少见，四连五连也常有发生，但是这样的操作出现在一个路人身上，还是令人惊艳至极。

解说的声音分外高亢："诸葛亮极限守塔四连超凡，这只兔子绝对是路人王级别的，进场时机和金身把握太好了，手速非凡。我现在觉得他平时大概也没好好打星，不然绝对不会止步于50星。"

直播频道里一片"666"。

"天秀诸葛亮，乔晶晶随便抓个人这么牛。"

"这一连串位移,眼花了,回头看回放,都不知道人家怎么打的。"

这一波反杀让好运来队再度掌握节奏,拿下大龙后带线直推对方高地。

不过一时却也找不到太好的攻上高地的机会。

乔晶晶这次走位谨慎多了,随时关注对方动态,冷静地找到安全位置,在伪装状态下伺机狙击。连续三枪,两枪命中脆皮,孙尚香百里玄策残血,孙尚香立刻一个翻滚回泉水补状态,玄策站位却不算太好。于途闪现穿墙连招锁定玄策再金身,玄策被击杀,舟隐带人瞬间攻破高地塔,诸葛亮残血潇洒逃逸。

最后一波龙即将到来,蔡文姬补状态,战斗再次爆发。

诸葛亮第二次却被骑猪断了大,乔晶晶主力收割,跟在坦克和达摩身后不断走A,收到两个人头。

二连啊,要是三个就更帅了!乔晶晶简直激动,但仍未丧失理智变成人头狗,现在有兵线,射手最重要的是点塔。不过她是对方的主要目标,百里玄策一复活就来抓她,她走A加三技能连招,大招准确命中玄策,三连决胜。

解说激情澎湃:"这一波团战乔晶晶发挥不错,前面两枪是破局关键,大招准确打中玄策。大家注意到里面有个细节,她用平A调整了自己位置再大招的!摘星队还只剩下一个辅助,我们看守不守得住。"

这种情况下肯定守不住了,很快水晶碎裂。

舟隐一声呼喝!赢了!

第二十八章

她居然在最后拿了个三连决胜!

乔晶晶摘下耳机,激动地站起来,不过大概太兴奋了,忘记了自己穿着十厘米的高跟鞋,一个没站稳,向旁边倒去。

观众还没来得及惊呼,就见她身边的于途眼疾手快地揽住了她。

摄影机精准地捕捉到了这一幕,拍到就算了,居然还把两人对视的一眼定格几秒。

于途没立刻放手,"脚没事吧?"

乔晶晶反应慢了半拍,"……没事。"

于途松开手。

乔晶晶一方面兴奋,一方面也是为了掩饰尴尬,把队友们轮着抱了一下。双方在主持人的呼唤下回到舞台中央,主持人先问败方的感言。

主播说:"真的很高兴来到这里,也很幸运地被自己的女神狙击了无数枪,死而无憾了。"

骑猪挺实在的:"第二局真的没想到还会输,开始有点轻敌吧,诸葛亮打得挺好。"

另外两位路人自动背锅:"是我们太坑了。"

不过段位是至尊星耀的中年大叔隐晦地提了一句:"其实我平时位置不是上单,有点不习惯,我平时也打野,撞了。"

"已经打得很好了。"主持人笑呵呵地带过,"好,谢谢你们给我们带来的精彩表现,现在先请大家到后台休息一下。"

败方选手们向大家挥手告别，观众们给予了热烈的掌声。

轮到胜方，主持人说："我说晶晶今天是表现最惊艳的，大家有没有意见？"

"那个……我知道我们下面要进行一轮商业互吹，但是能不能稍微克制点，让我比较好接话一点点？"

嘉宾太会抛梗接梗，主持人今天是真的觉得轻松，他擦擦虚拟的汗，"那女玩家里最厉害的？"

乔晶晶说："你今天是不是很想捧杀我？我最多是鞋跟最高的吧。"

大家一片笑声。

主持人关心地问："所以晶晶你鞋跟还好吗？"

"我的脚……呃，你问鞋？"

刚刚的笑声还未歇，又更大了一点。

于途也不禁莞尔。

"女神很厉害啊，刚刚一手百里守约真的太秀了，惊艳到了我。我是真的没想到，是不是专门练过？"

"对。"

"刚刚你和你同学配合很好啊，特别杀猪神那一波，平时你们也是这样配合吗？他打诸葛亮，你打守约？"

"不是啊，他什么位置都打，每个英雄都很厉害，其实都是他在教我。"

"我刚刚也看见了，一手诸葛亮走位太骚了，小哥哥这么厉害，可以考虑来打职业联赛啊。"

于途还没说话，乔晶晶帮他回答："不行吧，他都这么老了。"

于途咳了一下。

主持人："……你这是翻脸不认人啊，你还记得他刚刚多次支援你的同学情吗？"

乔晶晶："哦……应该的呀。"

主持人看向于途，于途能怎么办？

于途:"应该的。"

此时此刻,微博和一些论坛已经彻底炸了。

一个比较私密却很热闹的论坛上,一条标着多图预警的帖子引来很多回复。

"乔晶晶这算不算公开啊?四舍五入就是公开了吧?"

"也不会吧……要真的是还不得藏着掖着。"

"不是说了都是单身吗?感觉就是特意提一下避免被误会?"

"粉丝表示颜值真的太配了!一直默默地想我家姑娘颜值配哪个演员,今天开拓了新思路!圈外人更好!这样都不用跟男方粉丝撕了!"

"被小哥哥宠溺一笑苏翻了。我能说我本来是乔晶晶的黑吗?今天去看KPL也是不安好心,但是我现在还是不喜欢乔晶晶却萌上了她和她同学的CP怎么办?颜狗的悲哀?"

下面居然不少回复表示认同她。

"我觉得我不是在看比赛,是在看偶像剧。"

"好像对方一般工薪啊,乔晶晶看不上人家吧?"

"楼上去看看乔晶晶眼神……如果不是演技好,我觉得那就是爱啊。"

"这个小哥哥的诸葛亮好秀啊,他完全可以去打职业赛吧,那就有钱了啊。"

"23333,你没看见乔晶晶都吐槽说老了吗?职业选手都只有十七八岁啦。"

乔晶晶和KPL的各种话题火速上了热搜,更多的人跑去看直播。直播观看人数不断攀升,Alex几乎是立刻给玲姐打了电话,激动地敲定了下一年度的合约。

玲姐和粉丝们如坠梦中,赢了?还是毫无争议的2:0?

娱乐赛到这里就算结束了,接下来便是颁奖典礼。

舟隐直接回到了嘉宾席，其余胜方四人被工作人员带到了后台，玲姐小朱早在那等着，玲姐上来就是一个大力拥抱，奋力地拍了拍乔晶晶。

"比你拿奖还激动。"

……废话，说的好像她拿过什么有公信力的奖似的。

乔晶晶问她要手机，急着去刷一下评论，当然主要是刷表扬。三连决胜哎，粉丝们应该已经被她帅上天了吧。然而手机才到手，王者那边的工作人员就跑过来。

"晶晶，马上还要请你给年度最佳人气选手颁奖，还有合影环节，还要麻烦你过来一下。"

"哦。"乔晶晶把手机顺手塞给了于途，"帮我拿着。"

然后就匆匆跟着工作人员去了，走了几步又回过来抱了短发女生一下，跟眼镜小哥握了下手。

"谢谢你们。"

然后又匆匆跑了。

短发女生直接蒙了，她要算一算，今天被女神抱了几次。

眼镜小哥推了推眼镜，红着脸小声说："我觉得我要变粉丝了。"

于途低头笑了一下，随即又淡淡隐去。他的目光落在手中乔晶晶的手机上。她似乎又换了个手机壳，亮晶晶的格外耀眼。

玲姐仍在那兴奋不已，"2：0啊，还能三连，我做梦都不敢想这么完美的结果。"

她转向于途："于老师，谢谢你，这次多亏你了。"

于途回过神来，"不用客气。"

2：0……

的确是个完美的落幕。

因为要等待合影，颁完人气奖后，乔晶晶又被安排在嘉宾席坐了一段时间。期间她想起于途的大衣，便悄悄地溜到后排帮他拿了下衣服，引起了一阵围观。

这个活动流程还蛮长，等合影完，乔晶晶再度回来的时候，已经快十点了。

送走陪同的工作人员，她开门探头看了下，休息室里只有于途一个人。他靠坐在沙发上，似乎正在出神。

乔晶晶推门进去，脚步轻快地闪现到他面前，惊醒了他。

"玲姐呢？"

于途抬头，然后目光落在她手里的衣服上。

"她和小朱好像去和王者的人谈事了，说让司机先送你回去。"他说着站起来。

"哦。"乔晶晶把衣服递给他，"你的衣服。"

"谢谢，"他接过大衣，"你去拿的？"

"是啊，一堆人看着我。"

乔晶晶有点渴，在桌子上找了一瓶矿泉水，正要拧开，看见于途，眼波一转，递给了他。

于途帮她拧开，又把手机递给她，"你的手机。"

"唔。"乔晶晶喝了口水，在手机上翻司机的电话，"那我们先回去吧。"

于途微微垂眸，"我和你不是一个方向，附近有地铁站，我自己走吧。"

"别啊。"乔晶晶无语，"你怎么走啊？现在外面也散了，出口都排队呢，你这样出去会被围观的。"

最后他们在工作人员的安排下从特殊通道离开。

保姆车行驶在夜色宁静的道路上。

乔晶晶上了车就开始刷微博，之前被打断了，感觉错过了十万个赞美。

她果然已经上了热搜，还占了好几个位置，分别是"乔晶晶 同学""乔晶晶 王者荣耀""乔晶晶 百里守约"。

虽然感觉乔晶晶百里守约里面会有更多赞美，但是她还是忍不住先点开了"乔晶晶 同学"。

暂时倒没什么营销号在发这个,大部分都是KPL或者她的粉丝。

#乔晶晶同学#乔晶晶同学都这么帅,他们高中班级颜值是不是要逆天?小哥哥来娱乐圈啊,这颜值完全不带怕的,智商那么高游戏又棒,粉丝说不定比乔晶晶还多。

乔晶晶:"……"
我不服,我不信。

#乔晶晶同学#晶晶啊,你同学不错啊,智商颜值都有保证,对后代好啊。快谈恋爱吧,一起打打游戏别做单身狗了。你吐槽人家老了,可你也不想想你是他同学,年纪一样啊。人家没把你怼回去脾气挺好的。

乔晶晶:"……"
这是年底催婚and丈母娘看女婿越看越喜欢的亲妈粉?

#乔晶晶同学#诸葛亮简直太帅了,啊啊啊,金身用得好帅,我不是乔晶晶粉丝,但是我宣布我被她同学圈粉了。航天设计师,又在上海,那应该是八院的吧,我有个同学就在那,我要去打听一下了!

乔晶晶前面都看得乐滋滋地,然而看到这条,心里却一个激灵,瞬间理智全回来了。

她思索了一下,回热搜页面截了个图,在"乔晶晶 同学"上画了个圈,微信发给玲姐。

晶晶:"想办法把这个热搜撤下来,要快。"
晶晶:"各种营销号媒体都打招呼不要提到老师,已经提到的删掉,不计成本。"

玲姐很快就回复:"我们没刷啊,这是自然上的。"

晶晶:"我知道,总之不管什么办法,快点撤掉,我不想于途被过分关注。"

玲姐:"为什么?你都拉他上台了。"

晶晶:"我不知道他要回去搞科研。"

晶晶:"娱乐圈这么嘈杂,会干扰他,而且在研究所也不能这么高调。"

晶晶:"不计成本知道吗?今天的点应该不少,王者那边也不一定乐意我们喧宾夺主。"

她飞快地打字,一连发了三条。

玲姐:"明白了,立刻去弄。哎于老师要回研究所没跟你说啊?"

是啊……

她在舞台上才知道。

乔晶晶收起手机,看向于途。他正静静地看着车窗外,浑身上下笼罩在一种沉寂的气氛中。

好像从她再次回到后台,于途就从眼角眉梢忽然安静了下来,不像在比赛中那样肆意挥洒,不像在舞台上那么谈笑自若。

就好像……这几天他偶尔会流露出的神情。

乔晶晶忽然有点不安。

"好慌今天怎么没来?"乔晶晶捏了下手机,开口。

于途回过头来,声音有些低沉,"他有时候口无遮拦,我考虑了一下,还是不让他知道你是谁比较好。"

"哦。"

过了片刻,乔晶晶问:"你刚刚在台上说你的职业是航天设计师,你改变主意,打算回研究所了吗?"

"是的。"

"什么时候决定的?"

"在西安的时候。"于途简短地回答。

"哦。"乔晶晶顿了一下。

"那你什么时候上班？"

"明天。"

这么快？

"晶晶。"

"嗯？"乔晶晶歪了下头，看他。

"我大概不能送你生日礼物了。"

乔晶晶眨了下眼。

于途说："以后我不会再有时间玩游戏，刚刚，我把游戏卸载了。"

他的视线一直落在别处，此刻却转向她，神情在车外光线的映照下有些模糊不清，带着一种说不出的意味。

"所以，大概永远不能送你五连绝世了。"

乔晶晶想说，刚刚你送了我三连决胜了，KPL赛场上的三连，比普通的五连厉害多了。

可是她没有说。

她竟然有一种感觉，于途是在向她告别。不过她很快就嘲笑自己想多了，他只是说以后不玩游戏了而已。

那么，他们以后会怎么样？

没有了游戏，没有了日日相处，没有了共同的话题，那……变成微信里偶尔会问候的朋友？

就好像他们一起度过了一个悠长的假期，现在他们两个人的假期都结束了，又要回到从前的轨道上。

乔晶晶心中忽然产生了一种莫名的恐慌。

好像要结束的不仅仅是假期，还有别的什么。

两人又一阵子没说话，车厢里安静得让人心烦意乱。

保姆车驶过一个路口，于途开口，"我在前面地铁站下车吧。"

乔晶晶看向他。

于途的视线却落在了前方,"这里回去很方便。"

"玲姐叫我们吃夜宵一起庆祝一下。"

"我就不去了,明天还要上班。"

车子在离地铁口不远的地方停下了,于途道别后下了车,汽车缓缓启动。

车窗外,于途的身影在远去,司机开始加速。不,乔晶晶想,不是这样,不知道怎样,但是不能这样。

她猛然一股冲动,喊道:"停车!"

汽车停住。

她拉开车门,追下车。

"于途!"

于途停住脚步,回头。

乔晶晶跑到他面前,气喘吁吁地,但是眼睛亮得好像有光,她看着他,紧张地、认真地,问:"于途,你愿不愿意跟我在一起?"

你这么聪明,一定知道对不对?一定知道我多么喜欢你。

于途看着她,她的眼神热烈而天真,盛满了世界上最值得善待和珍爱的东西,一如十几年前那个注视着他的女孩子。

他知道,他一直知道。他以为她不会说出来,最终渐行渐远。所以在这个最后的假期里他如此放纵,放纵自己去完成那个陪她到比赛结束的承诺。

是他贪恋不理智。

于途缓缓握紧了拳,然而开口,声音却那么的冷静温柔,"晶晶,你属于耀眼的世界,而我属于另一个世界。"

有幸同行一时,但注定要分道扬镳。

他说:"我们不合适。"

第二十九章

第二天一早,于途正式回研究所上班。

他先去了一趟张教授的办公室。张教授对他的回归早就心里有数,表情显得很波澜不惊,还带着点爱搭不理。

他坐在桌后翻着一份可研报告,"我跟你怎么说都不听,老胡一个电话西安也去了,也肯回来了?我是你老师还是他是你老师?"

老头一脸不高兴的样子,但于途知道他不是真的生气,沉声解释说:"跟胡所没有关系,在西安……我自己想清楚了。"

"真的想清楚了?"张教授合上正在翻阅的报告,捏了捏眉心,收起了刚刚的一番故作,"老胡让你从西安回来就直接上班,你没答应,难道不是因为还有疑虑?"

他叹气说,"你不要把我上次说的话放心上,后来我也仔细想了,你们现在面对的环境跟我们那会又不一样,我们那会是难,但是哪行哪业不难呢,大家都一样,反而上下一心,心里没有落差。现在不一样了,年轻人的生活成本高了,行业之间的差别大了,人心怎么能不变,变才是人之常情。上次我说的话脱离了实际和人情,这点我要向你道歉。"

于途有些触动,"老师……"

张教授挥手打断他的话,"所以我会理解你的一切选择,不管怎么选你都是我的学生。但是如果人回来了,心里却还有怀疑和犹豫,反而什么都做不好。"

他又问了一遍:"你真的想清楚了?"

明明是他自己说的话,可是面对老师如此慎重的询问,于途却莫名地想到了工作之外的事情……

他及时收敛情绪,沉声说:"我会全力以赴。"

张教授欣慰地点点头,"那就好,我们航天的队伍越来越年轻,去年北京那边有三十五岁就当上总师的,我希望你也向这个方向努力。"

说到这里,张教授想起来问,"关在怎么忽然病了?要不要紧?"

于途顿了一下说:"他说是没什么关系,叮嘱我让同事们别去看他。"

"这人就这脾气。"张教授放下心来,"那他的工作你们多担一点,去忙吧。"

于途点头,正要出门,老头又喊住他。

"上次那个女明星,其实还是不错的,说话也有点道理……"老头咳了一下,表情有点不自在,不过他迅速地摆出一副严师如父的姿态,"你自己的终身大事也要考虑了,我看她不错,你要积极一点……行了,去吧。"

于途却没有动,他沉默了一会,抬头看向自己的老师,像在问他,又像在问自己:"老师,我凭什么?"

老头一愣,随即气不打一处来:"我这就不懂了,你堂堂未来总师,名校毕业,哪里配不上一个女明星了?钱?那你就算年薪百万千万,赚得也没人家多啊。你哪里没信心?"

"我们航天是最浪漫的职业,怎么会有你这样的东西,"老头气得赶他,"快走快走,看着你就来气。"

恢复上班的第一天,于途没加很久的班,六点多就离开了单位,直接去了华山医院。

走进病房的时候,关在和他的夫人沈净正在吵架。关在看见于途宛如看见救星,头大地指着于途说,"你自己问他,他是不是有女朋友了,我哪有不上心推销你师妹……哦不是,介绍。"

他夫人瞪了他一眼，转而看于途，"上次在我家吃饭才多久？两个月都不到，就有女朋友了？"

于途停顿了片刻，才点了点头，配合地说："是有了。"

"照片呢，看看。"

于途当然拿不出来，他夫人没好气地说，"没有就没有，看不上就看不上，用得着这么不磊落吗？"

关在百口莫辩，谴责地看于途，"你牛吹那么大，说人家女孩子喜欢你，连个照片都没有？"

不等于途回答，他又跟夫人献媚，"老婆我跟你说，老于这人看着老实其实是败絮其中，我以前也被他骗了，这几天他守夜，我才发现真相。给你师妹介绍也是害了你师妹。"

于途提起精神参与到话题中："我怎么败絮其中了？"

关在得意洋洋的："你大半夜的看女明星的视频，还不止一次，我都看见了，这是正经男人做的事吗？"

于途眉心微皱，却也不否认："我戴着耳机……吵醒你了？"

关在说："没，我是白天睡太多晚上睡不着了，醒过来看见的。那个女明星叫什么名字来着，还挺有名的。"

沈净看着于途，颇为意外又颇有兴趣的样子，"于途你还会喜欢明星？真的看不出来啊，哪个女明星？"

于途面色平常地回答："乔晶晶。"

关在连忙说："对对对，就是她。看看，承认了吧，我就说不靠谱吧，都三十了还追星，可见是个好色之徒，完全没我这么老实可爱。"

关在胡侃起来还是像以前那般神采飞扬，然而到底虚弱，没多久便话越来越少，最后悄悄地昏睡了过去。刚刚还热热闹闹的病房，一下子便陷入了沉寂。

沈净的目光在他苍白的脸上停留了一会，站起来对于途说，"我们出去吧。"

坐在病房外的椅子上，沈净跟他解释了一下，"刚刚故意和关在开玩笑的，你别放在心上，我不想让他觉得……"

她没说下去。

于途说："我明白。"

沈净勉强笑了一下，"其实，我也不想把我师妹介绍给你了。"

她的语气特别平静，"回头人家怨我怎么办？你和关在一个样子，一天到晚见不到人，只知道工作工作，最长的一次一年有一半时间不在家，剩下一半天天加班。"

于途以前就常听沈净抱怨关在工作忙顾不上家，每次他去关在家吃饭，沈净总是要念叨一遍的。但是那个时候，她是带着笑的，抱怨不是真的抱怨，而是一种乐趣。

可是现在，却是真的伤心欲绝。她喃喃地："说话也不算数。说好的，以后等他厉害一点，会申请带我去发射场亲眼看着他的作品飞去太空……他总是骗我，总是说话不算数……"

沈净反复地说着，最后再也撑不住，捂着脸，眼泪大颗大颗地落下来。

于途一径地沉默着。

这样的情形在这几天不断地上演，沈净在关在面前多坚强，在他看不见的地方就有多脆弱，好像随时随地都会崩掉。一开始他还会安慰，但是渐渐地他明白，任何言语上的安慰都太苍白，没有任何作用，沈净需要的也不是安慰，而是宣泄。

他仰头靠在椅背上，出神地盯着医院的天花板，忽然就想起了那个在心底压了一天的身影。

想起她眼睛里渐渐熄灭的光，想起她说："我再也不会问你为什么了。"

然后就转过身，踩着高跟鞋，一步一步，坚定地、骄傲地走远。

那一刻看着她的背影，他的脑子里涌出很多疯狂的念头，比如说冲上去抓住她，抱住她，锁在自己怀里……

但是然后呢，他能给她什么？

也许连最基本的照顾都做不好。

好一阵子，沈净才恢复了平静。于途递了一张纸巾给她，她擦了下眼泪。"不好意思，让你天天听我抱怨，我其实不是真的埋怨他。"

"我就看中他这么投入这么认真的样子，可是我以为我们还有很多时间，等老了，我们有大把的时间，可是现在没有了。"

于途这时才说了一句："医生说治愈的希望很大。"

沈净摇摇头："你不懂。"

她没再说下去，看了下手机，站起来说："关住说已经接了孩子回家，一会就过来，今天晚上他守夜，前阵子真是辛苦你了。"

关住是关在的弟弟，是个自由摄影师，之前一直在国外跑，昨天才赶回来。

于途也站起来，"应该的。"

关在醒来的时候，病房里一丝声响都没。于途在床对面靠墙站着，低着头，不知道在想什么。

隔壁床的病人今早出院了，关在平时嫌人家聒噪，现在却发现，病房里还是有点动静好。他咳了一下，于途抬起头，"醒了？"

"嗯。你还没回去？阿净呢？"

"嫂子回家看孩子了，关住还没到，我等他来了再走。"于途把床摇起一些，倒了杯温水给他。

关在慢慢地喝了几口，"刚刚我睡过去，你嫂子是不是又哭了？"

于途接过杯子放回桌上，没回答。

关在叹了口气："眼圈老是红红的，还在我面前装，傻乎乎的。"

"你不傻，有病拖到现在。"

关在脸上浮现一丝懊悔。"平时就一些小病小痛，我也不知道这么严重，不然早来了。"他看向于途，"你别这样行不行？现在癌症又不是绝症，我查了，我得的这种治愈希望挺高，我这意志力绝对能战胜。"

于途点点头，"行，我信你。"

"你今天正式回去上班了？"

"嗯。"

"不离职了？"

"不了。"

"因为我？"

"脸别这么大。"

关在笑了一下，"以后少来医院这边，你要开始忙死了，呸呸呸……忙飞了。"

提到这个话题，他又把工作上的一些问题交代了一遍，接着又再度叮嘱，"先别跟单位里的人说我的事，胡所知道就行了，我现在可不想应付小孟他们。"

"我知道。"

"我起码两年干不了活了，反正都交给你了。"

于途"嗯"了一声，很平淡地说："你放心。"

回到家已经快十一点，于途走到沙发坐下，从心底泛起一阵疲惫。翟亮恰好拿着手机从卫生间里出来，看见他，一声怪叫，蹦到他面前。

"你总算回来了？怎么不回我微信。"他急急地在手机上点开一个视频，递到于途面前，"刚刚班级群里发的，大家正在热烈讨论呢，怎么回事啊？"

于途的视线慢慢地移到了手机上，视频里，他和乔晶晶正站在KPL的舞台上接受主持人的采访。

翟亮蹲在沙发边上打量他："我琢磨了下，这难道是……'大街上随处可见'？"

于途不由自主地把手机拿到手中，目光落处，摄像正好给了乔晶晶一个特写，她对着镜头嫣然而笑。

于是他也弯了下嘴角，将手机合放在茶几上，站起身来说，"再也见不到了。"

第三十章

于途陷入了前所未有的忙碌中。研究所的同事们早习惯了"白加黑""六加一"似的加班方式,但是看到他全情投入的样子还是有点触目惊心。

从实验室出来,大孟忍不住劝他:"悠着点啊,别跟老关似的折腾进医院了。"

他还不知道关在真正的病情。

于途说:"没事,我有数。"

他当然不会把自己的身体开玩笑。回归研究所之后,他的生活甚至比以前更加规律起来。以前还会时不时和关在一起废寝忘食,现在却无比准时地吃饭休息,运动健身。

他把自己的时间安排得紧凑严密,毫不留间隙,然后严格地去执行。

"话说你几十天休假也没歇着吧?"大孟说。

"怎么?"

"回来后有如神助啊,一二三四五,之前卡住的点都解决了。老于你这干劲,是不是想趁老关住院谋朝篡位啊?"

"滚吧。"于途两个字回答了他。

等大孟真的滚了,他却站在原地,良久,自嘲地笑了一下。

月中的某个周六下午,于途接到了翟亮的电话。

"夏晴来上海了,说要补上次那一顿,请大家吃饭,让我喊你,今天或者明天都行。"

于途直接拒绝了,"我没时间。"

"那行,我就问问,你不去也好,免得曲铭那个贱人又犯贱。"翟亮爽快地挂了电话。然而到了晚上十点多,他正要下班,翟亮的电话又打过来。

于途接起来,电话那头传来的却是夏晴的声音,她似乎带着几分醉意,竟然问:"于途,乔小姐……乔小姐是谁?"

乔小姐……

他已经好一阵没想起乔小姐了,可是却有那么多人喜欢提起她。高中群,大学群,总是看见他们跳动着讨论。

他分明不想听见她的名字,可是当他们提起她的时候,他的内心似乎又是欢迎的。或许因为只有这一刻,他才可以释放那些被关押的情绪。

于途抬起手,关掉了办公室的灯,一片黑暗中,他握着电话,镇定而泰然地说:"当然是晶晶。"

于途没想到第二天还会收到夏晴的信息,那时他正要进会议室开会。

"翟亮说你在加班,有空喝杯茶吗?"

他看了一眼信息,漠然地把手机锁进了信号屏蔽柜中。会议结束时已经是晚上八点多,拿回手机,微信里又多出来两条信息。

"我在你单位旁边的咖啡馆等你。"

另一条是一个定位,发送时间是下午六点五十。

夏晴穿着一件薄羊绒大衣坐在咖啡馆里,全身上下是精心收拾过又不着痕迹的精致,与相对简陋的咖啡馆显得格格不入。

不过这宛如城乡接合部的地方,能找到一家咖啡馆已经不容易。

会来这里，她觉得自己大概鬼迷了心窍。

但是就算鬼迷心窍，此时此刻她也必须见到于途。不然，那自从看见视频后就被灼烧的心无法平静。

她一直不敢相信。

她早就听曲铭说起过"乔小姐"，那个和于途一起喝过罗曼尼康帝的乔小姐，她怀疑过是不是乔晶晶，可是这怎么可能？

于途怎么会和乔晶晶搅在一起，他从来不喜欢她的。

对于乔晶晶，夏晴一直有一种微妙的情绪。初中时代她是真正的天之骄女，最聪明也最漂亮，可到了高中，班里居然有个女生比她还漂亮，还受人欢迎，夏晴很难不产生一些想法。不过还好，自己的成绩甩她一大截，还好，她向自己也喜欢的男生表白失败了。

所以后来她在大学里向于途表白成功，第一时间就告诉了久未联系的高中同桌。她知道她嘴碎又八卦，一定会告诉高中班里的所有人。

那个时候，她除了夙愿得偿的欢喜，还有想起表白失败的乔晶晶时，翻倍的快乐。

可是几年后，于途却和乔晶晶在一起了？他们一起喝酒，一起打游戏，一起高调地出现在公众面前……

夏晴彻夜难眠。

可以是任何人，可是怎么可以是乔晶晶。

他说"当然是晶晶"——凭什么当然，就因为今时今日她是个明星？

这太可笑了。

她若有所觉地转头看向窗外，马路对面，于途正朝着咖啡馆走来。他身上的大衣并不高级，但是天生衣架子在那，再普通的衣服穿起来都挺拔轩昂自带风采。

路上有女孩子在回头看他，他恍若未觉，年少时代对他的迷恋里，大概这也是一个加分项，那么多人喜欢着的男孩子啊……

其实早些年，夏晴从未后悔过和于途分手。

为什么要后悔呢？一个男人，明明可以拿到高薪，却为了自己所谓的理想，企图让另一方去承担更多的家庭责任，太幼稚也太自私。

大城市高昂的消费从来不会因为他的理想而打折，他们都出身在三四线城市的普通家庭，不一起打拼，怎么在北京上海这样的大城市立足？

房子、将来孩子的教育，哪一样不是巨额的支出，研究所的工资怎么可能支撑得起。难道全部靠她？凭什么？

分手后她不止一次和朋友们提起过于途。

高中的同桌，大学的舍友，工作的同事……她不由自主地在和他们聊天的时候会提到他——自己的前男友，阐述她分手的理由。

他们当然赞同她，她也越来越觉得自己正确。

她一点都不后悔。

唯一让她意难平的地方，就是她提出分手的时候，他居然直接答应，没有丝毫的挽留。

直到有一天，她发现她要过三十岁生日了。可那个梦想中，和于途一样聪明优秀，又和她一样成功的人却没有出现。

周围不是没有追求者，她也再谈过一次恋爱，可是那些人，不是不够聪明，就是不够风趣，和于途比起来，每一个都面目平庸。

她忽然就觉得，其实于途也是可以的，虽然没有钱，但是这个缺点，在比较了一圈后，完全可以用其他优点来弥补。高学历，没钱却体面的工作，以及，比其他所有女同事的男朋友老公都英俊太多。

反正如今她已经拿着七位数的年薪，几年前不甘心自己要承担更多，这时似乎也可以接受了。她已经有了足够的经济实力。

那段时间她蠢蠢欲动，格外地关注起高中和大学的群，甚至还有两次故意挑起了话题。

但是当看见于途被同学呼喊着去修净化器，她心中又有些迟疑。

正踌躇间,她听说于途要去投行了。

几乎在一瞬间,她就决定改变行程去上海。

她清楚地知道,当于途踏出封闭的研究院,进入金融圈,会是多么的受欢迎。

那次见面却不尽如人意。她自有矜持和骄傲,当然不会去死缠烂打,但是如果就此放手,难道让一个从没付出过的陌生人、后来者,坐享其成?

她犹豫着计较着。

但一切犹豫和计较在她看到于途和乔晶晶的视频后彻底终结。

于途推门进来了。

夏晴收起杂乱的思绪。她深吸一口气,昨天喝醉了失态,现在是挽回姿态的时候。

她笑盈盈地看于途坐下,说出早就准备好的开场白。

"翟亮说你手机经常没信号,果然是这样。你们这是保密措施?手机不能带进实验室?"

于途点了下头,直接说:"你找我有什么事?"

"我等了你两个小时,难道几句话把事说完就走?"夏晴的态度和上次有着明显的不同,"你晚饭吃了吗?要不要点点东西?"

"食堂吃过了。"

服务员走过来,于途随便点了杯茶。

等服务员走了,夏晴说:"昨天聚会结束,我和翟亮两个人又找地方喝了挺久,听说你又回研究所了?"

"对。"

"他其实挺担心你的,说你状态不太对,但是又不好多问。"夏晴朋友似的关切,"是中×那边有什么问题?"

于途抬眸看了她一眼。

翟亮哪里会担心什么,这样拿别人来绕弯子未免令人不耐烦。他看了下表,打算尽快结束这次见面,十分简短地说:"没什么问题,我比较适合研究所。"

"人的想法真的是会变的。"夏晴语气变得感叹,"其实现在我也觉得了,你做事专注,的确比较适合研究所。昨天聚会上和他们讨论起来,我开玩笑说,你的智商就该为科学做奋斗去。"

她笑着摇头叹息,"以前为了这个和你争论……真是太年轻,总以为自己才是对的。"

夏晴说完等了一下,以为于途听到她这么说会意外,结果于途脸上却毫无波澜,眼神都没动一下。

夏晴一拳打空,立刻换一个话题——这个话题根本不重要,她其实也并不关心,不过是以此为借口,让她这次找他的行为合理化而已。

夏晴唇畔带笑,进入她真正在意的问题:"对了,你怎么会和乔晶晶一起玩游戏?昨天大家聚会也说到这个了,怪我们不早说乔晶晶是我们的高中同学。这我们怎么说啊,一直跟她又不熟。"

"听说你们还一块喝过酒?我想来想去不太可能啊,所以等他们一走,特意跟你求证了一下。"她圆过昨天酒后失态的电话,微笑说,"没想到真的是她。"

"你们怎么会碰在一起的?"她状似好奇,又一次问道。

于途淡淡地说:"我和她是高中同学,有联系不奇怪。"

夏晴被噎了一下。

你和她是高中同学,我就不是了?这个答案是不是太敷衍了?

"也是。"夏晴摆出认同的表情,"不过她从来没在班级群里,我还以为她并不喜欢跟以前的同学玩。"

"说起来,我们班级现在最成功的就是她了。"她搅拌着咖啡感叹,"反而我们却没什么大出息,出了社会,成绩好有什么用,还是要看情商的。"

于途表情平静:"她是重点大学毕业。"

"是吗?"她有些恍然的样子,"念书的时候没怎么关注。不过我是很佩服她的，娱乐圈那么复杂的地方，龙蛇混杂，什么人都有，她能混这么好，这么红，肯定付出了很多吧。"

她语气轻松，宛若随口闲聊。

"夏晴。"

于途忽然叫她的名字。

夏晴顿住。

"我想，或许我该和你说声抱歉。"

在夏晴意外的眼神下，于途直视她，不疾不徐地说："当年我答应得太轻率，只考虑到你足够独立，却从来没想过自己要付出什么。事实证明，我实在不是一个好的选择。幸好，你一向聪明，及时止损。"

他嘴里说着抱歉，可是看着她的眼睛里却一片冷意，哪里有丝毫的歉意。

夏晴陡然明白，他根本不是在道歉，分明是她刚刚暗示了乔晶晶可能上位不正，他迫不及待为她反击。

而这一段看似道歉的话，从头到尾不过是告诉她，他从来没有真正爱过她。

一瞬间，她的心里宛如针扎。

她不过是一句暗示，他竟可以如此言语伤人。

夏晴简直想冷笑，"于途，这就是你的风度？"

于途神色淡然："我们很久没联系了，你何必？"

夏晴不再说话，所有准备好的试探此时全都失去了意义，她这些天如野草般生长的不甘瞬间被浇灭，凉得彻彻底底。

她知道她彻底估错了自己在于途心里的分量和剩余感情，他竟然连和她周旋的耐心都没有了，于是输得血本无归。不过还好，这场败仗没有别人看见。

她竭力优雅地将咖啡喝完，招来服务员买单，起身时意有所指地说："怪不得你会回研究所，毕竟不用再为身外之物担心了，祝你能牢牢把握住。"

话说到这地步,这辈子都不必相见了。

于途又在咖啡馆里坐了一会。

离开的时候外面淅淅沥沥地下起了小雨,于途站在屋檐下,忽然想到,如果这个时候他已经和她在一起了,是不是要把今天的事情跟她打个报告?

他要怎么说?她又会怎么回?

不过,最后他大概会选择不提吧。

毕竟今天是她的生日……

他出神了半晌,很快察觉到了自己的可笑,竖起领子,低头走入了雨幕中。

回到家中,他浑身上下都已经湿透。翟亮有些讪讪地迎上来,看到他的样子又哧溜去卫生间给他拿了毛巾。

"我告诉夏晴你单位地址没关系吧?反正她网上也查得到。"

"没关系。她以后应该不会再找我。"

翟亮理解了一波后忍不住感叹:"郎心如铁啊。"

"昨天你没和他们提起晶晶,"于途擦头发的动作顿了一下,"和我们玩游戏的事吧?"

"当然没有,你都叮嘱我了,我就当不认识棉花呗,更不会说她以前打得多烂。"

于途眼神看过去,翟亮连忙做了个封口的手势。

"我说,你不会心里,嘿……"他摇摇头,"说起来,棉花是挺可爱的,活泼又卖萌,跟个小姑娘似的,我到现在还没办法把她跟那么个大明星联系起来。

"但是虽然她是你的高中同学,现在距离太远了吧,我不是说高攀不起什么的。就是,你看咱们也陪着她打了快两个月游戏吧,这会连招呼都没一个,人就不见了。"翟亮耸耸肩,"大明星果然不好接近。"

"游戏里……她没有再上过吗?"

"没啊,我看了她的历史记录,还停留在你们比赛那天呢,最后两场战绩有点牛。"

于途沉默地擦着头发,片刻后说:"她给了我两张KPL的门票,让我和你一起去,我没喊你。"

翟亮瞪大眼:"什么?"

他不敢置信:"她给我票了?"

"票就在客厅的茶几下面。"于途在毛巾后面闭上眼睛,"翟亮,是我惹她生气了她才不出现,你别误会她。"

第三十一章

时间就这么在平淡中划过了新年。在这之前,于途送走了翟亮,于是每个深夜回到家中,显得愈发冷清了。

不过还好一月份他也有任务,要去沙漠出差一个月。

是一个保密型号的外场试验,那个型号虽然不是他们研究所抓总设计,但是他和关在也参与了部分重要工作,现在到了外场试验阶段,也需要他们有人到场。

去之前于途回了一趟老家。

父母看见他回来很是诧异,"十月才回来,怎么现在又回来了?"

十月他一休长假就回了趟老家,然而才待到第四天,父母就开始担心,觉得他休息时间太长,是不是出了什么事情。

那时他尚未下定决心,不好说什么让父母也跟着焦虑。为避免他们乱猜,只好假装回到上海工作,其实却是日日打游戏荒废,然后便遇上了乔晶晶。

于妈妈看起来气色很好,只是这开头第一句话就让于途心酸。他陪伴父母的时间实在太少。

"马上要出差一个月,不知道那边信号好不好,回家看看。"

于妈妈也不问去哪里干什么,只是埋怨,"也不提前打个招呼。"又问,"今年春节晚,那春节前能回来吧?"

"能。"

于爸爸看了下时间，说要去买两个熟菜，被于妈妈骂了，"孩子回来就让他吃熟菜，你这爸怎么当的。"

最后于爸爸去买了鸡和活鱼回来。全部烧好都快一点了，于途刻意多吃了一碗饭，果然父母都露出了高兴的神情。

吃完午饭，陪他们聊了会天，于途回到自己的房间。

他的房间并不算大，朝北，整个少年时代，他都在这里度过。考上大学后他就很少回来了，所以房间里还维持着高中时的样子，书架上大部分是那时候读的书，柜子里整整齐齐地摆着他从小到大得的各种奖杯。

他驻足出神了一会，抽出一本书，在书柜前翻看。

于妈妈进来给他送水果，看了一眼，奇怪地说："你看高中课本干什么？"

"没有。"于途有些不自然地合上书，放回书架。

其实这次回家，除了探望父母，内心还有一种异样的情绪在催动。这阵子他经常莫名地便回忆起高中，一次又一次地，仿佛想在那些过去的记忆中挖掘出一点曾经被他忽略的东西。

可惜少之又少。

他知道这样十分矫情，却又无法克制。他掩饰般地问："怎么高中的书还在？"

"整理的时候漏掉了吧。"

于途在屋子里巡视了一圈，问："我最早的那台台式机呢？"

于妈妈想了一会，"你说不用了，机器又老了，搬到楼下自行车库了。"

于途问她要了车库钥匙，去楼下把台式机搬了上来，于妈妈拿来抹布帮他擦灰："都这么久的电脑了，怎么想起来翻出来，我都忘记了，不然上次卖老电视机的时候应该一起让人家拿走，占地方，不过也卖不到几十块钱。"

于途笑了笑，"别。"

然后他说："显示器可以卖了，主机箱留着。"

电脑太久没用了，启动程序极为缓慢，于妈妈已经离开，于途看着屏幕慢慢地亮起来，久远的、无限星空的桌面展现在眼前。

他调整了一下设置，连上了网络，然后打开了QQ。

他的手机QQ一直开着，电脑上自然不会有什么新的信息跳出来，但是，这台电脑里却有着十年前的、旧的聊天记录。

他凝视了片刻，才去找乔晶晶的号码，点开了聊天记录。

一连串粉色的可爱的字体登时跳入眼帘。

完全是她会用的字体。于途并不意外，嘴角甚至忍不住弯了一下。不过等到他开始看聊天记录里的内容，笑容就开始变得涩然了。

他那时候实在太冷淡。

回答总是极为精简，透露着几分礼貌的敷衍，甚至有一次她问了一个太基础的问题，关于第一宇宙速度的，他还直接建议她去百度。

后来他就直接不回复了。

她却坚持地，孜孜不倦地找话题。

比如——

我看到你们在论坛上讨论中美航天技术的差距，我们和他们真的距离那么大吗>_<

比如——

群里讨论得好热闹，你觉得人类真的能移民到火星吗？

再后来，她终于放弃了。

手指滑动着滚轮，反复地看着这寥寥无几的对话，于途简直想回去对十几年前的自己说——你怎么能这么没耐心？

滚轮再一次滑到了底部，于途的目光忽然落在了最后一句里"群里"两个字上。他想起来,那时候航天论坛是有一个爱好者QQ群的,难道她也在那个群里?

他立刻找到了那个群,在群聊记录搜索框里输入了乔晶晶的QQ号码。

一大堆记录立刻跳了出来。

她果然在。

她在群里用着同样的粉色字体。一开始只是小心地插话,群里都是一群汉子,对这个高中生小妹子都很热情,完全不像他那么冷淡。偶尔几个稚气的问题也有人跟她详细地解释。

于是她在群里的聊天也越来越活泼,一点也不像单独跟他聊天时候那么小心翼翼。

于途慢慢地翻着,时不时就会露出一丝笑容,或因为那时候她的稚气活泼,或因为她有时候实在有点笨——明明那个群友都回答错了,还在那边一脸崇拜。

很快,搜索出来的聊天记录就到了最后几页。

乔晶晶在跟群里的人道别。

手可摘星辰:以后我不来玩了。

浩宇:怎么了,父母不让?

手可摘星辰:不是,我要好好念书了O(∩_∩)O等我考上目标的大学再来找你们玩。

织女星座:你目标是哪个?

手可摘星辰:……………清华。

于途不由愣了一下。

当时的群里也激起了一阵惊呼。

彭彭：人不可貌相啊妹子！

邪少：志气不小。

手可摘星辰：其实我没什么大志向＝＝但是我最近跟喜欢的人表白了，他好像嫌弃我成绩不好，所以想跟他考同一个大学，说不定他就喜欢我了？

织女星座：男人不看这个……摘星你是不是不够漂亮？

手可摘星辰：很漂亮的－－

鱼头：低调。

手可摘星辰：哦－－

手可摘星辰：反正我想来想去就是我就成绩不够好这个缺点吧……所以打算努力一把。

手可摘星辰：但是其实我成绩也全市两百名左右。

叉叉：两百名成绩很不错了啊，重点大学很稳。

手可摘星辰：但是他每次都是全市第一。

叉叉：……可以的。

织女星座：这差距很大啊。

手可摘星辰：嗯。不过我其实念书还有点不专心，再认真点应该会有进步吧>_<

手可摘星辰：我觉得我可以努力一下O(∩_∩)O

十几岁的乔晶晶用着现在她已经不会再用的颜文字，乐观地表达着她要努力一次的心情。

而三十岁的于途，看着这十几年前的记录，眼睛却一阵酸涩。

他忽然难以直视这样的记录，撑住额头，狼狈不堪。

第三十二章

晚饭过后,于途陪父母出去散步,路上不停被熟人问"儿子回来啦"。小城市就是这样,邻里之间非常熟悉,没什么距离感。

在附近小公园逛了两圈,于爸爸被牌友叫住了。他看了一眼老婆孩子,正要拒绝,于妈妈却说,"去吧。"

于爸爸喜滋滋地去了。儿子看了几个小时足够了,还是打牌的吸引力大啊。

于妈妈笑着摇了摇头。两人又走了一会,于妈妈忽然问:"你是不是有什么心事?"

于途并不诧异她会这么问,下午他太明显地不在状态,而他的母亲一向敏锐。他沉默了一下说:"上次我回家前,跟单位提了离职。"

于妈妈眼中掠过一丝诧异,半晌叹了口气说,"妈一直觉得,你最像你的舅舅。小时候你就特别崇拜他,经常跟小朋友们吹牛说,我舅舅是发射火箭的。"

"我们几个兄弟姐妹,你舅舅最聪明,可是比起来也最辛苦,常年在大西北,家都顾不上。有一回,你外公生病,差点过去了,我们怎么也联系不上他。那时候通信哪里有现在发达。好不容易你外公救回来了,我们也联系上他了,让他回来,他却犹豫了半天说不行,既然爸好了,那他就等任务结束再回,现在的任务太重要实在走不开。

"又过了一个月他才回来看你外公,兄弟姐妹们都气着,冷着他。当时有个表姨娘来探病,骂他不孝,你舅舅就被骂着,也不敢说什么。

那时候你还小呢,却忽然问她,'姨婆,表舅是去美国工作了吗?'

"你姨婆最爱说这个,立刻说是,让你也好好念书将来出国留学工作。结果你却说'那表舅去美国工作好几年了都不回来,你怎么不说他不孝顺?'"

于妈妈说到这里,忍不住笑了。

于途也莞尔,他还记得这件事,也记得他问了这句话后那尴尬的气氛。不过那之后,大家对舅舅的态度便恢复如常了。

有时候亲人之间不是不理解,只是亲近便难免苛责。

于妈妈说:"那时候我就想,对啊,同样没法陪父母,出国的人人羡慕称赞,像你舅舅这样常年待在大西北奉献的,却被说不孝顺不值得……这是什么道理呢?我们一群大人,还不如你一个十岁小孩子看得明白。"

于途开玩笑说:"我从小聪明。"

于妈妈拍了他一下。

"很多道理懂是懂,但是轮到自己身上,还是要犯糊涂。妈最后悔的一件事,就是高考那会逼着你报金融。那时候我想啊,我儿子这么高的成绩,当然要报最热门的分数最高的专业,不然高分不浪费了吗?到后来发现你偷偷学着两个专业,我才后悔了,你白费了多少辛苦啊。

"这几年年纪一大,看得就更穿了,电视剧里怎么说的,人最要紧的是开心。喜欢钱就去赚钱,觉得钱不那么重要就做有兴趣的事情。我知道你自己肯定舍不得这一行,你会想离职,是不是因为那次我生病?"

她拦住了于途的回答,"你啊,肯定想多了。我不知道你怎么想通了又回去了,但是妈要告诉你,你不要想着要让我们怎么样怎么样,你管好你自己就够了,我们还不老呢。你要是还觉得自己没做好,就想想你爸同事家的儿子。"

于途迟疑了一下:"……你说那个赌博输掉几十万的?"

于妈妈居然点点头:"对。"

于途:"妈……"

于妈妈看他一脸无奈的表情,又笑了出来:"我错了,这个是极端了点。但是你懂妈的意思,你已经够好了,别人已经羡慕死我和你爸了,别老想着一定要做到最好。"

好像不久前,有人也跟他说过类似的话。

于途好久,才"嗯"了一声。

又跟路过的两个熟人寒暄了一阵,走过之后,于妈妈忽然说,"你自己的终身大事也要考虑一下了,我老被人家问儿子怎么还没结婚。"

于途愣了一下,婚姻大事上,父母一向极少催他的。

"要求别太高,不求多漂亮,最好能照顾人的。"于妈妈典型的婆婆标准。

于途沉默地走着,于妈妈觉得他多半还没考虑过这个问题,便没再说下去。谁知到了家门口,于途却忽然叫她:"妈。"

于妈妈看他。

于途说:"我大概喜欢反过来的。"

于途多少有点落荒而逃的意思。他没想到在他婚姻大事上从来显得不慌不忙的母亲,居然会因为他情不自禁的一句话迸发出如此大的热情,各种盘问个不停。

然而现在,他又有什么可说的?

那个反过来的,漂亮的,娇气的,却又努力的姑娘,早已被他决绝地推出了自己的世界。

在家过了一夜,于途直接从最近的机场飞去了敦煌,和一些试验队的队员会合后,坐车前往沙漠中的试验场地。

一路上于途有些沉默,时不时便沉浸在自己的思绪里。同行的队员不少是之前就认识的,一开始还跟他说说笑笑,后来仿佛察觉了什么,便不再打扰他。

这样的状态持续到了工作中。他总能精准高效地完成自己的工作，无比地专注和投入，可分明又是游离的。

沙漠的视野无边浩瀚，沙漠的星空深邃沉静，每一次余暇时眺望远方，每一次深夜里仰望星空，仿佛都在逼迫着他审视内心。

他想他大概真的是一个自私的人。

爱情对他来说似乎从不重要，婚姻好像也被他在潜意识中视为一种互惠的利益关系。他潜意识里对另一半的描绘，便如他母亲要求的一般，当然他并不要求对方照顾他，但是，至少是独立的，不需要他费心照顾的。

而在他以前的人生中，他甚至很少花费时间去思考这些。

直到重新认识了乔晶晶。

任务结束前几天，于途接到了千里之外关在的电话。

"你们那边挺顺利的？"

"嗯，提前了几天完成了，过几个月再做第二次。"

关在"哦"了一声，"怪不得孙总都有工夫找我吐槽了。"

他说的孙总正是这次试验的总负责人，于途微微皱眉："是有什么问题？"

关在叹气说："你不知道，我们孙总，是个严肃活泼的人啊。工作上大大小小要管，手下年轻人的终身大事也操心得很，这不，他本来想给他们所里一个小伙子介绍天津那边的一个姑娘，北京天津挺近不挺好的么。结果据说你每天装得特别忧郁深沉，经常一个人看星星不参加收工后的集体娱乐，把一堆涉世未深的妹子迷得不要不要的，直接破灭了其他小伙子的希望。"

关在一口气说完，批评道："我说老于，你以前没这装×的毛病啊。"

于途："……我开头连赢了五天，他们开除了我的牌籍。"

"你这样说话就更装了。克制啊，长得帅还装，还给别人活路不。"关在严肃地说，"我打这个电话的目的就是警告你……"

"你务必继续这么装下去哈哈哈。"他在电话那头迸发出一阵大笑,"不要给其他所的兄弟一丝希望,回头封你当我院之光!"

于途:"……嫂子在你边上吗?把电话给他。"

于途直接表达了不想跟他说话的意愿。

沈净拿过了电话。

于途立刻问了下关在的病情,沈净的声音比之前放松很多,而且没避着关在,说了下治疗进展,说比预期的好多了。

"问那么多你懂个屁啊。"关在又把电话抢了回去,"孙总打电话过来是打听你有没有女朋友呢,我怎么回啊?"

他呵呵一笑,"要不我回你喜欢你的高中同学乔晶晶?"

于途一怔,随即反应过来,关在大概是看见单位微信群里转发的视频了。前几天,他参加KPL比赛的视频终于传播到了所里的工作群,引起了众多围观。关在何等聪明,肯定联想到了他在西安说的那番话。

果然,就听关在说:"在西安的时候不还吹人家喜欢你吗?我看视频觉得人家大妹子的确对你有意思啊,结果你现在还是光棍是怎么回事?"

于途沉默了一下,拿着手机在沙地上坐了下来。

在西安的时候,他刚刚确定自己的心意,沉浸在一种新奇的涌动中,什么都没来得及去想。可是关在突如其来的病情,沈净崩溃坍塌的情绪,却让他不得不迅速地打破一切旖旎,面对现实。

当一个航天人的家属,实在太不容易了。频繁加班,顾不上家,聚少离多……而她却是那么的娇气,爱撒娇,要人哄,天生适合被人时时刻刻捧在手心。

"我一直在想,我能给她什么。"于途的语气很沉,声音却很轻,"没钱就算了,连经常陪着她可能都做不到。"

电话那边忽然静默了,关在的呼吸声好像沉重了起来。于途有些后悔,他意识到他的话也刺痛了关在,然而话已出口,无法撤回。

电话就这么挂着，过了好一会，关在说："于途，你嫂子说，不是这么算的。"

然后他骂道，"你傻叉吗？"

生平第一次被人这么骂，于途反倒笑了。他抬头仰望着头顶比别处更纯净的星空，真心实意地承认："你说得对。"

"哟，承认了啊？这是想明白了？"

"客观事实永久存在。"于途说，"不是想明白的。"

是忍受不了。

是克制不住。

回到上海的时候，离春节还有十来天。于途先去看了关在，又被他嘲讽了老半天。

上了几天班，有一天在食堂吃饭的时候，大孟忽然说，"你出差一趟跟谁学了新的口头禅？"

于途一愣，"什么？"

"你自己没发现吗？老爱说'大家再努力一下'。"大孟抱怨说，"跟我高三班主任同一个口头禅，我一听就头顶一凉。"

他说完便继续扒饭了，于途却拿着筷子怔在那里好一会，再低头夹菜的时候，眼睛里全是自己也没察觉的温柔。

于途定时定点的生活多出了一项日常——写信。

每个回到家的深夜，不管多晚，睡觉前，他都会展开信纸，写一封信。

第一封信的内容是关于第一宇宙速度，这个问题很简单，不过也涉及一些平常大家不会了解的原理和公式，于途尽量深入浅出地解释清楚。

第二封信是关于中国航天技术水平和国外的比较。

雪白的信纸上，台灯光下，于途有条不紊地写着——

这个问题太大了，我可能要用很多封信回答你。这一封我们先讲一下现代航天的发展史……

他睡前写好信，第二天带着投进单位门口的邮箱，到春节放假，一共寄出了十封信。

把年前最后一封信投进邮箱的时候，于途想，如果春节假期里没有……

那回来后只好开始讲火星移民了。

第三十三章

乔晶晶这两个月快忙死了。

事实证明，作为一个明星，任性休息了一个多月果然是会遭报应的。之前落下的工作并不会消失，现在的工作也必须完成，再加上年底各种颁奖典礼平台活动，去年拍的美食电影再提个档提前进入宣传期……

个中滋味真是美不可言。

有一天乔晶晶又凌晨三点才回到酒店，一头栽倒在床上陷入昏睡前，忽然就想起了于途。她在极度困倦中迷迷糊糊地想，就算那时候于途答应和她在一起了，现在她忙成这样，估计都要闹分手了吧？

想着想着，居然忍不住笑了。

第二天刷牙的时候回想起这个念头，乔晶晶觉得，她大概已经开始忘记了吧。

真快呀。

但是这个年纪，这个行业里，也许这样的速度才是常态。

春节前几天，乔晶晶在北京参加了一个平台活动，活动后的酒会上，她碰见了苏冶。

她本来并没有看见他，但是苏冶这人自带一股气场，引得众人环绕，乔晶晶不经意地往酒会中心热闹处看一眼，恰好就碰上了他的眼神。

然后他便排众向她走来，递给她一杯色彩靓丽的鸡尾酒。

"调得不错，你试试。"

众目睽睽下，乔晶晶大方地接过，"谢谢。"

原本和她聊天的人带着别有深意的笑容走了，苏冶看着她，目光灼灼："好久不见，最近怎么样？"

乔晶晶官方辞令："还不错。"

"我想也是，一打开各种社交软件，都是你的消息。"

乔晶晶皱眉："不至于吧。"

过度曝光容易惹人厌烦，对演员来说并不算好事，这一点她们团队一直有控制的。

"哦，或许，因为我点击关于你的信息太多，软件会自动推送。"

乔晶晶眼睫一动，随即笑道："那谢谢你送我点击。"

周围看过来的目光越来越多，乔晶晶琢磨着再扯几句就走人，苏冶却丝毫没有结束话题的意思，他喝了口酒，竟突如其来地问："原来那天在你家里看见的，是你高中同学？"

乔晶晶："……你也关注网上八卦？"

"刚刚不是说了，点击太多。不过这个倒不是。"苏冶轻笑，"那天你参加KPL的娱乐赛，我就在现场。"

在乔晶晶惊讶的目光中，他补充："楼上的贵宾室。"

"哦，原来是这样。"略微的惊讶过后，乔晶晶一语带过，并不打算问他为什么出现在那里。她依稀记得，最早用微信号玩游戏的时候，苏冶好像的确在游戏好友的列表里……那就权当他对游戏感兴趣才去的好了。

苏冶单手插兜，姿态优雅："他游戏打得很好，清华高才生，这样的男人，高中的时候也很吸引人？"

乔晶晶："……"

她有点怀疑，苏冶不会觉得自己当年是备胎吧？

果然他下一句就问："所以，你和我分手得那么干脆，他是原因之一？"

乔晶晶："……苏总这么没自信真令人意外。"

苏冶深深地看进她眼睛里:"因为你看我的时候,从来没有那样的目光。"

哪样的目光?

乔晶晶和他对视一瞬,低头喝了一口酒,忽然觉得好笑。

她和苏冶在一起的时候,已经进入娱乐圈好几年了,工作繁忙人事纷杂,少年时代的情思早就褪色成记忆,会和苏冶在一起,当然是出自真心。而他们会分手,又和于……别人有什么关系。

不过眼下却也没有跟他分辩的必要,他爱怎么想就怎么想吧。反正并没有分手后还是朋友,大可不必关心他的心理健康。

"我觉得我们已经不必讨论这些。"乔晶晶朝他举杯。

"也是。"苏冶绅士地附和,"人总要往前看。"

乔晶晶无意去推敲他话中的深意,觉得聊得差不多了,便想离开。恰好有位年轻的女士来找苏冶寒暄,她便借机告辞:"我去找朋友聊天,苏总自便。"

不料苏冶却说:"稍等,还有一件事。"

这下乔晶晶倒不好走了,来客脸上也带上了尴尬,只有苏冶优雅自若地和她寒暄了几句。

等她离开,苏冶再度转向乔晶晶。

"有件事情,一直找不到合适的机会说。"

"什么?"乔晶晶漫不经心,看见一个熟人在会场门口出现,她举手朝那人小小地挥了挥。

"其实那天我去你家,是为了向你道歉。"

乔晶晶一怔,注意力重新回到了他身上。

苏冶云淡风轻地说:"你玩游戏的视频,是我前女友放出去的。当然,因此她已经成了前女友。"

乔晶晶:"……"

她这次是真的满脸"什么鬼"了。推测了下前因后果,乔晶晶觉得有点不可思议,"你在我微信好友里……所以你们看我打游戏,还录了下来发到网上？"

苏冶深深注视着她，"不是我们看，是我看。我玩过一阵，恰好看见你打游戏，觉得很有趣，就保存了。我不知道她怎么发现的，还重录后发到了网上……是我不谨慎，抱歉。"

乔晶晶简直无话可说，"苏总这样的身份，手机这么不设防？"

苏冶一脸矜贵的歉然，"我的错。百密一疏，大意了。"

"……我应该早点把你拉黑。不过你的女朋友现在是不是很难过？"乔晶晶眉毛微扬，"务必帮我转告她，承蒙错爱，我的游戏代言费翻了三倍。"

"前女友。"苏冶洒然一笑，"我现在单身。"

他看着她，眼眸中似有无穷含意，"你做得很好，令我刮目相看。"

"不敢当。"乔晶晶没好气。

苏冶对她的态度不以为意，表情诚恳，"我一直想找机会跟你道歉。但这两个月因为工作一直在国外，今天早上才回国。听说你会参加这个活动，立刻就过来了。不知道你这两天有没有时间，容我设宴再表达下歉意？"

"那倒不用了，反正已经解决了。"这种事情没法追究，追究也没意义，乔晶晶心里记了小本本，面上索性大方些。

"苏总以后保护好自己的手机就好。"她到底忍不住刺了一句。

苏冶似乎没想到她会拒绝，微微挑眉。

"如果苏总没其他事，我先失陪了。"

"有。"

乔晶晶："……"

她只是社交辞令而已！

"还想问你一句话。"

乔晶晶看他。

"那天你在赛场上说你还是单身，是真的吗？"

他抬手将酒杯送至唇边轻啜，嘴角含笑，俊朗的眉宇间满是卓然的自信，"如果是真的，那乔小姐有没有兴趣开始一段新的恋情？当然，是和旧的人。"

"我有个问题。"

沉默了一下，乔晶晶说。

"你问。"苏冶风度翩翩。

"你女朋友把我的视频放在网上，你真的对我感到过抱歉吗，我怎么觉得你反而有点得意？得意有人为你争风吃醋到这个地步？"乔晶晶轻轻晃动着酒杯里彩色的液体，"哦，或者也不能说得意，只是很有兴致地在一边看看我怎么应付？"

"你说那天是去找我道歉，可是那会事情已经发生半个月了吧？所以大概是正好路过，兴致一来所以顺路道歉下？"

"还有，比赛我是赢了，如果输了呢，输得很惨呢，被全网嘲笑呢，今天你还会站在这里，跟我说这些话吗？"

乔晶晶明亮的眼睛注视着他。

苏冶顿时语塞。

乔晶晶说的没错，那天去她家的确是路过时的心血来潮，甚至后来去现场看比赛也是一时兴起。整个事情发展中，他的确一直抱着一种袖手旁观看她如何应对的心态。

但他没想到乔晶晶会解决得这么漂亮。

那天在贵宾室，他看着她在舞台上风趣狡黠操控节奏，看着她在比赛时灵活走位娴熟操作，目光竟然完全无法从她身上移开。

他是知道她根本不会玩的，一个多月的时间，竟然蜕变至此？

等到最后她三连决胜，观众席上一片惊呼，他竟也情不自禁地站了起来，让陪同他的工作人员一阵惊奇。

那一刻，她在台上和别的男人拥抱庆祝笑靥如花，他在贵宾室遥望着，胸腔震动。心中好像复燃了一簇火焰，甚至比以前更凶猛。那时他以为是受现场气氛影响而产生的一时波动，可出国两个月，不仅没有让这波动平静，反而越来越汹涌。

那就不必克制。

他向来有行动力。

可他没料到乔晶晶竟然如此敏锐，居然把他的心态猜得八九不离十，饶是苏冶长袖善舞能言善辩，一时也不知道该说什么来描补了。

乔晶晶从他的神色中得到了答案。

"回答你之前的问题。我和你在一起的时候是很认真的，所以分手和别人一点关系都没有。因为什么，你忘记了吗？"

"其实我一直很好奇。"乔晶晶很可爱地歪了下头，"你提出让我放弃我的事业的时候，真的做好准备和我共度一生了吗？没有吧。可是你就那么轻率地提了，那时候我就明白，你从来没把我放在同等的位置，而现在好像也没什么改变。"

"你总是那么居高临下。"乔晶晶嫣然一笑说，"我才受不了。苏先生，我们道不同不相为谋。"

这个圈子的消息向来传得飞快。乔晶晶三天后飞回上海，到家已经是晚上十点了，玲姐居然眼巴巴地在她家楼下大堂等着她。

看见她下车，第一句话就是："苏冶又来撩你了？"

乔晶晶："……"

光速传播吗？

她无语地往里面走，玲姐亦步亦趋，"你可别被他的花言巧语骗了啊，他这个人，切，反正连于老师万分之一都不如。"

说到于途，玲姐想起来，"哎，晶晶，你最近还和于老师有联系吗？那天的庆功火锅他怎么不来啊？"

乔晶晶神色很平静，"我的手机大部分时间你们拿着，你看有吗？"

玲姐一想，"也是，你睡觉都快没时间了。"

乔晶晶心如止水地按下电梯按钮，觉得自己在生活中大概是影后般的演技。距离那个晚上已经两个多月了，她身边居然没一个人察觉到异样,就连那天开车的司机都不知道发生了什么。

大概她的反应太镇定了吧。

"那你这两天空了请人家吃饭啊,没他教你哪来这么好的成绩。不过今天都二十九了,他大概回去过年了,等年后?"她说着一拍掌,"不对,你们是老乡啊,你可以在你老家请!你初一表演完节目就回去了吧?"

乔晶晶打断她:"你大半夜等我就是为了说这个?"

玲姐勉强找了个正事:"不是,就初一东方台的新春晚会,我跟你对下细节。"

这借口也太没诚意了。

电梯到了,乔晶晶迈进去,一回身发现一直跟着她的小朱不见了。

她按住开门键,"人呢?"

这时小朱蹬蹬蹬地抱着一堆信件飞奔过来,"我去开信箱了,信有点多。"

乔晶晶也没多问,会寄到这里一般是一些银行对账单之类的,这些琐事她一向不管。

电梯往上升,玲姐又开始絮絮叨叨地吐槽苏冶,翻着信的小朱却忽然咦了一声,"晶晶。"

她诧异地说:"居然有人写信给你哎,还好几封。"

乔晶晶心不在焉地朝她手上的信件望去,下一秒,她的视线突然凝住了。

电梯"叮"的一声提示到了楼层,她却没有动,迟缓地伸手拿起了最上面的一封信。

信封上清峻洒脱的字迹其实已经很久没见,可是她竟然仍能一眼认出。

乔小姐收。

落款果然是——于。

第三十四章

晶晶：

  展信悦。

  月前回到鲸市，找到了旧电脑中的一些聊天记录。你问了我许多问题，然而我那时候十分无礼兼可笑。现在却想问，时间已久，你是否还愿意听我回答？

  你的第一个问题关于第一宇宙速度。

  如果我没记错，三大宇宙速度应该是高中物理课上的内容，你上课的时候是不是没有好好听？

  你问的问题有一个小小的错误……

  乔晶晶蜷坐在客厅的沙发上，手边放着一杯红酒。看到这里，她微微一顿。

  原来那时她问的问题就有错误？所以他看见问题就懒得搭理，直接让她去百度？

  她出神了片刻，低头继续往下看。

  你问的问题有一个小小的错误，恐怕混淆了发射速度、卫星运行速度的概念。为了阐述清楚，我们先从第一宇宙速度的定义说起。

  接下来，信上详细地解释了什么叫第一宇宙速度，阐述了计算的原理和公式，还画了轨道示意图，把推导过程娓娓道来。

乔晶晶高中物理还不错，但到现在早忘光了，可是看下来居然毫无障碍，大概因为他写得实在详尽易懂。

隔着纸，都能感受到写信的人无限的耐心。

她放下信，隔了一会才拿起另一封。
开头依旧是——
晶晶：
展信悦。

午后忽然有一段闲暇，所以今天的信大概会长一些。前面我们已经说完了德国和美国的航天发展历史和现状，这封信我们谈谈前苏联，这个和我国航天发展联系更紧密的国家。

乔晶晶皱了下眉，前一封信不是在讲第一宇宙速度么？怎么变成德国美国航天发展史了？

她把茶几上所有信都拿起来看了一遍，才注意到右下角都标注着写信日期。一共九封信，第一宇宙速度是第一封，刚刚她拿的已经是第三封了。

她按日期顺序拿起第二封信。

晶晶：
展信悦。

今日南方暴雪，我改步行回家，一路上都在思索你的问题。
中美航天水平的差距，唔，这个问题太大了，我可能要用很多封信回答你。这一封我们先讲一下现代航天的发展史……

客厅里的时钟慢慢地划过零点、一点、两点……乔晶晶一封一封地看着，终于，她读到了最后一封信的最后一页。

不可讳言，在航天领域我们和世界最顶尖的水平还有着很大的差距。有时候同事之间聊天，谈及此，也有同事沮丧，直言至少三四十年。

但三四十年的距离，不代表需要三四十年去赶超。我和同事们努力的意义，其一也正在于此。

火箭和载人航天方面的比较已经说完，明天我们可以聊一下深空探测方面，这是我专精的领域。旅行者号，我们的玉兔号，都有很浪漫的故事。但是按照邮政的速度，估计你年前收不到了。

这几封信，于途的字迹开始的时候总是工整而标准，好像写信的人耐着性子要写得清楚一些似的，但是写着写着到后面，便有些本性流露，变得飞扬洒脱略带潦草。到了这一段，笔随意走，更是遒劲开拓，锋芒毕露。

然而到了信末的最后一句，字迹又重新工整小心起来，好像写信的人写完了前面的，停下了笔，仔细斟酌了很久才重新下笔——

晶晶，春节的时候，你回鲸市吗？

乔晶晶的目光在这句话上停留良久，放下了信。

客厅的时钟显示，已经是凌晨三点。

九封信，四个多小时，她终于弄懂了什么叫第一宇宙速度，明白了火箭结构，知道了什么叫整流罩，什么叫有效载荷，知道了中美航天技术的差距……

少女时代费尽心思问的问题，忽然都有了详尽的解答。

可是却也让她忽然的脆弱和伤心。

这种脆弱在那天她若无其事地回到车上让司机开车的时候没出现。

在玲姐三番四次提起于途的时候没有出现。

却在这么一个深夜,在她少女时代绞尽脑汁才问出的问题终于得到解答的这一刻,排山倒海地涌上心头。

她起身走到了落地窗前。

时间真的太晚了。

就算是陆家嘴,这个时候看出去,外面也已经是漆黑一片,只零星亮着几盏灯。

这是上海最繁华的地带,但是很多个夜晚,在这样繁华的衬托下,却只让人感觉到更多的孤单。

于途也在这个城市里,他也曾感觉到孤单吗?这十年里,他有没有想起过她?

大概有吧,毕竟她的广告遍布大街小巷各个地方。

可是这跟她想起他,完全是不一样的。

她用了很大的力气才将他忘记。就好像曾经,在知道他已经和别人在一起后,用了很大的力气,把那些聊天记录里的傻问题,一句一句地删除。

那么用力地删除了,可是太用力,反而一句句全都刻在了心里。

所以她一看见信,就知道他在回答什么。

于途大概也知道她记得,所以你看,他的信那么直接,没有过多的解释,单刀直入,直切主题。

所以他怎么可以这么过分?

用这些看似温柔详尽的答复,在她心上又狠狠地割了一刀。

她眨了眨酸涩的眼睛,回到沙发边,拿起了手机。

两个月没联系,微信里,他的名字已经在很后面,划了很久才找到。点开,最后的聊天记录还停留在两个多月前比赛的那天,她问他到了没有,他回答已经在观众席。

多好啊，这样日常的对答。

她所想要的，其实也不过如此。

视线忽然有点模糊。

她用力眨去那些脆弱的泪意，低着头，平静地在聊天框输入。

"谢谢你的回答。"

"但是。"

"对我已经没有意义了。"

第三十五章

这一晚乔晶晶睡得意外的沉。

隔天便是大年三十。

醒来的时候已经天光大亮,睁开眼,鼻子里先闻到了食物的香气,她想起什么,起床拉开卧室的门,果然,厨房那边传来了熟悉的嗓音,父母已经到了。

再怎么忙,大年夜肯定是要一家人一起吃饭的。这些年她回去过年的次数多,但是偶尔也有像今年这样,因为她有工作,父母过来团聚的。

她走到厨房门口,父母看见她,都是笑逐颜开,"起来啦,没敢吵你。"

乔晶晶走过去抱住了乔妈妈。

乔妈妈有点惊讶,拍拍她:"晶晶,怎么了?忽然跟我撒娇。"

"没什么。"乔晶晶的声音闷闷的。

乔爸爸忙碌中瞅了她们一眼,酸溜溜的:"你女儿不一直都这样?饿了吧?"

"嗯。"乔晶晶放开妈妈,"有什么吃的?"

乔爸爸早就给她炖着甜粥。乔晶晶在厨房的小桌子上一边喝着粥,一边听父母在那为了年夜饭争论。

"你怎么把牛肉也从家里带来了,这么一大块吃不掉。叫你花头多点,但是每样少弄点,明天一早我们就回去了,晶晶又不吃饭的。"

这是乔妈妈。

"年夜饭怎么能少,要有得剩才是好兆头。"这是这几年转行研究厨艺的乔爸爸。

"迷信,浪费。"乔妈妈下结论。

乔晶晶抬起头,"你们不跟我明天晚上一起走?"

她明天在东方台的演出大概八九点结束,还以为父母会等她一起回鲸市的。

乔爸爸切着牛肉:"今年年初一晚上轮到我们家请客,早上回去准备起来。"

乔晶晶懊恼:"那还不如我今天回去吃年夜饭,省得你们跑来跑去了。"

乔妈妈说:"那你不是要跑来跑去,我们空,还是我们来,万一路上堵了你赶不上节目就不好了。"

"哦。"乔晶晶没再说什么,捧着粥碗慢慢地喝着。

一碗温热的甜粥滑下肚,好像从心底开始妥帖暖和起来,空旷的屋子里,再度充满了热闹的人间烟火气息。

晚上的年夜饭辜负了乔妈妈的期待,菜色是多,可是分量也太多。互相说了几句吉祥话后,乔妈妈又开始念叨乔爸爸。

后来两个人就一致劝乔晶晶多吃。

乔晶晶心里苦,她也想多吃啊,但是想起明天演出时要穿的裙子,还是只能克制。

吃完年夜饭就开始看春晚,父母在沙发上坐着,乔晶晶陪他们坐了一会,一个人拿着手机坐在了落地窗边。

心急的人已经开始发春节的祝福,而她凌晨发过去的微信,却一直无声无息。

零点的时候,更多的祝福微信涌了进来。

她每年都是复制着回复一下,今年却好像忽然有了耐心,坐在窗边打了无数条"祝你春节快乐"。

等到一切静止,她都没放下手机,手指无意识地在微信页面上往下划着。等到意识到自己在做什么,她猛然站了起来。

如梦初醒般,复又觉得自己可笑起来。

大年夜就这样匆匆过去。

年初一一大早乔爸乔妈就回去了,乔晶晶中午吃了点剩饭剩菜,下午比较早地去了场地彩排。

演出很顺利。八点多结束后,乔晶晶换好衣服,带着小朱离开了后台。走在去车库的路上,想到明天开始终于可以放几天假,她的心情不由明快起来。

小朱的心情似乎更好,抱着东西走得蹦蹦跳跳的,简直按捺不住的雀跃,乔晶晶奇怪地问:"什么事情这么高兴?"

"啊没有没有。"小朱连忙摇头否认,没过三秒又一脸谜之微笑。

乔晶晶懒得再问。

不过等到了地下车库,她终于知道小朱一脸的兴奋从何而来。

不远处,等着她的车前,身材修长的男人站在那里,微微靠着车,垂眸好像在思考着什么。

大概听见了她的足音,他若有所觉地抬头,目光直直地朝她射来。

乔晶晶脚步一顿,然后稳稳地走过去。

于途站直了身体,看着她走到车前,嗓音低沉地说:"你回鲸市,我来蹭个车。"

乔晶晶沉默了一下,转头问小朱:"他什么时候打电话给你的?"

"昨天下午。"回答她的是于途。

小朱在旁边笑得一脸傻白甜。

乔晶晶几乎可以想象昨天小朱接到电话是多么的兴高采烈,然后配合他瞒着她给她一个"惊喜",毕竟她什么都不知道,话说回来,就算小朱知道什么，大概于途也有办法说动她。

　　司机下车来帮她们拿东西，乔晶晶一言不发地拉开了后座的门。今天开的是一辆SUV，小朱跑到另一边也要上车，乔晶晶阻止她："你不用跟我去了，多陪你妈妈几天。"

　　小朱是单亲家庭，妈妈早就接到上海，所以年也是在上海过的。

　　小朱说："没关系啊，我明天跟司机师傅一起回来，我跟我妈说了。"

　　乔晶晶瞪了她一眼，小朱举手，"好吧好吧，那我不跟去了。回头我跟师傅一起去接你啊，你自己收拾东西老丢三落四。"

　　于途忽然说："司机师傅也不用送我们了。"

　　大家都是一愣，乔晶晶看向他。

　　于途："我来开车。"

　　乔晶晶虽然不想和他说话，此刻却是忍不住："你有驾照？"

　　"有。"于途说，"有时候我们单位要做一些外场环境考察，会去一些极端环境，沙漠雪地之类的，我都开过，普通高速你可以放心。"

　　他说着从大衣口袋里拿出钱包，打开取出一本证件递给乔晶晶。"我的驾照。"

　　于途坐在驾驶座上，汽车缓缓地开出了地下车库。

　　车里只有他们两个人，乔晶晶坐在了后座，手里拿着于途的驾驶证——她也不知道自己怎么就鬼迷心窍地把他的驾驶证接了过来，现在拿也不是，还，似乎也很奇怪。

　　她把目光投向了车窗外五光十色的街景，车里安静得过分，过了一会，于途开口说："晶晶，帮我开下导航。"

　　乔晶晶看着外面没动，轻轻地说："你连路都不认识，抢司机的活做什么？"

　　于途没再说话，沉默地开着车。乔晶晶的心却被他搅得不再安宁，片刻后，她问，"你为什么会在这里？不用回家过年吗？"

"我早上从鲸市过来的。如果昨天不是除夕，我昨天就来了。"于途的声音也很轻，"晶晶，我急了。"

乔晶晶心头一窒，难以抑制地朝他看去，从她的角度却只看见他紧绷的下颚，握着方向盘的手似乎格外用力。

好一会，乔晶晶挪开视线："我睡一会。"

"好。"于途隔了几秒回应。

乔晶晶头靠在后座的玻璃上，其实毫无睡意，甚至没有假装睡觉。所谓"睡一会"不过是保持沉默的礼貌托词，彼此心知肚明。

汽车驶离了五光十色的都市，行驶在单调的高速公路上。高速上没有路灯，车里一片昏暗，只有在和对面的车交汇而过时，才照进来片刻光亮。

而每次这片刻光亮亮起来的时候，乔晶晶都会从迷思中惊醒一下。

她低头打开了他的驾驶证。

上面的照片英挺而清峻。

他说他急了……

她"啪"地合上了证件。

不知过了多久，汽车离开了高速，开进了高速服务区的弯道，乔晶晶微微一动，于途立刻察觉了，简短地解释："加油。"

师傅居然没加满油？

她往前面仪表盘看了一下，并不太看得懂。仪表盘上的时间显示到鲸市大概还需要一个小时，她犹豫了一下，不太自在地说："我去下洗手间。"

于途调转了下方向，"好。"

于途把车停在了公共洗手间旁边的一个角落。

乔晶晶戴上口罩下车。等从洗手间出来，却见于途背对着站在公共区域洗手的地方，好像在等她。

她脚步缓了一下，于途适时地回头，淡淡地解释："太晚了，不太放心。"

乔晶晶"嗯"了一声，两人一起往车那边走去。

时值隆冬深夜，又是年初一，服务区里没什么人，四周空旷而安静，好像都能听见旁边的人呼吸的声音。

于途走在身边，她的羽绒服偶尔会摩擦到他的大衣，无端生出一丝令人遐想的暧昧。乔晶晶往边上让了让，下意识地加快了脚步。

到了车前，乔晶晶依旧往后座走去，然而手才扶上门把手，一只男人的手却突然越过她，用力地按在了车门上。

凛冽的男子气息顿时将她笼罩。

乔晶晶心头猛跳了一下，没有动弹，半晌，于途压抑喑哑的声音从头顶传来。

"真的没有意义了吗？"

乔晶晶定定地看着他按在车门上的手。

"你为什么要给我写信，回答那些问题？你后悔了吗？因为我以前那么傻，让你感动了？"

乔晶晶低声说："我不要这样的，于途。"

于途眸中闪过一丝涩意，"我是不是做了一件很蠢的事？"

乔晶晶抿住唇。

"这些天，我每天写信到很晚，可是从来不觉得累，踌躇满志，很多期待，以为你收到会开心。晶晶，会这么想，我的智商是不是降到负数了？"

他的声音涩涩的，"我这辈子做过的蠢事大概全都给你了。"

"但是，我也想不到其他办法了。"他轻声说，"不是因为看见聊天记录才后悔，我早就后悔了，只是不敢承认。后来我出差，在沙漠里待了一个月,我以为我还在挣扎,可是有一天我发现,我挣扎的时间太少了,大部分时间我都在想,我该怎么挽回你。

"甚至开始怪你。"

怪她?

乔晶晶终于转头看他。

于途缓缓地抬起手,摘下了她的口罩,目光温柔而苦涩,"怪你为什么要这么快来问我,如果再给我点时间,我自己就跟自己投降了,那时候让我来问你多好。"

明明知道不该被他带着走的,可是乔晶晶却控制不住自己地问:"问什么?"

"问,'你愿不愿意和我在一起'。"

空气仿佛凝滞。

两两相对,于途注视着她,认真地、慎重地又问了一遍:"晶晶,你愿不愿意和我在一起?"

乔晶晶看着他,抑制不住地眼睛酸涩。

眼前的这个人,她喜欢得太久,太久了,中间一度释然过,可是却那么轻易地卷土重来。

他身上有她一切喜欢的东西,他定义了她对爱一个人的理解。

她拒绝得掉他吗?

她心里知道,很难很难,可是这样的认知却让她那么的委屈和难过。

沉默了好久好久,乔晶晶低下头,低落的声音。"我有点愿意,但是这样说,心里又不开心。"

一瞬间于途感觉自己的心脏好像被揉碎了,尖锐的刺痛一下子穿透了四肢百骸,他再也克制不住地用力把她揽入怀中。

"对不起。"

一时间什么智商情商都化作灰烬,面对怀中委屈之极的女孩子,他只感觉到心乱如麻,束手无策。

他把她抱得更紧了些,在她耳边喃喃重复着。"对不起。"

乔晶晶没有挣扎，任由他把她紧紧抱在怀里，脸颊压在他柔软的大衣领子上。她觉得自己太软弱了，可是她现在有点不想思考。

"我不要找一个，我喜欢他，比他喜欢我多的人。"她说。

"这个理由不成立。"于途说，"我没有少。"

"有的。"她指控他，"你说我们不合适。"

"那是因为考虑到了一些很俗气的原因，比如说，收入。"于途有些艰涩地说，"比如说，我能给你什么，有没有时间照顾好你。"

"我也没时间照顾你。"乔晶晶说，"真的喜欢一个人会很冲动，不会犹豫挣扎，不会想那么多。"

"那我大概和你不太一样，我想得太多了，你想不到的多。"

"还有哪些？"

"大概，快想完一辈子了。"

乔晶晶在他怀里安静了一会，固执地说："反正比我少。"

于途心中心疼的情绪弥漫。

"那这样好不好。"他低头，"你告诉我一个计算方法。怎么计算多少，然后我来补上，但是你不能连你的计算公式都不告诉我。"

乔晶晶眨了下眼，有点蒙，计算公式是什么鬼？

为什么他们的对话中会忽然出现这个？

她蒙了一会，"……你又欺负我。"

于途："……"

他立刻说："我错了。"

"我没有答应你。"

于途叹气："我知道。"

过了一会。

乔晶晶低声说："我冷了。"

"那我们上车，但是你坐前面来好不好？"于途几乎是在哄她了，"帮我开着导航，剩下的路我真的不认识了。"

第三十六章

后来的路程，乔晶晶真的坐到前面去了，一路帮于途开着导航。可是却又忽然不肯跟他多说话了，最长的一句大概就是回答他她家的地址。

到鲸市的时候已经快十二点，汽车停在乔晶晶家别墅门口。熄了火，谁都没有急着下车。

一旁的别墅灯火通明，隐隐传来麻将声和热闹的人语。蓦然几朵烟花在天空中绽放，旋即又归于静寂。

于途从空中收回视线，看向乔晶晶，她正望着外面出神，似乎察觉到他的目光，她的睫毛微微颤动了一下，倏然垂了下来。

"晶晶。"于途开口，然而才叫了她的名字，就被她飞快地打断了。

"谢谢你送我回来。"

随即她便推开车门下了车。

于途在车里迟滞了片刻，定了定神，跟着下了车，从后备厢里拿出她的行李。

已至深夜，车外的温度更低了一些，乔晶晶站在车边，却一点都不觉得冷，想到之前自己在服务区那软绵绵不争气的样子，脸上还有点燥热。

于途把行李箱和车钥匙递给她，她飞快地伸手去拿。

"我先回去了。"

行李箱却没有拿动。

于途的手牢牢地握住了拉杆，乔晶晶抬头看他，于途盯着她问：

"你什么时候回上海？"

乔晶晶不想回答他，低头看箱子上的花纹。

于途耐心地换了个询问方式："小朱说你初四就要回上海，初五早上飞去外地拍戏，是这样吗？"

她的行程都被笨蛋助理卖光了，乔晶晶郁闷地回答："差不多吧。"

"我知道了。"于途松开行李箱，"春节快乐。"

你知道又怎么样？

"……春节快乐。"

她潦草地回了一句，拉着行李箱往门口走。可是到了家门口，按门铃前，又忍不住回头。

于途还站在原地。

或许因为夜色深沉，路灯下他站在那里看着她的样子莫名地让人觉得温柔又落寞。

她放在门铃上的手忽然就按不下去了。

鬼使神差地，她问了一句："你怎么回去？"

"走回去，这里离我家不远。"

"你到家……"

她及时住了口。

他却立刻回答说，"好。"

"我不会回你的。"

"嗯。"

乔晶晶懊恼地瞪着他。

身后的别墅忽然喧闹起来，里面的人好像发现了门口的动静，脚步声纷沓地朝门口跑来。

于途瞥了一眼别墅，看着她轻轻地笑了一下，"晚安。"

他转身离开。

别墅的门很快打开了，父母和亲戚们一涌而出，喜气洋洋地把她围住，拥着她往里面走。乔妈妈左看右看，问了一句，"你的司机呢？"

司机啊……

她忍不住回头看去，却被亲戚们挡住了视线，什么都看不见了。

也不知道为什么，乔晶晶忽然就想玩游戏，想打麻将，想吃夜宵，想做很多很多事情。可是捧着饭碗霸占了老爸的麻将位后，她又老是走神，有一把自己胡牌了都没注意，惹得乔爸爸十分想把她赶下麻将桌。

摆在手边的手机在她输了好几把后跳出来消息。

"我到家了。"

乔晶晶忽然又无心恋战了，把位置还给了乔爸爸，一个人拿着手机跑到了客厅沙发上。

都已经半个小时了，不是说很近吗，怎么走这么久？

他家是不是还在原来的地方，在老城区？

"姐，大年初一玩什么手机，我们再开一桌吧。"表弟贼兮兮地凑过来。

乔晶晶躲开他，"干什么？"

"再开一桌啊，我们不嫌弃你打牌差。"

另外两个弟弟妹妹也过来怂恿，乔晶晶无奈地被他们从沙发上拉了起来，"只玩一会会。"

弟弟妹妹们欢呼着去收拾桌子拿麻将。

已经快要凌晨一点，家里却依然到处欢声笑语，乔晶晶握着手机站在客厅，看着热热闹闹的亲人们，脑中不知怎么就划过一个念头——

她希望这样的场景里，有他。

于途在家门外等了十几分钟，微信上毫无动静，他微微叹了口气，掏出钥匙正要开门，门却从里面打开了。

于妈妈开门看见他，埋怨说："我就听到有动静，到家了怎么不进来？"

于途收起钥匙,"不是说了不用等我,你们怎么还没睡?"

于妈妈说:"你一直不回来我们不担心啊?你到底去干什么去了,大年初一的跑得不见人影。"

于途低头换鞋:"没什么事。"

于妈妈打量了一下他的神色,没再问下去,一家人很快洗漱洗漱睡了。

躺在床上,于妈妈翻来覆去地睡不着。

于爸爸被她吵得也睡不好,抱怨道:"你翻来翻去地干吗呢?"

"唉。"于妈妈长叹一声,"我没跟你说,上次于途回来,跟我说他喜欢上一个姑娘了,长得漂亮就是不会照顾人。我琢磨着这也没啥,于途从小到大什么时候在我们面前漏过心思啊,看来是真喜欢人家,可今天这事,我心里不痛快。"

她分析说:"他今天肯定去见那姑娘去了,看他失魂落魄的样子,估计没得到什么好脸色。我们儿子从小到大喜欢他的姑娘多得不得了,什么时候追过人啊,这得多漂亮的女孩子把他弄成这样。而且这大年初一把他喊出去一整天,这么晚才回来,也太不懂事,以后恐怕也难相处。"

她越说越不是滋味,心思不由有些活动,"前几天他大阿姨跟我说要给他介绍一个姑娘,家里开厂的,学历也高。人家姑娘照片都没要,听了名字就愿意得不得了,说是于途一个高中小两届的校友,早就知道于途。我说他好像有对象了,就推了。可这不会照顾人就算了,这么不懂事可不行……"

她推了推从头到尾没发言的于爸爸,"你说,要不明天我还是跟于途说说,这边也见见吧,说不定他看对眼了呢,那姑娘的照片他大阿姨发我了,也挺漂亮,说不准比他追的那个还好看呢。"

"你操那么多心干吗呢。"于爸爸打了个哈欠,"他这不是还没成吗,于途也许追不上呢,那你不是白操心了吗?睡了睡了。"

于妈妈气得捶了他一下,恼怒地翻身睡了。

浑然不知已被盖章"不懂事难相处"的乔晶晶做了一晚上零零碎碎的梦,第二天头昏脑涨地醒来,半闭着眼睛下床,差点踩到了什么东西。

哦,不对,是一个人。

靠床坐在地板上的人发现她醒了,立刻抱着手机爬起来,高兴地说:"你总算醒了啊。"

说完她立刻低下头,双手划动不停,表情美滋滋的:"终于可以开声音了,静音打游戏真是一点感觉都没有。"

紧接着王者荣耀的游戏音效就响起来。

乔晶晶:"……"

乔晶晶去刷牙洗脸,回来的时候佩佩终于打完了,坐在床边贼兮兮地打量她。

乔晶晶:"……你干吗?"

佩佩拿起乔晶晶的手机晃了一晃,"我不是故意看的啊,消息自己弹出来的,于途问你醒了没哎。"

乔晶晶:"……"

她拿过手机,看了一眼,却没有回复。

佩佩凑过来:"给我看看你们的聊天记录。"

乔晶晶立刻关了:"没有。"

"讨厌。"佩佩捶了她一下,不死心地追问:"你和于途,你们现在,嘿嘿,什么关系啊?"

乔晶晶说:"高中同学。"

佩佩:"……我跟你说,我作为你的忠实支持者,你的活动我都看的,当然也看比赛了好吗?看见于途上台我下巴都掉下来了,你们什么时候联系上的啊?"

乔晶晶:"就游戏里啊。"

佩佩睁大眼："然后你们就在现实中见面了，然后他真的教你打游戏？"

四舍五入一下的话，"差不多吧。"

佩佩登时激动得不行，"学神教你打游戏，那你的梦想不实现了？"

……多年闺蜜什么的真的很烦，简直对她的心理活动了如指掌。

乔晶晶转移话题："你怎么也开始打游戏了？"

"就是看了你的比赛啊，我觉得挺有意思的。我老公之前就打，正好带我。对了，你用微信还QQ登陆的啊，你那个微信叫闪闪发光的号很少打啊，是不是有别的号？"

"我用小号了。"

"加我加我。"

"你微信？我QQ区的。"

"……成年人为什么要用QQ！"

"大概为了不跟你组队吧。"

佩佩跳起来："我已经是黄金了！"

"……哦。"

冷漠。

佩佩在她家玩了一会就回去聚餐了，乔晶晶接下来也有一堆聚餐，一顿连着一顿，还好年后李导的电影是要求她增肥的。

年初三晚饭后，佩佩又来串门，蹲在她房里玩了一会觉得有点无聊，怂恿她："要不我们出去玩吧，鲸市这两年变化很大啊，东酒那边沿湖造得可漂亮了。"

她拿出手机给乔晶晶看照片，"有些小咖啡馆什么的都很有情调，都有小包厢，你进去应该不会被发现的，可以看湖景，去不去去不去？"

乔晶晶看了下照片，有点心动，"现在太晚了吧。"

佩佩无语："才七点！你是不是大城市里待的人啊，再说本来就是看夜景啊。"

乔晶晶考虑了一下,"好吧。"

出去也好,免得在家里老是忍不住刷微信,一不小心回他了怎么办。

结果到了咖啡馆,主要活动还是刷手机。

一定是因为聊了几句佩佩就开始玩游戏的缘故。乔晶晶很不负责地把责任推给了闺蜜。

在佩佩的游戏音效中,乔晶晶无聊地刷了一会朋友圈和公众号,然后不小心又打开了于途的微信。

"哎,于途这么多条微信你都没回?"

哪多了,早中晚各一条而已。

不对!

乔晶晶立刻关掉手机,把凑到她身边的脑袋推开:"你干什么,专心打游戏。"

"打完了啊。"

佩佩拉着她:"给我看看嘛,我跟我老公谈恋爱的时候有没有给你截了几百张聊天记录?"

乔晶晶没好气地说:"我要求的吗?还占我手机内存。"

"小气。"佩佩坐回对面自己的椅子,"哼,你不说我也猜得到,我刚刚在你车上发现于途的驾驶证了。"

乔晶晶一愣。

驾驶证?

对哦,前天后来她坐到前面去了,于途的驾驶证被留在了后座,她完全忘记了,但是于途怎么也不记得拿走。

"我不是故意看的啊,就是把羽绒服放后座的时候看见了,还以为是你的呢,顺手打开看了一下。哎,好久没见学神大人了,看照片还是一如既往的帅啊。"她感叹了一声,然后语气一转,"所以,请问晶晶小姐,你们怎么会在一个车里,又在后座上干了什么?"

乔晶晶："……什么都没干。"

但是如此诚实的答案显然不能取信于不知脑补了什么的佩佩，她不屑地说："我信你才怪，算了算了，不逼你了。"

"其实吧，我觉得有点爽，什么时候看见于学神这样啊……不过晶晶，你到底对人家有没有意思啊？要是有意思别老晾着，学神他也很高傲的。"佩佩提醒她。

乔晶晶喝了一口果汁。她哪有晾着他，只不过想两个月不理他而已。

佩佩挖不到什么八卦，只好又去玩手机了。

小包厢里有点安静。

乔晶晶想起了念书的时候，她们也是这样，放假的时候就找一个地方一起做作业，一起看小说，一起聊那些秘密心事。

那时候佩佩也喜欢着一个男孩子，后来，她却嫁给了另外一个人，过得美满幸福。

她曾经也以为，她的生命中不会再有于途。

如果不和于途在一起，她会幸福吗？

肯定是会的，她会让自己过得很好。

但总有哪里，是不一样的。

佩佩忽然惊叫一声，"我晕！晶晶，咱们还是被人发现了。"

乔晶晶回神："怎么？"

"好像有路人拍到我们的照片发到朋友圈了，然后转来转去转到我们班级群了，现在群里正在讨论你呢，还艾特我。"她把手机推给她看。

乔晶晶低头看了一下，高中班级群里正飞快地刷着消息。

"@佩佩，你和乔晶晶一起是不是啊？"

"在哪啊，据说是东酒那边地下停车库拍到的。"

"@佩佩，现在好多同学在KTV聚会唱歌，喊乔晶晶一起来啊。"

"就是就是，大家都十几年没见了。"

"别闹了，大明星才不会来好不。"

乔晶晶往上翻了下KTV聚会的名单，便不甚在意地把手机还给了佩佩。

佩佩接过手机，坚决地说："我决定装死。"

她无聊地戳了一会手机，突发奇想地说："晶晶，把你的王者号给我玩一下吧，想试试打高端局什么感觉。"

乔晶晶："……你想去坑人吗？"

佩佩不服气："我打得也很靠谱好吗？只是没一直排位而已，行不行啊……"

乔晶晶实在担心她会害她被举报，但看她一脸哀求，只好开了游戏，把手机递给她，"打不过记得给我。"

说完不由一愣，这句话，经常是某个人对她说，没想到今天竟轮到她对别人说了。

"知道了知道了。"佩佩喜滋滋地抢过手机。

结果她嘴上勇气十足，刷了下乔晶晶的游戏面板，竟然又怂了："算了，我还是有点不敢。"

她在乔晶晶的号里溜达，不时发表一些点评。"你这ID真神奇，摘棉花什么鬼……哇，排位胜率这么高……上海市第十百里守约……哎，你还有两个五连绝世！"

乔晶晶一怔，"什么？"

"五连绝世啊，你自己打的自己忘记啦？"

乔晶晶疑惑地拿回了手机。

"对战资料"里是玩家各项战斗数据的统计，最下面会显示MVP、三连四连五连和超神的次数，她其他数据都很正常，"五连绝世"后面却真的跟着一个"2"字。

这代表她有两次五连绝世。

可是明明在参加娱乐赛之前这个数字还是0，而比赛结束后她就再也没玩过游戏了。

这两个五连哪里来的？

脑海中依稀有什么东西闪过，乔晶晶急切地点开了"历史战绩"。

然后目光便凝住了。

"晶晶，晶晶？"

几分钟后，佩佩看她还在盯着游戏界面，忍不住出声叫她。

乔晶晶仿佛从迷思中被惊醒，她放下了手机，目光却仍然有些愣愣的。

佩佩在她面前挥了挥手："你怎么啦？"

乔晶晶没有动，良久，她轻轻地叹了口气，抬眸看向佩佩，"今天晚上高中同学在KTV聚会？"

"是啊。"

"我想去了。"

"啊？"佩佩呆呆地看着她。

"你的手机给我。"

佩佩呆呆地把手机解锁了给她。乔晶晶拿过手机，点开微信班级群，发了一条微信。

佩佩："好的，我马上带她过去^_^"

第三十七章

于途家里也刚刚聚完餐,送走亲戚后,他回到了自己的房间。

微信依旧停留在自己发过去的信息上,他放下手机,心里有些焦躁。

打开窗户,外面的寒气扑面而来,却丝毫没有减轻他心里的躁意。他点了根烟,目光不经意落在了书桌上那台老台式机上。

心头的躁意一下子退却了。

比起他来,她不过是两天没理他而已,他有什么资格在这里烦躁。

书桌上的手机响了起来,他伸手接起,是高中同学李明。

"于途,今天高中同学聚会,大家都在KTV唱歌,你来不来啊?"

于途婉拒:"我就不去了。"

"我就知道,不过要是没什么事就来呗,乔晶晶都来了……"

于途霍然握紧了手机,打断他:"你说什么?"

李明说:"乔晶晶啊,大明星,人家都说要来同学聚会了。"

于途的手指被烫了一下,他完全顾不上,"她什么时候说的,在哪里?"

"班级群啊,你没看班级群?本来就来了十几个人,现在估计都快三十个了,班长赶紧换了个大包。"

于途挂了电话,点开了微信,班级群已经几百条信息,他一直没看,点进去手指飞快地划了几下,他抓起一件大衣就冲了出去。

父母正在客厅看电视,看他这样都惊了,站起来问:"怎么了这是？"

于途快速地换鞋，"我出去一趟，你们不用等我，很晚回来。"

说完带上门就走了。

于妈妈和于爸爸面面相觑，"几岁了，这么毛毛躁躁的。"

于途也觉得自己大概像高中生那么冲动，不对，他高中也没这么冲动过。

春节出门的人太多，出租车在KTV所在的商业中心外几百米的地方就堵着不动了，于途直接下了车，在车阵中快步疾行。

乔晶晶此时已经在KTV被同学们围观过一阵了，还唱了一首欢快的歌。

佩佩紧张地坐在她旁边，生怕有人乱拍照什么的。其实她是紧张过度了，明星也是普通人，何况大家还是高中同学，围观一阵，新奇过了，也就该唱歌的唱歌，该喝酒的喝酒了。

当然，不停有人过来跟她说话打招呼要签名是难免的，身边的位置更是抢手，除了左手边的佩佩是固定的，右边简直是一个一个地换。

大家轮流唱着歌，班长忙着清点人数，"还有谁没到啊，哎，我们班两大学霸是不是都没来？"

一个女同学说："问了夏晴，她说在乡下和亲戚聚餐，就不过来了。"

另一个女同学问："那于途呢？"

李明说："我刚打电话给于途了，他好像没看班级群，也没说来不来。"

乔晶晶和旁边同学聊着天，注意力却全在他们那边，她默默地想着，原来没看班级群啊，怪不得到现在还没出现……才打电话的话，那多久才能到？

正想着，班长忽然问她："乔晶晶，你是不是跟于途很熟啊，你打电话叫他一下?"

另一个同学附和:"对哦,我们都看见你们一起玩游戏的视频了,你的面子他肯定要给。"

乔晶晶:"……"

她叫当然是不可能的,乔晶晶正在想理由推脱,包厢的门突然被人用力推开了。

一个高大挺拔的身影出现在门口。

所有人一起往门口看去,班长站起来,大声叫道:"于途!"

站在门口的人微微喘息着,好像一路疾奔而来,他的目光一下子锁定在KTV最里面的角落。而坐在角落的乔晶晶却只是朝门口瞥了一眼,然后便淡定自若地转头和佩佩说话了。

包厢里的气氛再一次高涨。

于途毕竟是昔日校园里的风云人物,他的出现又掀起一个小高潮,不少人都站起来跟他打招呼。

"于途你总算来了。"

"今天什么日子啊,乔晶晶来了,于途也来了。"

"来太晚了啊罚酒罚酒。"

"学霸好久不见了啊,现在在做什么?"

"于途你怎么还这么帅,我都秃了啊。"

"于途你……"

于途耐心地一一和他们寒暄,好一阵子这热闹才平息下来,班长招呼他:"于途你坐我这吧,来瓶啤酒。"

于途彬彬有礼地拒绝:"等一会,我还有点事。"

随着他的话音落下,和乔晶晶说着话的佩佩忽然瞪直了眼睛,乔晶晶也顿住了,眼角余光中,一双笔直的长腿从容地向着她的方向走来,最后停在了她的身前。

包厢里彻底静了下来,本来在唱歌的人早就不唱了,连音乐都变得不再喧闹。

乔晶晶不得不转过头看向他，于途弯下腰，凝视着她问："是不是因为我？"

他的话没头没尾，乔晶晶却知道他在问她是不是因为他才出现在这里。

是啊，不然呢？

乔晶晶"哼"了一声，小声说："不跟你计较了。"

于途安静了，他定定地看着她，目光明亮而深邃，然后他笑了一下，接着好像克制不住似的，看着她又是一笑。

"谢谢你。"

他说。

乔晶晶忽然有些不好意思。

她有点心跳加速，有点欢喜，还有点别扭，又那么的期待，只因为她和近在咫尺的这个人，在这短短的对答里，已经彻底变成了另一种关系。

同学们好像从呆滞中反应了过来，在旁边小小地骚动着，于途却根本不在意似的，突然问她："走吗？"

乔晶晶一愣。

走？

可是他不是才来吗？就这样走了同学们怎么想啊。不对，他这么明目张胆地跑过来，现在这个姿势，同学们大概已经想歪……哦，想对了吧。

班长忍不住了："于途，乔晶晶，你们在说什么悄悄话啊？"

"你找个地方坐。"她悄悄地抬脚踢了他一下。

然而她才碰到他，一个轻柔的吻就落在了她的唇上。

于途倾身吻住了她。

乔晶晶呆住了，一时竟然没有反应过来发生了什么。

这个吻并不长。

没等她有所反应，于途已经停下，身躯却没有退开，依旧保持着近在咫尺的姿态，炽热的气息笼罩着她。

他又问了一遍，"走吗？"

乔晶晶愣愣地看着他。

同学们呆滞地看着他们。

乔晶晶终于反应过来了，一瞬间不是心跳加速，简直爆表了。她气恼地瞪着他，都这样了还不走，等着被同学们围观吗？！

于途从她表情中得到了答案，眸中闪过一丝得逞的神采，他拉起她，对所有呆住的同学说，"不好意思，我们先走了，你们慢慢玩。"

他就这样拉着乔晶晶离开了包间，扔下了一堆呆若木鸡的同学。

好久，包间里才有人小心地问："同学们，我没看错吧？"

另一个同学喃喃地答："看错了吧。"

乔晶晶和于途也没跑远，她被他拉到了KTV的安全楼梯里。

乔晶晶跑得气喘吁吁："你，你简直……"

于途却只看着她追问："为什么？"

为什么忽然理他了吗？

乔晶晶平复了下呼吸，问他："比赛那天我去给选手们颁奖的时候，你拿着我的手机帮我打了两个五连绝世？你不是说不送我生日礼物了吗？为什么又送了？"

于途想起来这回事，"因为不是陪着你打的，我以为不算。"

他蹙眉，"因为这个？"

当然不是因为这个。

而是因为，她想到那时候他一个人怀着诀别的心情在休息室里帮她打生日礼物，想到之前他拼命地想在比赛前送她五连绝世，好像忽然明白了一点他的隐忍和挣扎，以及在这隐忍和挣扎下，属于于途式的感情。

"你怎么知道我的手机密码？"乔晶晶不答反问。她手机密码并不是门禁那个1316。

"无意中记住了。"她在他面前按了太多次了。

"你一共打了两局,怎么拿了两个五连,我的段位也不低啊。"

"进去就跟队友说,经济给我,带飞。"

哎?乔晶晶有些惊奇。

"第二局有个人说,凭什么。我说,女朋友看着,兄弟,帮忙。"

乔晶晶忍不住笑了,"这样说话一点都不像你。"

于途盯着她,"我现在也不像我。"

的确不像他……

乔晶晶想到了刚刚在包间那个吻,脸上不由有些发烫。

于途的手抚上她的头发,"我们可不可以不说游戏了?"

气氛好像忽然又危险起来。

"那说什么?"乔晶晶小声的。

于途的声音有些低哑:"这代表,你答应我了吗?"

乔晶晶低下头,开始玩自己的衣袖上毛茸茸的袖套。"我记得,那时候我还问过你其他问题。"

"嗯,还有火星移民。"

"要继续写。"

于途愣了一下,笑意浮现在眼底。"好。"

乔晶晶迟疑了一下,有点别扭地说,"但是不用熬夜了,我又不急。"

这回过了好一会,于途才低低地又说了一声:"好。"

楼梯间外面忽然响起了一阵嘈杂的脚步声,伴随着话语,"电梯挤死了还不如走楼梯。"

随即"吱"的一声,安全楼梯的门被推开了,于途反应迅速地抱过乔晶晶,把她的脑袋按在了自己怀里。

进来的年轻人们大概也没想到里面有人,还是……嗯,这种姿势,一时都停下了交谈，一边下楼一边不停地回头打量他们。

饶是于途一向冷静自持，也被他们毫不遮掩的目光看得有些尴尬，只能垂下眼睛开始研究乔晶晶的头发。

好在他们很快就走过了。

楼梯间里飘来一些隐约的语声。

"挖居然在安全楼梯约会，感觉有故事。"

"那个男的很帅啊。"

"人家有女朋友了，看看人家女朋友多瘦啊，肯定也漂亮。"

"唉，过完年减肥。"

他们的声音终于彻底消失，乔晶晶埋头在于途怀里，扑哧一声笑了。

"很帅啊于老师。"

于途无奈地说，"跟你在一起，安全楼梯都不安全。"

乔晶晶哼哼了一下，"早点习惯。"

"早就习惯了。"而且练成了眼观八方术。

于途说："我们换个地方？"

"去哪？到处都是人。"过年的时候电影院之类的地方都爆满，这里又不像上海，可以去她家里。

于途沉吟了一下说："有个地方肯定没人。"

乔晶晶没想到于途会把她带到这里。

鲸市第一中学。

于途去跟门卫交涉了，乔晶晶站在学校牌子前打量着那几个大字，不免心潮起伏。过了一会，于途在门卫那朝她招手，乔晶晶跑过去，门卫大爷从里面给他们开了门。

这个时候的学校里果然人影都没一个，幽幽暗暗的，只开着几盏景观灯，照亮了大概的轮廓。

等走远些，乔晶晶好奇地问："这么晚大爷还让我们进来？"

"我跟他说，我以前是这里的学生，想带女朋友来看看。"

"……这样就行？"

"他说他还记得我。"

"哦……于大学神，肯定印象深刻。"

于途瞥了她一眼，"可惜我女朋友不方便露面，不然恐怕更容易进来。"

"那是。"乔晶晶骄傲地翘了下尾巴。

于途不由笑了。

"其实我昨天下午已经来过，那时他没注意到我。"

已经来过了？在她不理他的时候？他来这里干什么？

乔晶晶忽然心情有点好，脚步也轻快起来，决定不计较他把"女朋友"说得那么顺口的事了。

"咦，这里的操场怎么没了？"

乔晶晶指着前方，以前学校一进门，右侧就是大操场，可是现在原来操场的地方却变成了一栋十几层的教学楼。

"大概因为扩招？"

乔晶晶看着拔地而起的新楼，心中有些怅然，曾经的那个操场上，有太多青春的回忆了。比如说累死人的八百米，比如说，旁边这个人的球场英姿。

"你现在还踢球吗？"

于途谦虚地自我评价："我院中坚。"

乔晶晶忍俊不禁，于老师自恋起来，就没别人什么事了。

她仰头看了下新楼，有些操心："操场没了，学生跑步做早操去哪？"

"旁边建了体育中心，可能在那里。"

"我们念书的时候，旁边还都是荒田。"

"嗯。"于途想起来，"你是不是有一次带几个女同学跑出去采野花被班主任批评了?"

"……你能不能记点好的= ="

于途微微一笑。他记得那时候是高一,他被班主任叫去办公室说竞赛的事,恰好碰见一群女同学在挨训,其中被重点批评的就是她。那时候觉得尴尬,现在想来却别是一番心情。

原来十几年前那个挨训的女孩子,会和自己有更深的牵扯。

原来有一天,他们会一起回到这里,寻找过去的踪迹。

他们一路往前走,经过了食堂、篮球馆、学生宿舍,然后绕到了河边的千步堤。

鲸市位于江南,水域丰富,他们学校就是沿河而建的。沿着河,有一条长长的景观堤岸。那时候在食堂吃完饭,许多学生都会刻意绕下路,从这里走回教室。

沿着长堤走了一段,乔晶晶停住了脚步,遥遥指着前方的一棵大树。

"你还记得那里吗?"她的眼中闪过一丝促狭。

于途看着那棵树,就在那棵树下,乔晶晶同学有一天忽然拦住了他。

他转头看向乔晶晶:"带你来的路上我一直思考一个问题。"

"什么?"

"你翻旧账怎么办?"

乔晶晶瞪他,然后忍不住笑了:"今天不翻,但是,早晚会的。"

于途低下头,"我很期待。"

他朝她伸出了手。

乔晶晶看了看,想了想,把自己的手放在了背后。

于途扬眉,耐心地等待着。

好半晌,乔晶晶才矜持地把手放入他的掌心。

于途立刻牢牢地握紧了。

他牵着她的手,走进了老教学楼。在教学楼里逛了一圈,最后他们坐在了教学楼外的台阶上。

身后就是学校的布告栏。

"以前这里老贴着你的照片，各种参加什么比赛得了什么奖之类的。"乔晶晶看向他，"你还记不记得，上次我在玲姐家跟你说，我觉得以后你会成为一个很厉害的航天科学家，然后作为你的同学我也会觉得很光荣。"

"记得。"

"其实不是这样的。"

"嗯？"

"不是作为你的同学啊。"乔晶晶朝他眨眼。

于途心中好像被羽毛划了一下，明知故问："那是什么？"

乔晶晶才不理他。

但是想了想，还是回答他一下。

她托着下巴，"那时候会有一些奇奇怪怪的幻想，你听了不准笑啊。比如说，会幻想很久很久以后的校庆，你是很厉害的航天科学家，学校邀请你，然后我就陪同啊。"

于途从来不知道，原来心底柔软的情绪，可以泛滥成这样。

"所以，于老师，你要努力啊，我对你是有要求的哦。"

"所以，起码不要为了收入什么的挣扎犹豫，你有更重要、更远大的目标啊，你懂我的意思吗？"

于途怎么会不懂。

有时候他也诧异，明明他们真正接触没多久，却可以心意相通到这个地步，有时候一个眼神，只字片语，就明白对方想表达的意思。

于是此时此刻，他坐在高中教学楼的台阶上，也更明白过去的自己，因为傲慢不经心错过了什么。

"晶晶，有时候我觉得，你看我大概有些盲目。"

"以前在这所高中里，我也自负聪明，出去了才知道天地广阔，自己渺小，我没有自己想的那么天才，智商也远达不到第一梯队……"

"等下。"乔晶晶说,"你的第一梯队是指?"

于途被她打断,"……钱学森、科罗廖夫、冯·卡门。"

才被他科普过世界航天简史的乔晶晶:"……哦,你继续……"

于途继续不下去了,他笑了笑,"但是我会努力。"

他说:"我想我可以。"

乔晶晶目光闪闪地看着他,"嗯。"

两人就这么安安静静地在寒风中坐了一会。

于途突然说:"晶晶,我发现你有成为BDS的趋势。"

乔晶晶愣了一下:"BDS是什么?"

于途说:"自己百度。"

"哇,你还敢对我说这种话。"

隆冬深夜,冷冷清清的校园里,响起了女子清脆的抗议,伴随着男人低沉的笑声。

大爷在远处喊:"要关门喽。"

他们一起走出了学校。

校门外面是一条宽阔笔直的马路。

乔晶晶在哼着一首他没听过的歌,调子和她的步伐一样轻盈跳跃,于途牵着她,忽然有了一种尘埃落定的感觉。

脚下的路似乎更清晰,而他的人生似乎也将变得简单。

不过是——

和她在一起。

然后,成为她的荣耀。

番外・朝朝暮暮

（一）翟亮

年初四一大早，乔晶晶就被于途的电话吵醒了。

"外面下雪了。"

乔晶晶好气，"你干吗吵醒我。"

就算说这句话的声音好听得像在念诗也不可原谅！

"嗯？"那边声调微扬，"我以为你起床了，以前我九点到你家，现在八点半，你的生物钟不是这个？"

自律型理工男真可怕……

"我的生物钟是随机应变的，昨天我们打电话到两点！"

"那真抱歉，以后我知道了。"那边轻笑，听着却实在不怎么有歉意的样子，"你继续睡，我去楼下扫雪，下午几点去接你？"

"两点吧。"

"同学？"

"是的！"就以同学的身份来。才不要现在就告诉父母她在谈恋爱呢，会很烦的。

那边悠悠地叹了口气。

"你叹什么气啊？"不肯给名分的乔同学一点都不心虚。

"我在想，什么时候可以去你家扫雪。"

"……"

简直太犯规了！

挂了电话，乔晶晶想继续睡，却被于途一句话弄得心神荡漾再也睡不着了。她起床刷牙洗脸，站在窗口看了一会院子里的雪景，想象了下于途在楼下任劳任怨铲雪的样子，美滋滋地下楼吃早饭。

乔爸乔妈看见她十分惊讶，"昨天跟同学玩这么晚，这么早起来了？"

乔爸爸批评说："也回来得太晚了。"

乔晶晶可镇定了："跟同学们好久没见了嘛。"

盛了一碗粥给她，乔爸爸问："你今天就要回上海了吧，几点走？"

"两点。"听父母提起这个，乔晶晶眼珠一转，正色说："对了，我要自己开车回上海。"

"什么？"乔爸乔妈大惊失色，"绝对不行！"

乔晶晶："……"

虽然是以退为进吓唬他们的，但是他们这反应也太夸张了吧？

她也是有正经驾照的好不好，参加旅行类综艺节目的时候还开过车，当时还被猛夸了一波停车技术呢。

"你的司机呢？怎么不来接你？"乔妈妈问。

乔晶晶随口编个理由，"他航班被取消了临时买不到机票。"

"那让你表弟送你，不然我开车送你，反正你不能自己开车。"乔爸爸态度十分坚决。

"不要，那多麻烦啊，我自己开车回去可以的。"乔晶晶故意争执。

"你才摸过几把方向盘？外面还下着雪，不行就是不行。"乔爸爸脾气也上来了。

如此争论了几个回合，乔晶晶"委委屈屈"地低头喝粥，假装玩着手机，一脸不愿妥协的样子。过了几分钟，感觉火候差不多了，她抬起头来，十分欣喜地对父母说："不用麻烦表弟了，刚在同学群看见我有个同学也要回上海，让他开车吧！他是老司机了！"

于是，当那位"顺路回上海"的同学出现在乔晶晶家门口时，迎接他的是乔爸乔妈无比热情的笑容。

要不是已经沟通过暂时不告诉家长，于途简直要怀疑自己已经轻易过关了。

乔妈妈特别热情，埋怨了一句乔晶晶不让人家进门喝茶后就开始不停地询问，"你是晶晶高中同学啊？"

"是的，阿姨。"

"在上海上班？"

"对。"

"做什么啊？"

"在航天研究所。"

"造火箭卫星啊，不错不错。"

乔妈妈越问越有劲，简直有停不下来的趋势，乔晶晶不由庆幸自己是拖着行李来开门的，不然她妈起码能问半小时。

她赶紧把行李和车钥匙塞给于途，拉开车门催促，"上车了，爸，妈，我们走了啊，我同学回上海还有事呢。"

"行行，路上小心啊。"

汽车在乔家父母热情的目光中驶离。于途问乔晶晶："你怎么跟你爸妈说的？"

怎么他们一点没怀疑还一脸感谢的样子？

"欲擒故纵啊！"当然还有她特别不着痕迹特别云淡风轻的演技！

压根不在同学群里的乔晶晶得意地把自己跟父母斗智斗勇的过程描述了一遍，说完等着于途夸她，结果却看见于途一脸深思。

乔晶晶："……你什么表情？"

于途说："没什么，想起你骗我去修净化器。"

乔晶晶："……"

"顺便想到以后大部分时间和你在一起的人是我，我觉我该有个心理准备。"

乔小姐鬼主意层出不穷，演技又好，于途觉得自己以后的人生大概充满了……惊喜？

"很不情愿啊？"

"怎么会。"于途立刻否认。

可你的表情看上去很勉强啊于老师……

不过乔晶晶幻想了一下，也觉得有点期待。骗于途的成就感可比骗老爸老妈高多了，简直想到就跃跃欲试。

她振奋地发言："我会努力的。"

于途："……也不用太努力。"

"哼，怕了吧。"

于途扬眉："那倒也不至于，你试试看。"

很自信嘛。

乔晶晶安静了下来，一手撑着下巴，眼睛闪啊闪的，好像真的在思考要怎么骗他似的。于途不由失笑。

这时他的手机响了两下，于途开车不方便看，对乔晶晶说："帮我看下。"

"哦。"乔晶晶拿过手机，"有个叫翟亮的人发了微信语音给你。"

"那是好慌，看看他说什么？"

"咦，好慌啊。"怪不得名字这么熟，应该是玩游戏的时候听到过。

乔晶晶点开语音，顿时一个熟悉的男声响起，喜洋洋的："老于啊，告诉你一个喜讯，我在这认识了一个姑娘，长得特别漂亮，还贤惠，特别适合我。一个月！我要追上她。嘿嘿，我要比你早脱单了。"

乔晶晶忍不住笑："他跟游戏里说话风格差不多啊。我帮你回？"

"嗯，祝他成功。"于途叮嘱，"你别吓他。"

"我怎么吓他啊。"乔晶晶抗议了一句，然后按下语音键，"他说祝你成功，还有他说他比你早脱单。"

手指松开，发送。

于途无奈，果然有机会却不去吓人家乔晶晶同学是万万做不到的，

（一）翟亮

而且，他什么时候说过后半句话了？

乔晶晶发完语音就盯着微信，等着好慌回应，结果一分钟，两分钟……五分钟过去了，微信那端还是毫无反应。

她扭头看于途："他怎么不说话了？"

于途同情自己兄弟几秒，含蓄地说："大概核心处理器烧掉了。"

乔晶晶遗憾地评价，"这有点太脆弱了吧……"

话音未落，手机屏幕上忽然弹出了翟亮视频通话的请求。乔晶晶想了想，按了接通，翟亮头发凌乱的大脑袋顿时出现在视频中。

他的声音有些激动，"棉花？！"

乔晶晶朝他小小地挥手："好慌你好。"

"我晕，你还真的是乔晶晶啊。"

"……"

好像瞬间找到了玩游戏时和好慌聊天的感觉，乔晶晶笑眯眯的，"惊不惊喜，意不意外？"

翟亮有点混乱："不是，你现在跟于途在一起？"

"是呀，他在开车，不方便跟你说话。"

"你等等，我还需要再冷静一下。"翟亮说，"哦对了，如果我掉线了不要奇怪，那是因为手机烧了，刚刚掉夜宵里了，然后我擦了下就跟你们视频，随时有烧毁的风险。"

"……要不你还是关机晾一下？"

"不！"翟亮很倔强了。

他决定在死机前抓紧时间，"你转个方向，给我看看于途的脸，是不是一脸春心荡漾？"

乔晶晶转了一下，给他看正在开车的司机先生，"好像没什么变化。"

翟亮通过镜头仔细研究了下于途，信誓旦旦地说："有，你没和他同居过，他现在这副表情已经是台风级春风得意了。"

台风级?

乔晶晶不由肃然起敬,于是也仔细观察了下,最后总结:"那他有点面瘫。"

于途:"……"

这两个人……还好翟亮已经去美国了,不然凑在一起他要头疼死。

翟亮对面瘫的于途失去了兴趣,"不看他了不看他了,转回来。"

乔晶晶又转回来。

翟亮这次仔仔细细地打量了下乔晶晶,感叹道:"没想到你和于途还真是高中同学啊,你别奇怪我这么惊讶啊,实在是于途平时的表现,唉……"

他摇头晃脑,一副欲言又止的模样。

于途忽然有一种不妙的预感。

乔晶晶问:"他平时怎么?"

翟亮嘿嘿了一声,贼眉鼠眼地说:"平时啊,街上路过你的广告牌,他眼都不抬一下的。"

乔晶晶睨了于途一眼,拉长了声音,"哦……真的?"

"真的真的。"翟亮在视频那端疯狂点头,"还有,有阵子游戏搞活动,你不是作为代言人送玩家铭文吗?那广告窗口多漂亮啊,我都要多看几眼,但是他,从来都是领了铭文直接关页面,表情一点变化都没有,手速可快,我就坐在他旁边!"

于途忍不住了,警告地叫他:"翟亮。"

翟亮才不理他,越说越兴奋,"还有上次他不是去你家修净化器吗,回来我问他你长什么样,他居然说你长得'大街上随处可见'。我印象特别深刻!"

乔晶晶默默扭头看司机。

前面那些就算了,但是……大街上随处可见?

"你别听他胡说。"于途目视前方开着车,正色说:"我的意思是大街上到处都是你的广告,所以随处可见。这恰好证明了我每次路过你的广告时都看了,不然我怎么知道大街上到处都是?"

乔晶晶眨了下眼。

翟亮差点喷了,偏偏人家的逻辑无懈可击,他这么高的智商都找不到漏洞,只能愤怒地指责他:"你要不要脸?"

于途说:"活着比较重要。"

乔晶晶忍俊不禁,简直想打他。

"你看看他,骚不骚,骚不骚。"翟亮一脸控诉。

很骚了……

不过,这就是印象中的于老师啊。

于老师可从来不是什么一本正经的人。

"你这反应速度和求生欲,打么多年光棍真是浪费啊……唉唉唉,棉花,别看他了,看我看我,我是冒着手机烧掉的风险和你聊天的。"

"哦哦。"乔晶晶赶紧把视线扳回来。

于途唇边浮起一丝笑意。

翟亮度过了最初的惊奇,也随意起来,一边吃着夜宵一边跟乔晶晶聊天,"你们为什么要等我到了美国才谈,我想现场看个热闹都不行。"

乔晶晶说:"你问他呀。"

哎,不对,这不是显得自己很没主动权?她连忙挽回面子,特别严肃地说:"我是那么好追的吗?"

翟亮深以为然,"也是,我走之前有一阵子于途消沉得很,看来你折腾得他不轻啊。"

……谁折腾谁啊……

乔晶晶十分认真地思考着,这个锅她到底背不背呢?不过她更好奇地是:"怎么个消沉法?"

于途咳了一声,"翟亮你怎么还不睡,美国现在是半夜吧?"

翟亮挥挥手,"我前阵子熬夜做项目时差又乱了,能睁眼到天亮,你别打岔。"

于途就是来打岔的,"你的手机什么牌子?"

翟亮说了个牌子："干吗，你要换手机？"

于途说："你再聊几分钟还不短路我就考虑。"

翟亮终于从兴奋中稍稍冷却了一下，开始心疼手机了，"行了行了，我给你留点面子，棉花，我还是这么叫你吧。你加下我微信，回头等我手机确定没事了再给你详细爆料。"

"好，你等一下啊，我用他微信推送下我的名片。"

"微信就这么随便用了啊，于途你有没有点底线？"翟亮嘲笑了于途一句，中断了视频。

乔晶晶把微信号推送给翟亮后就换了自己的手机，加上翟亮后又聊了一会，翟亮的手机还没烧。

翟亮雀跃地提议："来来，我们再打个游戏试试。"

颇有不烧手机不罢休的劲头。

乔晶晶从善如流。

熟悉的背景音飘在车厢里，于途分神关心了一下："和翟亮玩游戏？美国那边网络可能会延迟，他本来就五分技术最多只剩下两分了。"

乔晶晶扑哧一笑，"你是不是记仇啊？"

这么诋毁人家。

"记什么仇，他坑到我了吗？"

看他眼角眉梢都是得意，乔晶晶哼了一声，"那可不一定，他说的我都记住了啊。不屑一顾于先生，随处可见乔晶晶。"

于途："……"

于途："好好玩。"

（二）第十封信

乔晶晶和翟亮打了一路的游戏。翟亮那边网络果然坑得很，但是乔晶晶在高速上，网速也不遑多让。坑了一局路人后，两人知趣地去玩王者过年新推出的玩法五军对决了。

五军对决是两人组队，五个队伍一共十人在一个新地图里乱斗。他们两个网络差，简直是去送人头，然而又不服输，打了一局又一局，两个多小时的车程，居然连一次第一名都没拿过。

地库停车的时候，乔晶晶正打得如火如荼，全神贯注地捧着手机下车，在于司机后面开启跟随模式。

很快电梯"叮"的一声到了楼层，电梯门打开，乔晶晶边玩手机边走出去，走了几步才发现不太对，怎么是一楼大堂？

她疑惑地抬头，"你不会连我家几楼都忘记了吧？"

手机那端的翟亮惊呆了，立马送了一个人头表示震撼，"什么？什么什么？于途你去棉花家？"

乔晶晶这才想起语音还开着呢，连忙关掉了话筒。不过这么一打岔，她的守约也挂掉了。

乔晶晶郁闷地哎了一声，于途叹了口气，拿过她的手机，站在原地帮她打了起来。

同样的英雄到了他手里就是不一样，一复活就连续拿了几个人头，完全都不需要乔晶晶科普规则的。

翟亮立刻发现了，在那喊："是不是换人了？"

于途再度打开话筒，闲闲地说："你们这一路上打的什么，简直侮辱我的耳朵。"

然后他就带着好慌唰唰唰拿了个第一名。

乔晶晶在一旁简直看得两眼放光，不得不说，打游戏还是于老师强啊。一局结束，好慌又发邀请过来，乔晶晶果断拿过手机按了拒绝，势利地吹捧起于途："你说得对，好慌就是五分水平，还是你最厉害了，我还是跟你玩吧！"

说着她就往电梯里走。

赶紧回家和于老师组队亲手拿个第一名！

于途一把拉住她。"等一下，我拿一封信。"

乔晶晶疑惑地跟着他走到大堂信箱那，看他找到她家的信箱，毫不思索地按了密码打开，拿出了一封信。

呃，虽然她家信箱和大门是同一个密码，可是他这动作也太流畅了吧，她简直毫无隐私了。

"你的信怎么会在我邮箱里？"

于途无奈地瞥了她一眼，"少玩游戏，多吃点淀粉。"

"……什么意思？"

"大脑思考需要糖分。"

"……"

谁家男朋友这么毒舌啊，一天简直想打几回。不过她终于反应了过来，"你寄给我的？关于深空探测的？"

她想起来了，他在第九封信里提过有一封信年前她可能收不到。

她伸手去拿，于途却拿住了信没有放，注视着她说："晶晶，你猜我写这封信的时候在想什么？"

"什么？"乔晶晶微微歪头看着他。

"这封信写得有点深奥，我那时候边写边想，你拿到这封信的时候，我是不是已经可以读给你听，帮你答疑解惑了。"他说着停顿了一下,嘴角微微弯起,问她:"要听吗?"

游戏什么的……第一名什么的……重要吗?
乔晶晶全忘了。
这个夜晚,他们随便吃了点东西,乔晶晶就坐在沙发上听他读信。听着听着,她就被人半揽在了怀里。信的内容有点太专业了,就算有专业的解释,也经常让人听不懂,不过没关系,她本来也没有很专心。
她觉得读信的人也很不专心,证据是他时不时的停顿,很长很长的停顿。

冬天的夜晚总是很快降临,时针指向九点的时候,信终于读完了。她趴在他的怀里,声音有点撒娇:"你把我念困了。"
他低下头,气息吹在耳边,"那就早点睡觉,明天还要赶飞机。你不用收拾箱子?"
"我让小朱早上就收拾好了,下午不用过来。"
呃……
话一出口乔晶晶就觉得不对,说前半句就行了啊,后半句简直多此一举!默默祈祷他没反应过来。但是怎么可能,某人反应可快了,立刻轻轻笑了一声,胸腔震动。乔晶晶恼羞成怒地捶了他一下,"你再不走就没有地铁了。"
"今晚我住这里。"
乔晶晶眨了下眼,怀疑自己听错了,呆呆地:"啊?"
"睡沙发。"
于途说:"晶晶,以后我会很主动。"

乔晶晶从他怀里坐起来,定定地看着他,于途也坐直了身躯,手指触上了她的脸颊。
他想他永远不会忘记,那天在加油站,她委屈得快要哭出来的样子，还有她那天说的那句话。

"我有点愿意，但是这样说，心里又不开心。"——听到这句话的一瞬间是刺痛，而以后每次回想起来，是心底的酸胀绵延不绝。

他无比清晰地知道，虽然他们已经在一起了，但是她心底有些东西并没有被抚平。所以以后，每一步，每一个节点，都必须是他主动走向她。

她不给他公式，他只好自己找到了。

屋子里静悄悄的。

"但是我对主动不太有经验，如果过分了，记得提醒我。"他认真地说，"比如，今天我想留宿，过分吗？"

乔晶晶沉默着。

于途微微叹息，退了一步，解释说："明天早上你八点的飞机，我要送你去机场，难道要我四点从家里赶过来？"

"你要送我吗？"乔晶晶问。

"你对我要求这么低？休假也不送你去机场？"

"哦。"

乔晶晶又安静了一会，然后于途听见她说。

"不过分。"

她的声音轻轻的，可是特别清晰又郑重，"不过分的，你这样，我很开心。"

初五的早晨，火车飞速地奔驰在回鲸市的铁轨上。

于途坐在窗边的位置上看书。不久之前，他刚刚送乔晶晶去机场和其他的工作人员会合，现在他们应该已经起飞了。

想到玲姐她们看见他时一脸愕然的样子，于途不由微微露出笑意。然而想到乔晶晶这一去就是三个月，他又微微叹了口气。

他觉得自己之前真是想太多了。他觉得他出差多工作忙照顾不了她，可事实上，乔小姐出差的时间大概比他更多。

谁耽误谁的青春啊。

于途目光定在书上，却蓦地笑了出来。

火车到达鲸市的时候，他收到了乔晶晶的微信。

他打开，乔小姐给他发了一个很可爱的表情。

晶晶：hello.jpg

于途输入——落地了？还没发出去，她的第二条信息又来了。

晶晶："初次见面。猜猜我是谁？"

于途："……"

他删除打好的字，配合古灵精怪的女友："初次见面，你是？"

对面发了一个更可爱的表情过来，然后说："我是你的手机女朋友啊^_^，AI晶晶。"

（三）手机情侣琐碎日常

晶晶：今天剧组的菜。

晶晶：盒饭.jpg

于途正好在食堂吃饭，拍了一张回过去。

晶晶：！

晶晶：这么丰富！

晶晶：好吃吗？

于途：很不错。

晶晶：你们单位食堂啊？

于途：嗯，我们院里有五个食堂，和大学差不多。

晶晶：下次带我去吃，我好久没吃食堂了。

于途还没回答，她又自己否定了。

晶晶：不对，你保密单位是不是进不去啊？

于途：可以，不过门口要押身份证，你不介意？

晶晶：？介意什么？

晶晶：我证件照美若天仙。

于途：……

于途：那就好。

于途：其实我的也不错。

无意中瞄到这一段对话的小朱默默飘过，感觉自己以前看错了于老师。

*** *** ***

于途：早餐.jpg

过了两个小时。

晶晶：你自己做的？你居然会做早饭！

于途：只会早饭。

晶晶：ヽ(￣▽￣)ゞ

晶晶：你是不是起床太早了？

于途：我一般睡四五个小时够了。

晶晶：……讨厌！

晶晶：所以你以前成绩那么好，是不是都在我们正常人睡觉的时候偷偷学习？

于途：以后你可以近距离观察一下。

于途：顺便你是AI，我们正常人这种说法不合适。

晶晶：发愁.jpg

晶晶：本AI自闭了＝＝

*** *** ***

晶晶：玲姐说你是透明体质。

于途：透明？

于途：我确定光线不能穿透我。

晶晶：……

他们搞科研的说话真是……

晶晶：给你看聊天记录。

她发了两张聊天记录给于途。

玲姐：我现在觉得你家于老师混娱乐圈也不会出头了。

晶晶：凭什么！难道不比所有一线小生帅吗？！

玲姐：但是他有隐身特效你没发现吗？

晶晶：O_O啥？

玲姐：你看之前他天天去你家，一个多月呢，都没被拍到，当然你们一起出去比较少，不被拍还算说得过去吧。可你们在老家都这么明目张胆了，居然没人爆料？

玲姐：我公关预案都白做了。

玲姐：寂寞.jpg

于途点开图片看完。

晶晶：是有点奇怪哦，我们同学居然没人爆料。

于途：那天我回去拿你的外套和车钥匙，给每个人发了红包。

晶晶：（吃惊）你和佩佩怎么都不告诉我！

晶晶：怪不得你去了挺久的。

晶晶：= =发了多少红包啊？

于途：差不多一个月工资？

晶晶：……

晶晶：还不如让他们曝料算了！

晶晶：你是不是傻啊。

晶晶：生气.jpg

于途忍不住笑。

于途：那以后从聘礼里扣？

晶晶：……

晶晶：拜拜= =

一小时后。

晶晶：话说，我们老家一般聘礼是多少……

晶晶：纯属好奇！

***　　***　　***

晶晶：才收工看见你留言，睡了没？

于途：我在写信。

晶晶：呃，火星移民？

于途对着信纸拍了个照片发过去。

乔晶晶看了一会。

晶晶：于小乔？

晶晶：……这什么==

于途：数据太枯燥，假设有个主角，用她的视角描述，你可能会觉得有趣点？

晶晶：辛苦了！

晶晶：所以你就把我们的姓凑一凑？太随意了吧……

于途：火星移民还很遥远，所以主角应该是我们的后代，有叫这个名字的可能性，不算随意。

晶晶：= =

昨天聘礼今天就后代了……

晶晶：好好写信不要乱想。

***　　***　　***

晶晶：趴地哭.jpg

于途从实验室出来，看见留言直接语音通话拨过去，乔晶晶点了拒绝。

晶晶：不语音啦，嗓子疼。

于途：怎么了？

晶晶：今天有一场爆发戏，导演一直不满意，NG了好多次。

晶晶：好久没NG这么多次了，好尴尬的。

晶晶：趴地哭.jpg

于途：嗯。

于途：过了吗？

晶晶：过了，但有点沮丧，求安慰>_<

于途：最后成功了就好。

晶晶：……你这安慰太敷衍了……

于途：失败对我们来说是家常便饭，一时想不到什么说辞。或许你该这么想，起码你们不用浪费纳税人的钱。

晶晶：emmmm……

晶晶：不要压力太大哦于老师。

晶晶：本来你们的工作就是很复杂很艰难的，科学本来就是在无数的失败中前行啊。

于途握着手机忍不住笑了，眉宇间的疲惫一下子松弛下来。

关在不在，他的确压力很大，最近遇到的问题十分棘手，尝试了很多种方法都没解决。

但是他的女朋友怎么可以这么聪明可爱。

于途：所以你也是，任何行业，想要突破都很难。

晶晶：嗯O(∩_∩)O

晶晶：一起加油。

乔晶晶抱着手机在床上打了个滚，感觉自己和于老师已经是灵魂伴侣了。她是不是超级体贴啊，安慰失落的男朋友什么的。

于途：有个问题，乔小姐。

于途：NG的应该不是吻戏？

晶晶：……

好了，什么失落的男朋友，不存在的= =

于老师就不是那种人，他恢复起来可快了！

***　　***　　***

晶晶：你好.jpg

隔了半个多小时。

于途：刚刚在打篮球。

晶晶：这么晚打篮球啊。

于途：下班和同事一起。

晶晶：来个自拍，想看打篮球造型>_<

过了一会。

于途：照片.jpg

于途：自拍不会，叫同事拍的。

晶晶：……你同事是直男。

照片上的于老师虽然玉树临风，但是这黑不溜秋的灯光，毫不讲究的角度，鬼斧神工的构图，只能说幸好于老师够帅了。

乔晶晶点着照片看了好久。

怎么办，她十分十分想于老师了。

于途：同事问我拍照做什么。

晶晶：你怎么说的？

于途：相亲。

晶晶：……

于途：所以他们现在围着我的手机，让我问你要照片。

晶晶：你认真的哦？

于途一时没有回答，过了一会。

于途：被我赶走了。

晶晶：>_<

于途：你的照片呢？

晶晶：真要啊。

晶晶：自拍.jpg

于途久久没有声音。

晶晶：（嘿嘿表情）

晶晶：你相亲对象好看吗？

于途直接拨通了语音。

乔晶晶接起。

于途："我听说，姑娘们的自拍不能相信。"

他声音低沉："所以，我相亲的姑娘，你什么时候来和我见面？"

***　　***　　***

于途：我十分担心我同事的情商。

晶晶：@_@神马？

于途：上次帮我拍照的同事问我，最近吃饭总和人聊天是不是相亲成功了，然后把我手机抢走了。

于途：我说这是微信小程序。

于途：他相信了，问我哪里下载的，他也想下一个。

于途：我们理工科男人的情商大概就是这样被拉低的？

晶晶：？？？你在说啥？

晶晶：我也很茫然，感觉自己智商很低。

于途：他看了我们早上的聊天记录。

晶晶：（惊）……我说了什么让他相信我是微信小程序啊？？？

乔晶晶赶紧翻了下早上的聊天记录。

今天早上要拍一场黎明的戏，所以她起得特别早，于老师仗着自己非常人的生物钟每天早上总是先说话，难得她起得早，当然要炫耀一下，一起床就发了微信过去，"今天我起得比你早！"

然后他们断断续续聊了几句。乔晶晶很恐慌，虽然对话是有点平平无奇，但是她已经乏味到被人认为是微信小程序的地步了吗？

晶晶：你把我们的对话发一个截图来。

她一定没问题，问题肯定出现在其他的地方。

于途发了张截图给她。

乔晶晶：……

果然！

她是无辜的，某人的同事也是无辜的，有问题的果然是于老师！

对话是一模一样的并没有什么差别，可是截图最上方联系人ID处，赫然写着四个大字——AI姑娘。

晶晶：……

晶晶：手动再见。

***　　***　　***

晶晶：叮。

晶晶：微信小程序提醒您，首次充值68元有超值大礼包哦！

于途：哦。

晶晶：？？？你不充值？

于途：想换一个小程序。

晶晶：……

于途：（语音）一般游戏首充都是6元，你这个小程序是不是骄傲了？

于途：（语音）不过我可以看看是什么大礼包再考虑。

晶晶：好气.jpg

晶晶：现实版女友体验卡三天！

晶晶：我要回上海做个品牌活动，导演准假了。

于途：转账。

晶晶收了钱。

晶晶：这么多\(^o^)/~

于途直接拨通了电话："什么时间，我去接你。"

（四）娱记三人组历险记

地图导航上，从虹桥机场去陆家嘴的一条线已经变成了酱红色。

大毛放下摄像机，有点焦躁："咋堵成这样，比北京还堵。"

"撞上了周五晚高峰。"司机小蓝打开车窗点了根烟，"别跟丢就成，看样子他们是要去乔晶晶家，在陆家嘴吧。"

"多半是，乔晶晶明天有个活动。嘿，也是凑巧了，没逮到目标，逮到了乔晶晶，四月一号给放出去，能上三天热搜。"

"这男的是她男朋友？"阿豆从后座凑上来。

"多半是，长挺帅，肯定不是工作人员。看着还挺有钱，奔驰商务车，嘿，这些女明星。"

足足堵了十分钟，汽车才缓缓开动起来，小蓝跟着跟着忽然说："不对劲，怎么下沪渝高速上外环了，这不是去陆家嘴吧。"

"管他去哪，跟上跟上。"

目标车辆开进外环以外的一个有点老的小区时，娱记三人组有点蒙。

"这……小区里，绝对不是乔晶晶家，男的家里？"

"瞅着不像啊，这都外环以外了，他开奔驰啊。"

阿豆呸了一声，"我刚想说了，这车好像是乔晶晶的，见过几次。别磨蹭了，拍起来，等他们一下车摸清住哪里，看看能不能找地方拍室内。"

结果前面汽车停下后好久都没动静,摄像机里的画面静止着。

这回是三个人一起抽烟了,"这是在车里干吗呢?"

"你们说干吗呢,偏偏被树挡着我们还拍不到。"

单身青年们很烦躁。

阿豆说,"我先下车踩踩地形。"

总算,整整一支烟工夫后,乔晶晶戴着口罩下车了,空着手,脚步很雀跃,高大的男人拿着她的包跟在后面。

大毛作为有追求的摄影师很满意,一边拍一边点评:"这哥们挺高,感觉有一米八五往上,侧面挺帅鼻子高,这大长腿,是新人?"

小蓝有不同意见:"我瞅着不像,娱乐圈的人能住这?多不方便,租也要租在新天地淮海路什么的。"

他说着拨通了阿豆的电话,"他们下车了。"

很快阿豆就发了门牌过来,他总有办法,扮快递员送水的送外卖什么的跟进电梯,就能看见住几楼。小蓝一看消息,很满意,"住三楼,好拍。"

这老小区楼间距很近,那就更好拍了,他们很快就在对面楼道找到了好位置。可惜人家的窗帘是拉上的,只有客厅的窗帘留了一道缝,只能看见电视墙。

做娱记怕什么拉窗帘,三人丝毫不焦躁,对着人家的房子评头论足,"这边地段不行吧,这哥们好像不富裕?"

"房间窗帘拉上了,今天我们还能拍到什么不?"

"等等呗,之前一起下车进楼的画面也够了,看看待会能不能拍到一起从楼道里出来。"

结果等到八点多的时候,却见那男人单独下楼了,从汽车后备厢中拿出了一个粉色的行李箱。

小蓝激动得要炸裂了,"快拍快拍,实锤,乔晶晶的行李箱,她今晚居然住这。"

三人激动得不行，之前还能勉强解释成是去朋友家玩，现在大半夜的行李箱都拿上去了，简直铁证如山了。

怀着满腔激动，他们晚上轮班看守，到了第二天六七点，又拍到了乔晶晶团队匆匆忙忙赶过来的身影。

"团队里都知道啊，都跑这来接她了。"

又过了一个多小时，一行人都下来了，包括乔晶晶的男朋友。三人把一切都拍了下来，然后开车跟着他们去活动现场。

人多的地方不太好拍，活动后台也混不进去，好在那个帅哥也没去后台，在地下车库就跟乔晶晶他们分开单独行动了，三人组索性跟着他。

他找了个咖啡馆坐着看书，他们就在对面另一家咖啡馆门口坐下了。

阿豆说，"今天是××钻石的活动，乔晶晶是代言人，这牌子贼贵。"

"一样的东西好几倍价格，怎么女人就爱买？"

"你说这哥们，买得起这牌子的钻石送乔晶晶吗？"

"多半买不起，这哥们回头得感谢我们，现在他们玩地下情，回头我们帮他曝光了，乔晶晶不得承认了？"

"说不准，回头乔晶晶不认，说不定为了避嫌就分了，也不是没有。"

"这样也好，帮这哥们止损了，我们也算做好事。"

贫了一会，小蓝推推阿豆大毛，"看。"

两人顺着他的目光看过去，只见一个打扮时尚的姑娘正拿着手机和乔晶晶的男朋友搭话，然后很快就一脸失望地走了。乔晶晶男友波澜不惊地继续看书，仿佛习以为常。

阿豆："……这哥们也不简单。"

到了十一点，男人起身离开了咖啡馆，三人组赶紧跟上，却是乔晶晶的活动开始了。乔晶晶在台上配合主办方活动，他就站在人群中看着。台上的乔晶晶星光璀璨，人群中的男子挺拔清俊，竟同样的引人注目。大毛不知道自己是不是先入为主了,看着竟觉得有点一上一下交相辉映的感觉。

三人组偷偷拍了不少素材。接下来又跟了午餐,再后来,又跟着回到了那个老小区。

三人回到了老位置蹲点拍摄。

小蓝说:"还回这里啊,热恋期吧这是。"

神侦探阿豆说:"早上我就知道他们要回来,因为没看见那个粉色行李箱。"

大毛说:"别吵。"

他看着镜头里的画面有点入神。

其实画面几乎是静止的。

是间很小很小的书房,屋子里堆满了书。窗户打开了,窗帘在风中微微飘动,男人坐在书桌后写着东西,乔晶晶则坐在对面一张小沙发上,抱着膝盖在看剧本似的东西。

这样的画面有十几分钟,乔晶晶放下了手中的剧本,跑到书桌前趴着看他写。男人抬起头来,说了几句什么,然后隔着书桌亲了她。

大毛拿着摄像机的手抖了一下,一颗常年看多了各种阴私的心居然觉得有点酸酸甜甜的。

他感觉自己都纯情了。

后来两人离开了书房,他们就没再拍到什么了。但是三人组已经特别满足,隔天一大早又跟到了机场,算是特别顺利圆满地完成了一次跟踪偷拍。

大毛居然有点依依不舍,"回头我要给他们剪唯美一点,配上浪漫的小音乐,不能搞猥琐了。"

"是得剪好点,不能黑人家,跟了几天我觉得是真爱,乔晶晶挺难得啊。"

阿豆说:"我有个想法,我们去挖挖这男人的背景身份咋样?回头第一波先爆恋情，大家肯定好奇这男的做什么的，我们再来个第二期，男友身份大揭秘，这样一个星期的热点不都是我们的了？"

小蓝一拍大腿，"我看行，就这么干。"

三人组说干就干，立刻回到了原来的小区，附近找了个小旅馆住下，打算星期一跟踪目标到工作单位。

天蒙蒙亮，目标早起跑步了。
小蓝评价："生活习惯健康，不错。不过他也起太早了，幸好咱们来得早。"

目标买煎饼。
阿豆点赞："这帅哥生活很朴实啊，跟咱差不多。"

目标终于去上班了。
然后娱记三人组看见他走进了……
上海航天技术研究院。
娱记三人组有点意外："搞科研的？"
阿豆恍然说，"对，我之前打听了，他住的那个小区好像都是航天研究院的人，怪不得离研究院特别近。"
小蓝愁了："保密单位，咱们进不去，只能在外面拍拍了。"
"本来还想混进去打听打听。"
三人开着车沿着研究院绕了一圈，随便拍了点素材，最后还是有点不死心，把车停在了侧门对面的马路上。
"进去是肯定进不去了，我看看素材够不够做个第二期。"
正说着，有人来敲车窗，小蓝打开窗，车外是两个中等身材的中年男人，胖一点的男人笑眯眯地开口问道："师傅，我想问个事儿，这附近……"

他话没说完，目光忽然落在了副驾驶座大毛手里的摄像机上，脸色顿时就是一变。他眼睛在三人身上剜了一圈，掏出证件在小蓝眼前晃了一下。

"国安局，麻烦你们跟我们走一趟。"

几天后，于途从实验室里被叫到了所长办公室。

张院士也在，除此之外还有一老一少两个陌生人。

于途带上门，所长开门见山地介绍，"于途，这两位是安全局的工作人员，有一些事情要问你，你都要照实回答。"

于途微微一怔，镇定地点头，"好。"

"请坐。"两位侦查员很亲切，"不要紧张，只是问你几个问题。"

于途点头。

年轻的侦查员问："上周五到星期天，你和谁在一起？"

于途心中隐约闪过了什么，回答却是毫不迟疑："我的女朋友。"

两位侦查员互看了一眼，表情有点奇特。张院士和胡所倒是很惊诧。

年轻侦查员又问："你女朋友的名字是？"

于途这回微微停顿了一下，"乔晶晶。"

张院士忽然咳了一下，调整了一下坐姿，两位侦查员朝他和胡所看去，两位领导坐姿端正，一脸平静，好像一点都不惊讶似的。

反倒是那个年轻的侦查员，脸上浮现了一丝兴奋，"是明星那个乔晶晶？"

"是的。"

"这三天，她一直在你家里？"

"期间她出去参加过一个钻石品牌的宣传活动，我和她一起。"

年长的侦查员忽然开口："那你们就没发现有人跟着你们？"

也不是毫无所觉……

于途心中忽然划过一丝猜测，又觉得有点不可思议。

然而侦查员接下来的话却证实了他的猜想，"据他们交代，他们跟着你们拍了三天，周一早上还尾随你到单位外，拍了很多摄像资料。"

侦查员喝了一口水，轻描淡写地说："然后被当成间谍抓了。"

于途忽然想笑，尽量显得严肃地问："那他们会怎么处理？"

"既然他们交代的事实和你所说的相符，我们再取证一下，确定没什么问题教育一番就会释放，不过影像资料我们已经没收了。"

年长的侦查员语重心长地叮嘱，"年轻人谈恋爱也不要昏了头啊，那么多保密课白上了？一点警惕心都没有。"

于途受教，"我们以后会注意的。"

"我们也会教育教育他们，让他们知道点分寸，保密单位门口能瞎转悠瞎拍吗？"

两位侦查员调查取证完毕后就走了，将他们送到门口，门一关，室内陡然陷入了一阵静寂。

张院士喝了几口茶，端着茶杯站了起来，"我先去工作了。"

然后老头就哼着歌溜溜达达地走了。

胡所沉默了半天说："这是好事，不过还是低调一点，不用太宣扬，当然，这是很自然的事情，也不用刻意隐瞒。"

于途点头，"我明白。"

胡所："行了，去做事吧。"

于途关上门离开，还没走远，依稀听见胡所也在办公室里哼起歌来，还跟张院士是同一首……

乔晶晶接到于途电话的时候，玲姐恰好来探班。

挂了电话，乔晶晶表情很……难以形容。

玲姐在她眼前挥了挥，"怎么了你？"

乔晶晶说："上周五回上海，不是去陆家嘴的路太堵了，于途让我去他家玩么，后来懒得折腾了，就在他家住了。"

玲姐："哦。"

冷漠。

乔晶晶："路上于老师就说感觉有人跟着，我说无所谓，拍就拍好了。"

玲姐一拍手，居然有点兴奋，"真的被拍了？让你们这么明目张胆，那我们要怎么样？等被爆了要承认吗？还是不承认也不否认？"

"应该不会爆吧？"乔晶晶的表情更难以形容了。

"啊？为什么？"

"他们被当间谍抓了。"

一周后，玲姐接到了一个陌生的电话，对方在电话里感激涕零，"谢谢乔老师的男朋友帮我们澄清，这件事到此为止，我们绝对不会爆料，以后也绝对不拍。"

玲姐憋着笑应付着，等挂了电话，再也忍不住，趴在桌子上哈哈大笑。

后来也不知道怎么传的，娱记圈里，乔晶晶的男朋友就变成了神秘的不可拍先生。还有谁不知道嘛？某某娱记的人去拍，都被安全局抓进去了啊！

（五）论坛恋爱日记

2018/06/25

微博。

我不是锦鲤吗：啊啊啊，今天碰到乔晶晶了，旁边还有一个帅哥。乔晶晶真人好漂亮，男生也巨帅，可惜没敢靠近拍，没拍到正面，难道在附近拍戏吗？可是我们这很偏僻啊。不是乔晶晶粉丝但是很激动。

图1-3。

2018/06/25

某论坛娱乐版块。

标题：擦qjj热搜，恋情要曝光了？

内容：qjj和一个男人逛街被路人拍到了。

图1-3

还有小视频，但是只有背影，而且太远了。

1L：图太糊了，我只想知道这个男的是谁，看身高腿长也是演员吗？应该不是流量吧，没粉丝认领？

9L：查无此人啊？新人？乔晶晶粉丝是不是要炸？蒸煮要被吸血了。

10L：乔晶晶最近在拍新剧了吧，李导的电影上个月杀青了，新戏古装刚进组，男二到现在还没官宣，这个会不会是神秘男二号？

12L：这炒作套路很溜，和qjj炒恋情吸一波关注，然后澄清只是剧组同事，嗯，什么都有了。

15L：那不错啊，这身高腿长，图片太糊太远了，但是看着轮廓也不错,莫名感觉气质好。

25L:你们想多了吧,qjj咖位会配合这种炒作?

……

113L:新人个鬼啊……微博破案了啊,你们怎么还在研究是谁,就是上次乔晶晶参加王者荣耀比赛的队友啊,她高中同学,大帅哥,还是清华毕业,现在是航天工程师。

115L:你们眼神都那么好?根本看不清脸,怎么确定和她同学是同一个?

117L:详细破案过程指路"今天乔晶晶谈恋爱了吗"微博。

118L:2333这什么微博名,仿佛催婚的老母亲。

125L:我把微博搬过来了!(图)

不得不说论据很充分了。首先身高,和上次比赛时候两人身高差一致。其次,从拍照博主以前的微博看,她住在鑫都路附近,兄弟们,还记得她同学干吗的吗,航天!然后上海航天研究院就在那附近。如果不是因为他,想不通乔晶晶干吗跑到那么偏僻的地方去。而且有了清晰的图之后,再对比路人拍的模糊图,就越看越像同一个人。

我觉得实锤了。

127L:现在网友真的可怕,破案能力贼强。

128L:我能理解那个破案博主的微博ID!我都不是乔晶晶粉丝,但是那个比赛视频我看了也就一百遍吧,太帅了,我希望乔晶晶嫁给他,这样他就能经常出现了。赏心悦目。

131L:楼上亲,哪个视频?

137L:指路。(b站网址)

147L:播放量有点夸张啊,对一个比赛视频来说。

149L:可能都是颜狗在舔吧。诸葛亮帅裂苍穹。

155L:诸葛亮现在已经不是T0了,想看小哥玩别的英雄。

180L:不是,你们能不能别谈游戏了?我就想知道,乔晶晶会公开吗?

……

601L：热搜撤得好快。

603L：下热搜了。

610L：嗯，这是不打算承认？

623L：乔晶晶粉丝否认了，说没官宣不认，他们是同学，一起出来玩可不是没可能？

*** *** ***

2018/09/08

某论坛娱乐版块。

标题：今天楼主偶遇了乔晶晶和她男朋友

内容：电影院偶遇的，坐标北京。男孩子真的很高，乔晶晶戴口罩，他也戴了，好像还是情侣款，有点可爱的那种，会不会是被乔晶晶硬塞的233333，楼主怂只敢拍点侧面和背影。

图1-5

电影票.jpg

标题：麻烦不要随便定义噢，这个是乔晶晶同学，不是男朋友。

内容：楼主是粉没错，是恋情祝福，但是没官宣之前，麻烦不要随便定义。谢谢大家。

标题：qjj谈恋爱的事情能不能不要每次开那么多帖子？

内容：去别的论坛玩也在说这个，真的有点烦。

*** *** ***

2018/12/20

某论坛娱乐版块。

标题：qjj再次被拍，话说狗仔队是不是太废了？qjj被路人拍了多少次了,狗仔队现在还没拍到???

内容:如题。

标题:乔晶晶又没上热搜,我有个猜测,大家来讨论一下。

内容:乔晶晶和她男朋友除了第一次上了热搜,还很快撤了,后来基本就没上过热搜前几,都才开始爬就不见了。说没热度不可能,每次论坛都讨论很多,所以为什么上不了热搜?而且楼主观察了几个营销号和娱记的微博,他们连路人拍照都不转发,所以楼主断定,qjj团队肯定是给钱了降低这事的热度。感觉还挺有用的,楼主身边不太关注八卦的人根本不知道。

那么问题来了,乔晶晶团队为什么这么做呢。推测原因一,保护对方,毕竟是圈外人,而且是科研工作者。原因二,乔晶晶对现任不满意,没长久打算,以后分手不麻烦。

你们觉得是哪个原因?

标题:qjj糊了吧,她的恋情真的没狗仔队感兴趣。

内容:粉丝承认蒸煮糊了有那么难吗?理由一堆一堆的。这么久了没一个狗仔跟,就是毫无新闻价值了。

1L:我家晶晶的新电影马上就要上了哦,一月份还有电视剧要播。麻烦大家关爱糊咖,给个夕阳红吧,谢谢大家谢谢大家。

***　　***　　***

2019/02/03

某论坛娱乐版块。

标题:高速上看见乔晶晶了!

内容:沪宁高速的休息区!看见乔晶晶和她男朋友了。没图。太冷了楼主去上厕所就没带手机,追悔莫及!看看这个日子,春节!春节!在一起!是不是一起回家???所以这是要公开要结婚了吗?

（六）见婆婆

公开是暂时不想公开的，但是家里的明路今年是要过了，主要是她妈妈都追着她念了半年了。

"于老师家里现在还不知道呢？"玲姐在电话那头问。

"是啊，他爸妈又不像我妈这么八卦，小道消息知道的比我还多。"而且居然还能从那么模糊的路拍中一眼认出于途。

"那于老师什么时候跟家里说？不会直接带你上门吓人吧？"

"……你才吓人。他说今天回去说，过几天我再去他家。他下半年一直有任务，前几天才从发射场回来呢，你看新闻就知道他们多忙了。反正一直也没什么好的机会跟他爸妈说。哎呀你问这么多，我到底带什么礼物去他家啊？"

陆家嘴家中的客厅里，乔晶晶蹲在地毯上，一边和玲姐打电话，一边对着地上成堆的礼物发愁。

"不是早跟你说了吗？两套真丝睡衣，一条围巾，两瓶酒就可以了，你那些高端护肤品什么的快收起来，太贵了。"

"哦……我妈就用这个。"乔晶晶把那套护肤品拿到了一边。

正说着，门口有了动静，应该是于途下班回来了。乔晶晶说："不跟你说了，于途来接我了。"

"让他谢谢我，帮你挡了多少工作！"

"收拾好没有？"于途挂好大衣走进客厅。

乔晶晶开了免提，举着手机对他说，"快来，玲姐说让你谢谢她，春节没帮我安排工作。"

于途走近，俯下身，带笑对着手机说："谢谢玲姐今年对晶晶的照顾。"

玲姐："……"

要不要这么苏？

本来只是要个感谢，怎么感觉得到了一盆狗粮？她一阵无语地挂了电话。

乔晶晶向于途招招手："你看看你妈妈喜欢什么。"

于途看了看地上的东西，把她拉起来，"你带你自己就可以了，我妈最喜欢漂亮的小姑娘。"

于老师这是在调戏她么？

乔晶晶目光流转，"那我有很多种漂亮的，清纯的可以，成熟的可以，端庄的也可以，你喜欢……哦，你妈妈喜欢哪种啊？"

于先生花了一番"力气"证明自己哪种都喜欢，出发时间便比原定的推迟了许多。

这次回鲸市开的是于途新买的一辆普通的轿车。其实和乔晶晶在一起之前，于途短期内并没有买车的打算，毕竟他的房子离单位近，尚有十几年贷款。但是有了女朋友到底不一样。

坐到车上，乔晶晶回了几条微信，"我妈问我们几点到。"

于途看了一眼时间，"大概要九点半。"

乔晶晶看他似乎很淡定的样子，"一会要见我爸妈了，你一点都不紧张啊？"

"求之不得的事情紧张什么？"

哼，显得她礼物选来选去很没底气的样子，乔晶晶故意说，"这次还要我帮你开导航吗？"

"这么小的地图，就不劳我们这么漂亮的……"乔晶晶还来不及得意，于途话锋一转，"手机了。"

乔晶晶的手机壳一向亮闪闪,的确是很漂亮的。

"喂!"

于途笑着侧身在她唇上吻了一下,"系好安全带。"

明天就是大年夜了,出城的车辆很多,乔晶晶还是开了导航,不是怕他迷路,主要是看看高速上堵不堵车。

开出小区没多久,于妈妈的电话也过来了,于途开车不方便,按了免提。

乔晶晶立刻噤声。

"妈。"

"你几点到家呢?"

"大概要十一点。"于途把在乔晶晶家逗留的时间也算进去。

"要给你留饭不?"

"不用了,我吃过了。"

于妈妈"哦"了一声,然后忽然叹了口气,叫他的名字,"于途啊。"

她叹着气说:"去年你大阿姨要帮你介绍对象,你不肯去见,今年人家都结婚怀孕了。你自己的终身大事也该要考虑考虑了,妈妈不是催你,但是爸爸妈妈毕竟也一年年老了,身体一年不如一年了……"

说到后面她的声音开始嘶哑,情绪也很悲观的样子。于途心里一紧,顾不上解释自己已经有了女友,连忙问:"妈你怎么了?"

"没事,就是忽然想起来说两句,你快到的时候给我们打个电话。"她掩饰般地说了两句,急匆匆地挂了电话。

于途心里不安,把车停在了路边,拨打了父亲的手机。电话一接通,他直截了当地问:"妈怎么了?最近身体怎么样?"

"没怎么呀,好着呢,天天看电视。"于爸爸大着嗓门。

于途松了口气,"她刚刚打电话给我情绪好像不对劲。"

"没事。她神经病,看电视剧看的,就是那个谁演的,我们这的大明星乔晶晶,最近不是在放她演的电视剧吗,你妈天天看,昨天好像她

(六)见婆婆

演的那个角色的爸爸得了绝症了,你妈边看边哭,刚刚看重播又哭了,说这姑娘命苦,跟她说假的她说你不懂,随她去吧。"

于途:"……"

于爸爸发了一大通牢骚,最后意犹未尽地挂了电话。

电话这头的两人陷入一阵沉默。

"……这个剧,是有点狗血……但是收视率很高的……"

"你们大过年的放这样的剧情,是不是有点不善良?"

"电视台安排的啊!"乔晶晶叫屈。

于途重新发动汽车,无奈地说:"看来我只能把女主角带回去给她看看了。"

"其实再过几集她爸爸就有救了,不过接下来几集是很虐……"乔晶晶嘀咕着,不知怎么的脑中忽然灵光一闪,连忙叫道:"我想到了。掉头掉头,去玲姐家里,我想到送你妈妈什么礼物了,比之前准备的礼物好多了!"

鲸市。

于妈妈在家里一边看电视,一边等着于途,忽然手机响起来,她接起。

"妈,我下高速了,再过二十多分钟到家。"

于妈妈看看墙壁上的钟,才十点出头,"你怎么提前了?"

于途"嗯"了一声说:"本来要先送一个朋友回家,现在改行程了。"

于妈妈也没多想,她知道儿子用奖金和积蓄新买了车,下意识觉得大概是同事或者同学之类的搭顺风车。挂了电话,她也坐不住了,干脆叫上于爸爸一起下楼等。

在楼下等了十几分钟,一辆黑色的轿车在路口出现了,正是沪市的牌照。她想着应该就是于途的车了。果然,车子开到她面前停住了。车门打开,好久不见的儿子穿着一件她从没见过的帅气大衣从车上下来。

"妈,你怎么下来了?"

她上前迎了一步,正要说话,眼角余光中却见副驾驶座的车门也打开了，一道窈窕的身影从车的另一边出来。

她不由就是一怔。

儿子顺路带的居然不是男同事？

她还来不及从"儿子顺路带的居然是女孩子"的震惊中回过神来，那道窈窕的身影已经走到了她面前，朝着她便是甜甜地一笑。

"阿姨你好，我是于途的女朋友。"

"听说你看电视剧不开心，就帮你把后面的全部要来了，你从三十集开始看，后面一点都不虐，可甜了。"

她笑眯眯地捧着（来不及拷贝直接从玲姐家抢过来的）电脑，眼睛都笑成了小月亮，可甜了。

于妈妈看看她，又看看她手里的电脑，再看看一旁带着笑的儿子，整个人都呆了。

第二天下午，客厅里，于妈妈召唤了七大姑八大姨一起看剧。这剧最近可红了，大家都在追。

于途的大阿姨很震惊："你哪来的啊，后面这么多集都有，电视里才放到二十集，这盗版也太快了。"

"哪是盗版了，正版！"正得不能再正了，女主角亲手给她的。

"这能拷给我不，我让我家彬彬来拷。"

"不能，就只能在我家看，电脑我要还人家的。"

大姑看了一会，想起来问，"于途呢，不是昨天就回来了。"

"去朋友家吃饭了，帮人家扫雪去了。"于妈妈脸上浮起一丝笑容。

"这个时候还去别人家吃饭，对了，你给于途说没，相亲的事儿。"

"还没说，不说了。"于妈妈一脸淡定地指着电脑屏幕上的女主角说，"我现在想要一个这样的儿媳妇。"

大姑："……"

（七）探班记

玲姐语录：你去探于老师的班，进不去，于老师想探你的班，探不起。
乔晶晶：不存在的！

人生在世，总有一些不得已。比如说，居然要和某个"全世界都知道你们不和"的人一起演戏。

当然，就算全世界都知道，当着众人的面，该演的戏还是要演的。就是对方有点夸张，片场一见面，对方一个箭步冲上来，热情地抱住她，"晶晶，我好想你啊，哎，你最近皮肤好好呀。"

乔晶晶好气！一万年才长一颗痘痘怎么就给她看见了呢。

虽然措手不及，但是这种虚伪的事情乔晶晶怎么可能会输？她反手就是一个更用力的拥抱，热情洋溢，"琦琦，我也好想你，亲爱的你最近是不是瘦了啊。"

emmmm……

对方是著名的易胖体质了……

既然大家都是这么虚伪的女明星，拍起戏来当然也特别热闹，半个多月的戏拍下来，简直各种暗潮汹涌。

所以，当小朱得知于老师居然要来探班时，整个人都开始担忧起来。于老师来探班当然好，以前也去晶晶别的剧组探过，但是这次不一样啊。对家的富豪男友前几天才来探过班呢，特别浮夸地开了好几辆车，简直就是一个车队，给在沙漠里拍戏的剧组运送了无数吃喝物资。

于老师怎么才能打败人家啊。

偏偏自家艺人还特别开心，一点都没意识到问题所在。

探班那天早上，化妆间里，等化妆师走了，小朱忍不住问："于老师要来，你就不担心吗？"

乔晶晶莫名其妙地瞥了她一眼，"担心什么？这部剧又没什么吻戏。"

小朱："……"

太可怕了，连女明星最基本的攀比心都没有了！

"于老师怎么突然有空要过来啊？"

"我也不知道，他前天才跟我说，就说今天中午到，问他在哪里也不说。"乔晶晶有点怀疑他有工作任务在附近，然后出于保密要求不能跟她说。会不会也在这片沙漠里呢，他们航天不是经常在大戈壁之类的地方做试验吗？

不过这些猜测她就不跟小朱说了。

"他大概十一点左右到，我多半在拍戏，你在外面等等他。"

小朱还是忍不住："那要不要让于老师给剧组大家带点东西啊，上次那个谁的男朋友，带了那么多，我们可以找玲姐报销啊。"

乔晶晶："……你小小年纪怎么这么爱攀比！"

小朱："……"

明明是你自己每次都说一定要比对方美！

"上次周小琦的男朋友有点夸张，其实导演有点不高兴了，你没看出来？"

小朱诚实地摇摇头，她就顾着去抢吃抢喝了，毕竟对家的东西白吃就是赚到。

"打扰到拍戏了。再来一次这样的，他肯定要炸，所以于老师悄悄地来悄悄地走最好了。"

乔晶晶调整了下唇色，转过椅子，正色地说："平时我问你我有没有比她好看什么的都是闹着玩的，你别当真了。要比就比作品知道吗？

比什么男朋友，什么风气啊。我家于老师这么聪明优秀英俊潇洒我拿出来碾压别人了吗？没有！因为自己强才是最重要的。"

乔晶晶给小助理灌了一堆鸡汤，又吹嘘了男友，有点口渴了，喝了一口热水，高高兴兴地总结陈词——"所以我比她好看就行啦！"

……如果不是最后一句话，差点被她说服。

但是事实上就是会比嘛，而且就是比最表面的东西。要是于老师两手空空地来，肯定暗地里会被说的。

真不想看见周小琦助理那得意洋洋的嘴脸！

怀揣着这种担心，小朱时不时从棚里窜出去看一下有没有车来。沙漠里阳光毒辣，长时间待在外面等是不科学的。

等到第十次窜出去的时候，终于看见一辆有些沧桑的越野车远远地出现在视线尽头，小朱立刻爬到了一个略高的地方挥手。

越野车看见了她，笔直地朝她开过来，稳稳地停在她边上。车门打开，车上的人下来，小朱正要招呼，却在看清来人时，张口结舌地停住了。

这、这是于老师？

他怎么突然变装秀了？！

从越野车上跳下来的男人穿着高帮军靴，长裤束在军靴里，长腿笔直，上身穿着一件迷彩冲锋衣，戴着墨镜。其实是沙漠里最普通的防晒防沙装扮了，但是不知道怎么到了他身上，竟别有一种英俊不羁的酷烈气息。

当然当然，于老师平时就很帅，但是但是，现在是不一样的帅啊啊啊！

在小朱灵魂的呐喊声中，于途迈开长腿走到她面前，摘下墨镜，向她展颜一笑，"小朱，好久不见。"

这一瞬间，小朱心里只有两个字——赢了。

对家的男朋友来一万个车队都没用，于老师这长腿军靴秒杀一切啊。

小朱扫掉了一切担忧，美滋滋地把人往里面带，果然一路上吸睛无数。乔晶晶正在和导演对戏，站在监视器前和导演不时看剧本商讨着什么。

于途便和小朱安静地站在一边。

过了一会，导演合上剧本，"先这样试试。"

乔晶晶点点头，往镜头前走，这时她才看见于途，眼睛顿时亮了一下，但是立刻便收敛心神，站在了镜头下。

"《黄沙》第十八场第一镜！"

"啪"的一声。

现场顿时鸦雀无声。

这场戏一共拍了三遍导演才示意OK，乔晶晶非常沉着地先到导演那看了看效果，然后才不慌不忙地朝于途走去。可惜不慌不忙了没两步就忍不住了，飞快地跑过去，带着一身沙子撞进了于途怀里。

"于途。"

于途稳稳地接住她，一瞬间好像全身心都被填满了，可是紧接着心里却是一声叹息。距离上次相聚他们又是一个多月没见了，可惜这次他又是来去匆匆。

两人一时忘情，小朱在一旁连连咳嗽，试图用自己并不伟岸的身躯帮他们挡住剧组众人打量的目光。

乔晶晶这才从于途怀里挣脱，跟导演打了声招呼，把于途往自己休息的地方带。

"你怎么前天才告诉我啊？我都来不及安排，剧组的通告都是提前几天排的，没法改。"

"我前天才确定时间。"

乔晶晶倒走着跟他说话，"你是不是在这附近有任务啊？如果不方便回答可以不回答。"

任务已经结束了，于途倒是能回答她了，"对，昨天刚结束，今天早上撤离。"

"也在这片沙漠里？"

"再往里两百公里。"

两百公里啊……其实已经算他们俩很近的距离了，可惜还是见不到。乔晶晶情绪有些低落，但是很快又振奋起来。

"那你下午看我演戏吧，下午的戏还挺好玩的呢。然后等我收工了我们在附近玩一玩，也算公费沙漠旅游啦。"

"晶晶。"于途的声音有些歉疚，"我晚上六点必须赶到机场，和同事们一起回北京。"

乔晶晶一怔，停下脚步："你今天就要走？"

"是的。"

乔晶晶不说话了，到了休息室，关上门，默默地把头扎进了于途的怀里。于途揽住她，叹了口气。"对不起。"

"有什么对不起的，我也很忙。"

安静了一会，乔晶晶气呼呼地说，"等这部戏拍完，我要休息两个月。"

"好，那个时候我应该也会空一点。"

"真的？"

"起码不用出差。"

乔晶晶心里好受了些，"你午饭还没吃吧，我让小朱给我们拿两份午饭。"

于途看了下时间说，"不忙，我们先把正事做了。"

正事……什么正事？

乔晶晶还没从低落的情绪中彻底脱离，就被他搞得面红耳赤，她现在还带着演戏的妆呢，脏兮兮地，怎么做正事啊，下午还要继续演戏也不能洗掉……于老师口味怎么这么狂野，还要来角色扮演？

乔晶晶脑洞在奔驰，期期艾艾地说："可是我下午还有两场戏。"

于途说："我一个人就可以。"

乔晶晶："？？？"

一小时后，乔晶晶端着盒饭蹲在某个角落面无表情地看着于途捣鼓着一个铁疙瘩。

哦，两个。其中一个已经绑在杆子上竖起来了。

副导演在旁边观察了一会，走过来问："晶晶，这是你朋友？"

"不是。"乔晶晶冷酷无情地说，"是我请来的维修师傅。"

副导演："？？？"

他一头雾水地跑了，没多久，导演背着手十分有派头地踱过来了，他咳了一声，于途和晶晶一起站起来跟他打招呼。

"继续继续。"他好奇地蹲下来，"这是在装什么呢？"

"信号增强器。"于途回答道。

导演一时没听清："什么？"然后恍然说，"哦哦我知道了，我记得我们装了？小黄是吧？"

不知何时又跟过来的副导演大力点头，"装了，但是还是不行，信号格看着比没装之前好了，但是其实没啥用处。"

"嗯，晶晶跟我说过。"于途一边调试着设备一边解释，"这个设备市场上良莠不齐，你们买的质量可能不太好，回头记得拆除了，质量不好的主机没什么用，对基站干扰也比较大。"

副导演听得蒙蒙的，但是这不重要，"那你这个可以？"

"应该可以。"这套设备是于途委托专业的朋友买了寄到他们试验队当地的向导家中的，买的时候他都不确定自己有没有时间过来，幸好还是抽出了时间。

又调整了一会，于途说，"可以了。"

"我试试。"副导演立刻拿出手机试了一下，一分钟后惊喜地说："真的好多了。"

"哟。"导演也很惊喜，"这真要谢谢你，帮我们解决了大问题啊。"

"不客气，我也是为了自己。"于途微微笑了一下，侧头看向乔晶晶说："你们这里的信号实在太耽误我睡眠了。"

2019/05/26
某论坛娱乐版块。

标题：刚刚吃到两个一线花巨好笑的瓜

内容：lz朋友圈内人，最近在跟一个组，双女主a和b吧，一向不和，a上一部电影大爆了更红点，但是b也一直女一的，会在一起当然是因为大导。然后前阵子b的男朋友去探班了，阵仗非常夸张，带了日料师傅烧烤师傅麻辣烫师傅现场做，高端有接地气也有，还有一个饮料车，你敢信？他们拍戏的地方很偏僻的，搞这些真很不容易，总之很豪了。

然后昨天，a的男朋友也来探班了，就悄悄地来，一个人开了辆很旧的越野，啥吃喝都没带，但是！请容许楼主用八万个感叹号表示！！！

他让大家手机信号满格了！！！

前面说过他们拍戏地方很偏的，信号很差，打电话都经常掉，更别说上网了。他带了一个什么自己组装的设备？lz没太听懂，反正搞一搞信号顿时好很多了。

据说整个剧组都感动哭了。

走的时候大导还塞了点东西给他路上吃2333333

这叫什么……

知识就是力量？

1L：楼楼你这也太好解码了，qjj？zxq？

2L：笑了三分钟，简直神展开。zxq岂不是气死了。

6L：qjj男朋友是航天局那个吗？真的是人才哈哈哈哈哈，打滚笑。人家探班送吃送喝，他送信号。

8L：代表自己表示可以不吃日料不吃烧烤但是必须有信号啊！

10L：我也要信号哈哈哈。

16L：楼主我想知道zxq什么反应？

27L：我说，你们没注意到糖吗？qjj男朋友是带着设备去的吧，所以人家有备而来啊，千里迢迢就是为了让女朋友信号好一点，方便跟他联系啊。理工科男人浪漫起来真要命，我已经甜哭了。

28L：甜哭+10086

（八）家

于途走出实验室，脱下白大褂换上了自己的风衣。关在跟在他后面，瞄了一眼，鄙视地说："自从谈了恋爱，越来越人模人样了啊。"

于途神情淡定地关上衣柜，"嫂子买的衣服你敢不穿？"

"谁跟你似的，我多有原则，不轻易妥协，衬衫能有T恤舒服？"关在骄傲。

"这倒是。"于途思索了一下说，"不过现在还是按着她喜欢吧，以后再说。"

这话说的……关在揣摩着这个"以后"难道是结婚后？所以他这是打算先从了，结婚后再原形毕露？关在看着于途，顿时感觉这是个骗婚渣男了。

于途夹着资料和关在一起向办公室走去。毕竟人要衣装，于途原本便高瘦挺拔，只是穿衣服比较随意，如今被乔晶晶一收拾，步履间姿态之潇洒俊逸的确更胜从前。

到了办公室，于途说："今天我和你一起下班。"

关在在经过两年的治疗休养后终于在上个月回到了工作岗位，当然，他还不能出差和进行太过繁重的脑力劳动，加班更是被夫人和领导明令禁止万万不行的。

不过新一代加班狂人居然要和他一起下班？关在顿时心里有数了。

"你家公主殿下今天回上海？"

"嗯，从国外拍外景回来。"

"有空带公主殿下来我家吃饭？我老婆老惦记着她。"关在有点酸溜溜的。

"这次应该有空。"于途眉目舒展，"不过殿下不喜欢这个称呼，下次吃饭你再这么喊她，会发脾气的。"

关在和乔晶晶也见过好几次了，不知为何两人颇有点幼儿园小朋友式的不对付，让于途和沈净又好气又好笑。

于途其实私下跟乔晶晶说过让她让着些关在，乔晶晶却不以为然，"你们这么小心翼翼他反而不开心的，再说我和关在又不是真的有矛盾，闹着玩啦，你看他和我斗嘴的时候多有活力啊。"

果然此时关在眉毛一抖，切了一声："我怕吗？"

于途说："跟我发脾气，还有，嫂子那里她会告状。你们两个几岁了？"

于途到家的时候刚好五点。

打开门，屋子里一片静谧，客厅里却多了两个行李箱。

他不出声，动作很轻地推开卧室门，果然，那个人已经缩在他的被窝里睡着了，柔软的长发凌乱地散在他的枕头上，只露出一张精致的小脸，长长的睫毛甜甜地覆盖着，像个梦一样。

于途走过去俯身亲了她一下，并不用力，却还是把人惊醒了，她睁开眼看了一下，手臂环上他的脖子。

"还要。"

于途轻轻地笑："我换个衣服陪你睡觉？"

"好呀，我飞机上都没睡。"

于途脱下外套随手搭在椅背上，解开衬衫换上了睡衣，乔晶晶侧躺着，眼睛一直盯着他，于途瞥了她一眼，走近，上床前先拿手盖住了她的眼睛。

乔晶晶眼前一黑，然后被子被掀开，她就被人搂进了怀里。

"看什么？"

于途的声音低低地，像有钩子似的。自从和于途在一起，乔晶晶就发现于老师这人表面上一脸高冷……实际上，嗯，有点斯文败类有点浪。

"好久没看见你脱衣服了啊……"她把脑袋蹭进他怀里。

于途声音顿时低沉了好几度，"不是说飞机上没睡？"

乔晶晶不答他，手却开始不安分，"你这么忙怎么还有肌肉啊？"

"实验室里也要搬砖。"此刻言语已经多余。于途抓住她的手，吻上她的发丝，然后一点一点向下蚕食，咬住了她的唇。待吻透了，开始解她的睡衣，乔晶晶抗议，"先脱你的，扣子膈人。"

于途嗯了一声，先把自己衣服脱了。

过了一会，乔晶晶又抗议，"你慢点啊……"

一贯的娇气又意见多，这回于途却没顺着她了。

云散雨收。乔晶晶更困了，于途一手抱着她，"这次休息多久？"

"明天你去上班，我也要走了。"

于途身体僵了一下，有些克制地说："上次不是说休假两个月？"

"可是电影超期了一个多月，又出国补之前电视剧的镜头，然后下一个工作又接上了。"

抱着她的人一下子没了声音，良久，从胸臆间长长地叹了口气。

乔晶晶把脑袋埋在他怀里，有点酸涩，但是想想明天，又偷偷笑了。

出国后繁乱的工作让乔晶晶的生物钟彻底混乱了，睡到九点又醒了过来。于途不在卧室，也没在客厅，乔晶晶推开书房的门，果然，他正在电脑前工作着。

察觉到门口的动静，于途抬头，"醒了？"

他关闭电脑起身，"我给你留了晚饭。"

晚饭是清粥小菜，每次她从国外回来，就只想吃这个。当然，于途差不多也只会这个了。乔晶晶在餐厅里喝着粥，喝着喝着忽然觉得有点不对。

于老师是不是太冷静了啊,按以往惯例,她明天要走的话,这时候不是应该不舍昼夜或者准备不舍昼夜吗?

但是于老师现在……

她瞥向客厅,居然在看书?!

乔晶晶带着疑惑去漱口,抬头一看镜子,她感觉她找到原因了。

在飞机上十几个小时,到了他家倒头就睡,然后又一番体力运动,她现在实在有点蓬头垢面。

乔晶晶赶紧洗了个澡,把自己收拾干净,然而等她吹干长发出来,于途竟然还在看书,只是地点改在了床上,听到她的动静,他眼神都没抬一下。

乔晶晶走到床边,"你去刷牙洗脸吧,我好了。"

"在外面卫生间洗过了。"

"哦……你要睡觉了?"

"嗯,前阵子一直加班,今天早点睡。"

说完于途放下书,伸手关掉了灯,"你也尽量早点睡,调整下时差。"

乔晶晶:"……"

乔晶晶哪里睡得着,在床上翻来覆去。于途不会是生气了吧,应该不会呀,他又不是没放过她鸽子。

窗外有微弱的光透过窗帘照进来,堪堪能看清枕边人一点轮廓。于途闭着眼睛,似乎已经陷入熟睡。乔晶晶看了一会,无聊地叹了口气,又翻了一个身。

才翻过去,就听于途的声音在背后响起。

"之前你睡觉的时候,玲姐给你打电话了。"

乔晶晶身体一僵。

"我接的。"

乔晶晶："……"

"你有什么要跟我解释的？"

……完了，忘了串供。

乔晶晶连忙坐起来，为自己辩护一万字："那个，你知道，有一种东西叫情趣……再说，再说我也没骗你啊，我说明天早上走，又没说晚上不回来。今天太匆忙了我本来打算明天去陆家嘴拿点东西把家里布置一下给你个惊喜……"

于途看着她，乔晶晶终于说不下去了。最终于途叹口气，说了句"算了"。

他说，"懒得跟你讲道理。"

乔晶晶还没反应过来，就被他一把拖了过去，直接反身按在了床上，随即睡衣就被扯开了……

这回于途完全没了之前的温柔，放纵又肆意，攻城略地毫无余地。到后来乔晶晶有点受不住了，开始求饶。

"我错啦，再也不骗你了。我真的想明天给你一个惊喜的。"

"我惊喜吗？"于途发丝垂落着，已经被汗水打湿。

"嗯……于途……"乔晶晶呻吟了一声，细碎地叫着他的名字。然而他的力道却丝毫不减，简直在逼迫她回答似的。乔晶晶都快哭了，断断续续地回答，"不、不惊喜。"

"到底休息多久？"

"两个月。"

"这次不骗人了？"

"不骗了。"乔晶晶手臂圈上他汗湿的背，绵软地恳求，"我住在这里天天陪你。"

于途盯着她，节奏终于渐渐徐缓了些，乔晶晶觉得自己哄他的力气都没了，只能被动地承受着。

再度倾泄之后，落在她脸上的吻终于变温柔了。

乔晶晶这次是真的筋疲力尽昏昏欲睡，朦胧中，好像听到于途在问她话。

"今天回来有没有发现家里有什么不同？"

"没有啊，我回来就睡觉了。"她迷迷糊糊地回答。

"我把北面的小卧室改造了。"大概看她真的困得不行了，于途最后在她眼睛上吻了一下说，"明天早上带你去看。"

乔晶晶却被勾起了兴趣，奋力撑起眼皮，"我现在就想看。"

裹好睡衣下床的时候乔晶晶腿一软差点跪了，但是她还是坚强地拒绝了罪魁祸首的帮助，步履特别从容地走到了北面的小房间。

门一推开，乔晶晶不由愣住了。

她记得以前这个房间里放了一张单人床，堆了一些杂物。可是现在单人床和杂物已经不见了，取而代之的，是一个崭新的衣帽间。

于途在她身后说："上次你说要休息两个月，我想你大概会陪我住在这里。可是我家晶晶那么爱漂亮，衣服鞋子放不下怎么办？"

"所以你就把这里改成了衣帽间？"

"嗯。颜色喜欢吗？"

"喜欢。"

乔晶晶回答着他，心里却忽然有点闷闷的。他应该很期待地等着她休假吧，结果她还拿这个跟他开玩笑。

"我增加了一些功能，控制面板在这里……"

乔晶晶忍不住搂住他的腰，"这是你送给我的礼物吗？"

于途停住了原本要说的话，揽住她，"这算什么礼物，是你住在这里要用的，这最多算……"

他略一停顿，仿佛在思考怎么措辞似的，然后低头一笑说："筑巢。"

（九）日常之和朋友聊聊天

于老师负责筑巢的话，那她就负责在巢里装饰点小花小草？

阳光漫洒的秋日早晨，乔晶晶坐在客厅，认真地拿着手机买买买。

绒毛地毯、抱枕、餐布、花瓶、好看的茶杯……说起来于老师家这种极简黑白灰风格她早就想改造一下了。

浏览了一遍购物清单，实在想不到还有什么可买了。乔晶晶放下手机，又去衣帽间溜达了一圈，出来后心满意足地再度拿起手机。

不过这次不是购物了，而是发微信！

先发给玲姐。

"于老师为了我把家里改造了哦，你要不要来参观？"

然后复制粘贴给小朱。

"于老师为了我把家里改造了哦，你要不要来参观？"

最后稍微改一改发给正在上海拍戏的闺蜜。

"我男朋友为了我把家里改造了哦，你要不要来参观？"

很快三条回复就来了。

玲姐："……好吧，我正好有事找你。"

小朱："要\(^o^)/"

闺蜜："滚！老娘八百场戏。"

中午，玲姐和小朱带着午饭和乔晶晶让小朱收拾的衣服鞋子上门了。玲姐进了门，没看见于途，"你家于老师呢？中午不回来？"

"他上班时间早上八点到下午四点半,中午哪有时间回来啊。"

司机师傅把最后一个箱子送上来后就离开了,玲姐关上门:"你让小朱收拾这么多衣服,于老师这放得下吗?"

乔晶晶嘿嘿一笑,"不是说改造了嘛。"

她立马把两人拖到她的新衣帽间,"看,于老师把这里做成我的衣帽间了。"

小朱看了一眼立刻表示:"哇好漂亮,黑灰色衣柜配玻璃门很有感觉哎。"

玲姐:"……"

的确挺现代挺漂亮的,但是用得着这么夸张吗?小朱还能不能有点节操了?

"外形不重要。"乔晶晶欲扬先抑地谦虚了一下,"主要是功能,我们家房间小,于老师怕我的衣服挂不下,所以衣柜上下两层都做成了挂衣杆,上层的能自动升降。"

她按了下门边墙上的控制面板,一个衣柜的玻璃门立刻向两侧滑开,再按一下,上层的挂衣杆灵敏地向外降落下来,大概是因为空间有限,降落到一半的时候两侧支撑的杆子还折叠弯曲了一下。

玲姐这才觉得有点意思,但是仍然觉得她小题大做。"这个不错,可以多挂很多衣服,不过你陆家嘴家里的衣柜也有这个功能,你这么大惊小怪做什么。"

"不一样。"经常帮乔晶晶打理衣帽间的小朱最有发言权,"晶晶家里那个很沉的,说是自动的,速度可慢了,还有噪音,我后来都自己拿凳子踩着拿还快一点。这个就很快的样子,而且一点声音都没有。"

"就是就是,还有你看转角柜……"

乔晶晶把衣帽间的功能一一展示,玲姐自己上手试了下,终于有了兴趣,"于老师哪定制的,回头把联系方式给我,我也想把家里的衣帽间改改了。最上面就应该做这种自动升降的,才够挂衣服。"

乔晶晶就等着她问呢,立刻一抬下巴,得意洋洋地回答:"柜体是定制的，可以给你，里面这些功能就没办法了，于老师自己改装的。"

玲姐一愣，"不是吧？他还能弄这个？"

"这没什么难度吧？他不是都能设计航天器嘛。"乔晶晶理所当然地说，"他说他一开始打算买的，结果去市场上看了一下，带这些功能的都太贵了，而且比较笨重，就回来自己画图了。"

自己设计的确很强，但是太贵了所以自己动手这种理由居然这么直白告诉女朋友？玲姐对于途简直双重服气了。

"你那个衣帽间的确花了几十万。"

万事不管的乔晶晶才知道自家衣帽间花了这么多钱，有点吃惊："居然这么贵。"

她摸了摸衣柜，顿时对它产生了新的感情，感觉自己简直省了一个亿。

小朱在旁边研究了一会，却是有点担心，"晶晶，这个挂衣杆的确比我们家里的轻很多，但是衣服挂多了会不会弯啊？"

"不会的。他说这个材料耐高低温和抗辐射性能比较差，但是质量轻强度高，还便宜好买，做挂衣杆绰绰有余。他们材料也要很懂的，肯定没问题。"

玲姐有点蒙圈，"材料还是他自己选的？那不耐高低温到夏天会怎么样？"

乔晶晶："……"

乔晶晶："他说的是应该是太空里的高低温，正负几百度的那种。"

玲姐："……哦。"

她觉得自己的智商好像被鄙视了，连忙咳嗽了一声，转移话题，"小朱给你带了午饭，我也还没吃呢，一起吃一起吃。"

吃过午饭，三个人一起整理衣服。玲姐看她还拿了一些厚衣服，明显是打算天冷一点的时候穿的，问道："你这两个月打算一直住这？"

"当然啊，这里他上下班方便，反正我就家里宅，住哪都一样。"

"于老师这房子虽然不大，格局倒是很好，他要不是娶你应该够用了。"

乔晶晶："……娶我也够用了！"

玲姐："呵呵。"

"这房子买了多少钱？现在外环外也要四万左右了吧。"

乔晶晶想了一下，"他买的比较早，好像那时候是两万左右？首付还问他爸妈借了一些，前几年还给他们了。"

"贷款买的？"

"肯定啊。那时候他才工作能有多少钱，现在还有十几年贷款呢，每个月要还一万多。不过他吃饭都在单位，又不要通勤，除了买书也不怎么花钱。其实只要身体健康，压力也不大啦。"

玲姐听着听着停下了手，心里忽然有些说不清道不明的感叹。

她家以前买起珠宝和奢侈品来眼都不眨一下的大明星，现在蹲在地上一边收拾衣服，一边絮絮叨叨跟她说每个月还一万多的贷款。

可是这样的情景，却让她莫名地觉得心头踏实。她觉得自己大概太多愁善感了，此时此刻，不过一起收拾个衣服，竟然有一种一切尘埃落定的感觉。

她有点掩饰地故意批评乔晶晶："那你还让人家买车，人家房子还有贷款呢。"

"不是我让他买的啊。"乔晶晶叫屈，"去年过年不是要去见家长嘛，他要是开我的车好像是不太好，叔叔阿姨也会觉得怪怪的吧。正好去年他们研究院奖金制度改革了，他团队和个人都拿了不少奖金。他这两年很拼的，又升职了，买车没什么压力的。"

整理了半天衣服，三人颇有点腰酸背痛，转到客厅休息喝茶。乔晶晶非常主动地端茶倒水上饼干，颇有主妇的架势。

小朱顿时十分感动地支持乔晶晶住这里，"要是住陆家嘴，我就不算客人了，哪里有这个待遇啊。"

乔晶晶塞了块饼干到她嘴里，"你跟着我到处跑也挺累的，这两个月你不用管我，带你妈妈出去度个假，费用找我报销。"

"等等。"玲姐打断她们,"你难道这两个月真的一点事都不干?上次跟你说的综艺你考虑好了没?也就抽出十几天功夫。"

乔晶晶头一摆,"不干,我答应于老师了,两个月就两个月,一天都不能少!"

玲姐:"……你这是不是叫恋爱脑?"

乔晶晶这才正色起来,"跟你开玩笑的,不是因为于老师,你看这两年有好剧本我拒绝过吗?我不会为了恋爱牺牲事业的,但是以后演戏以外的工作我真的要减少了。"

"还说不是为了于老师?"

"真的不是。"想了一下,她又改口,"也有他的影响吧。"

"我毕竟是个演员,综艺再爆,广告再火,只能带来短期的关注和流量,时间长了,这些都是会湮没的。最后大家总结的时候,只会看我有哪些拿得出手的角色和作品。其实以前也明白这个道理,但是年轻,到处跑也忙得过来……其实也是有遗憾的。"

乔晶晶停顿了一下。"有两个角色,我现在想起来,觉得那会如果有更多时间去揣摩,会演得好很多。现在年纪往上走,我不想选择抓住青春的尾巴着急变现。我们这一行,一旦心态急了,作品就会立刻体现出来,口碑只会一点点坏掉。当然我肯定会有戏演,但是不过是流水线上千篇一律重复自己的女一号,那又有什么意思呢。我就没有价值了。我不想这样。于老师有理想,我也有。于老师会越来越有价值,我也不想走下坡路。所以以后我会减掉不必要的消耗,保持状态,把更多精力投入到作品里。"

这一段话,乔晶晶说得很慢,还有点零碎,好像也是在边思索边说。

玲姐陷入了沉默。

乔晶晶看了玲姐一眼,机警地补充了一句:"这样才能红更长的时间!"

玲姐的思绪被她打断:"……你就是想光明正大地骗假期是吧?"

乔晶晶:"= =是沉淀!"

玲姐后来便没有再说什么,又闲扯了一阵八卦就和小朱一起离开了。路上却给她发了两条微信。

玲姐:"我赞成你的想法,我会想一想,怎么调整以后的路线。"

玲姐:"你和于老师虽然谈了两年的恋爱,但一直聚少离多,俗话说恋爱容易相处难,真正相处过才知道合不合适。其实本来我挺担心的,现在倒不担心了。"

乔晶晶:……

等一下!

你是不担心了,但是你干吗还要告诉我。被你一说,忽然意识到这个问题,我开始担心了啊!

于途回到家中的时候乔晶晶正一脸沉思。他看了看,"玲姐和小朱走了?"

"她们说不做电灯泡。"乔晶晶随口答他,然后忧心忡忡地说:"于途,我们这次一起住这么长时间,会不会忽然发现性格不合啊?"

于途扬眉,"以前我教你打游戏的时候不就天天在一起?早上九点到晚上九点,我每天六点钟起床十一点到家,你忘记你怎么剥削我时间的了?"

乔晶晶有点不好意思,那时候她哪知道他到她家几乎要两个小时啊。她争辩说:"那时候不一样啊。"

他们那会还没谈恋爱呢!

"的确不一样。"于途想了想,居然认同了她的说法,"那时候我们相处时间是白天,现在我要上班,在一起更多都是晚上,不过晶晶……"

他一脸严肃地问,"晚上,我们哪有时间不合?"

乔晶晶:"……"

流氓!

（十）日常之和朋友吃吃饭

乔晶晶的宅居生活就这样开始了。

第一天，积极生活，家务，插花，运动，泡茶，在阳光下看书（重点：涂了防晒的），研究菜谱，感觉灵魂得到了升华。唯一的败笔是和某人一起做了顿不堪入目的晚饭。

第二天，依旧积极生活，换了本感觉靠谱的菜谱，但依旧和某人一起做了一顿不堪入目的晚饭。

第三天，那就再换一本菜谱吧，反正买了很多ヽ(´▽`)ﾉ

第四天，受到了打击，不想积极生活了，刷手机睡觉打游戏……晚上吃面条……

第五天，于老师居然加班了，是不是想逃避现实？……回来的时候带了他们食堂的卷饼，好吃！

第六天，去关在家混饭，获取关夫人做菜小技巧若干，获取关夫人远程指导承诺。

第七天，终于勉强还算能吃了！庆祝一下去看了电影。

第八天，网购的抱枕拖鞋绒毛地毯桌布餐具茶杯等等等都到了，于老师家软萌指数上升100%！

第九天，淘宝买的体重秤也到了……？？？怎么还胖了？

"控制体重啊，要是不注意，宅两个月你能胖十斤。"玲姐在电话里苦口婆心。

"不可能的，于老师做饭真没天赋，吃不胖我的，他高傲的自信心已经被打击得七零八落了你知道吗？我这是虚胖，是前前天去他同事家报复性吃太多了还没消化。"乔晶晶信誓旦旦地保证。

见鬼的前前天吃太多还没消化，玲姐懒得理她，想起来问："你去他同事家了？他同事知道他和你谈恋爱？"

"知道啊，之前去探过几次病来着，我跟你说过的。"

"哦记起来了，你让我从香港带保养品的那个，那其他同事知不知道？"

"应该不知道吧，又没人问他，总不能他主动去说。"

玲姐"嘿嘿"笑了两声，"我想起一个帖子，上次忘记发给你看了。"

很快她就在微信上发了个链接过来，乔晶晶点开。

标题：我表哥在上海航天工作，我就八卦了一番，懂的进。

内容：楼主表哥哈工大毕业的，然后在上海航天工作，楼主去上海玩，表哥正好有空就请我吃饭，好久不见了而且表哥三十了，没啥好聊的，尬聊几句就开始大家各自刷手机，然后我刷到别的小花恋情，就忽然想起来qjj，她男朋友不是上海航天的吗？顿时激动了，就问他有没有听说。结果表哥很震惊，说不会吧，他完全不知道，然后楼主就给他看了那些路人偷拍的照片，表哥说这能看出啥，不是糊就是戴口罩要么是背影，楼主灵机一动在b站找了比赛视频，表哥居然知道！说这不是80×所的某某吗！但是他不认识人家，不过我们终于有话题了，感谢qjj！

1L：抓住楼主，麻烦扩展下细节，你们聊什么？你表哥之前完全不知道？所以他们单位没人知道吗？

3L：他真的不知道，不过他们单位很大，里面有很多研究所，乔晶晶男朋友是80×，我表哥跟他不是一个地方。然后我表哥很技术宅，平时也不关心吧。

9L：摊手，以为一个单位的早就传遍了呢。

10L：航天院真的很多人啊楼上，万为单位的，几万人，而且不在一个研究所的话，不知道真的很正常。

17L：其实除了特别关注娱乐八卦的，都不太知道吧，我同学上次听我说都很惊讶。

21L：qjj这次谈恋爱是真低调……也就论坛有讨论度吧，微博完全没啥动静。

31L：对，他们单位很忙，经常号召大干一百天什么的，人很多，出差频繁，都不太关心八卦的样子。但是这人我表哥是知道的，看视频就能说出人家名字2333333。

38L：好奇了，那你表哥怎么知道她男朋友的啊？既然不是在一个所。

40L：23333你表哥知道他是因为长得帅吗？

49L：我也这么问我表哥，我表哥说……

因为帅啊。

哈哈哈哈哈，我差点喷了，仔细想想也是哦，我们学校有几个美女，我不认识但是也知道，长得好就是会被关注。表哥说他们所后面那个食堂比较好吃，所以他常去，然后也会常看见他，太显眼了。不过我表哥说这个人能力也很强，还有人家老师是院士！真学神有没有！

51L：@_@院士！

53L：忽然有点理解乔晶晶了。这是一个长期潜力股啊。

65L：肤浅如我，看脸就理解了。

66L：所以说qjj的黑，黑人家男朋友穷真是昧着良心吧。说实话以后搞不好是qjj沾人家的光。

乔晶晶正爬着楼，玲姐又发消息来。

玲姐："重点是659L。"

居然能讨论这么多楼？乔晶晶直接翻到了659楼。

659L：楼主来更新后续了！我表哥说他今天吃饭的时候遇见qjj男朋友所里的一个妹子，合作过所以认识（我怀疑我表哥暗搓搓喜欢人家），然后就跟人家聊起这个（我表哥居然还挺聪明的，说是表妹追星问他的——），那个妹子居然知道，说以前他们单位传过那个比赛视频，但是妹子又说可能不是，因为听说他去年还在相亲！

　　楼主就蒙了。都开始怀疑qjj和这位学神是不是真的只是同学……好像同学见面吃吃饭看看电影逛逛超市什么的也很正常？你看他们从来没被拍到过亲密动作吧？也没被拍到过一起进酒店去家里什么的吧？所以大家一直鄙视狗仔队不追是不是错怪狗仔仔了？说不定人家追了，发现真是同学没啥料呢……

　　乔晶晶："……"
　　直接截图发给了她的同学。
　　于途："……"
　　于途："大概是上次篮球场开玩笑的后遗症。"
　　晶晶："不，我不信，你一定和别人相亲了！"
　　晶晶：打滚哭.jpg
　　于途：无奈.jpg

　　这张靠墙抽烟的无奈表情大概是于途发的最多的表情包了，乔晶晶看见就想笑。不过于途居然发完图人就不见了。
　　晶晶："人呢？"
　　于途还是没有回答，乔晶晶琢磨他可能忙工作了，便没有再说话，自己玩自己的去了。
　　过了一阵子，于途直接打来了电话。"关在回来上班，我们几个关系好的同事打算给他接风，上个月太忙了一直拖着，刚刚我去组织了一下，就定在这个周六。"
　　"对了，我说，我带女朋友。"

　　聚餐的时间定在周六晚上六点，四点钟，乔晶晶就开始化妆试衣服,五点出头了,还没从衣帽间里出来。

于途看了下表,放下手里的书,提醒说:"晶晶,我们该走了。"

"再等我十分钟,马上弄好了。"

于途继续低头看书,"你不化妆就最漂亮了。"

"不可能,我天天在家里做家务已经苍老了。"

于途:"……每天扫地拖地洗碗的难道不是我?"

"可是我要洗菜做饭洗衣服擦灰尘啊。"

"做饭是我们一起。"于途提醒她。

"唉……"乔晶晶被触及了伤心事,"为什么你考得上清华做得了实验五连绝世却做不好一顿饭?"

"这说明做饭是艺术领域的事情,应该你加油。"

"不,反正我吃菜叶子也能活,你能吗?"

……他不能。

这一回合于途完败。

十分钟很快就到了,于途准时提醒,"五点一刻了。"

"来了来了。"

终于乔晶晶从房间里跑出来了。她穿了一件宽松的中长款卫衣,配牛仔裤小白鞋,抓了个松松的丸子头,灵动的双眸闪啊闪的,整个人明亮又朝气。

"好不好看?是不是很随意很自然感觉跟没化妆似的?这叫心机妆,弄起来很费劲的,你一直催我。"

于途目光在她身上停留了好几秒,然后不动声色地低下头,语气很随意地说,"逆光,走近点我看看。"

乔晶晶不疑有他地走近,才到沙发前,就被人用力拉到了身上。

"以前把我骗去你家修净化器,你化的也是这样的……心机妆?"

记忆力好又会举一反三的聪明直男好讨厌啊,乔晶晶立刻否认:"没有,我就随便擦了五斤粉。"

"哦?那加起来岂不是有一百斤了,玲姐不骂你?"

乔晶晶："……"

好气，好想打人。

"我那时候才没九十五！"

于途忍俊不禁，咬上她的唇，安抚炸毛的女友，"我倒是很喜欢。"

乔晶晶推他，"你别把我口红弄没了啊，要迟到了。"

于途说："现在太红了，不够心机。"

乔晶晶："……是吗？"

"嗯。"

……那好吧……再亲掉点……

等口红的颜色终于也心机了，他们出发的时候已经五点半了。半路上大孟打电话过来，"老于你们到哪了？"

于途按了免提："堵车了，估计要晚十五分钟。"

"哦那你们慢慢开，老关也还没到，对了，我们刚问了包厢有最低消费，这边大堂也有几桌，我们就改大堂了啊，二号桌。"

"还是改回包厢吧。"

"不用吧，这么讲究，虽然是你请客可是也不用浪费啊。"

"是这样。"于途思考了一下，决定把锅给自己女朋友背，批判地说："我女朋友有点娇气。"

乔晶晶："……"

"那好吧。"于途都这么说了，当然只能随他了。挂电话前大孟忍不住批评了一句，"老于，你当着嫂子的面这样说人家好吗？"

大孟折腾着又换到了包厢里。很快，除了于途，人陆陆续续地都到了，这次大家都带了家属，就大孟一个单身狗。大孟心里十分彷徨："今年过年回家就我会被催婚了？你们都什么时候谈的啊，之前都不吭声，一说带家属全都有了。"

小胡不好意思地说："才谈的，这不蹭饭么，就带来了。"

关在简直想扶额。

他们团队的情商是不是都被他跟于途占了，会不会说话？不过好在小胡身边的姑娘好像根本没觉得有什么问题，一脸笑呵呵很高兴的样子。

所以说什么锅配什么盖，像于途那种聪明过头的就该交给乔晶晶那种古灵精怪主意多的折腾。

"那老于什么时候交的女朋友，上次相亲的？"

关在忍不住说："大概就是他骗你微信小程序那会。"

大孟惊呆了："这么久了！不是，小程序这个事情你怎么也知道？"

在座唯一的女同事小尹笑着说："你自己到处诉苦你忘记了？"

大孟咕哝："我又没和老关说。"

关在忍不住吐槽："你的智商能不能分一点给情商，就不能跟于途学学？"

大孟这就不服气了："老于也没情商多高，刚刚打电话他当着他女朋友的面说他女朋友娇气非要坐包厢。"

人家那是情趣懂吗？你这个单身狗。

关在一阵无语，沈净听着都笑了，"别听于途瞎说，他秀恩爱呢。他们来探望过关在几次，他女朋友人挺好的，这饭店就是她定的，为了关在特意选的人少不嘈杂的地方，订之前还特意问我关在忌口。"

关在之前倒不知道这一茬，闻言不由格外舒坦，帮腔说："体谅一下吧，他女朋友的确不适合坐在大堂。"

大孟一愣："为什么啊？"

其他人却似乎想起了什么，若有所思，"难道……"

正说着，包厢门被推开了，服务员有点激动地声音响起："乔小姐，你们的包厢到了。"

包厢里的人瞬间都朝门口看去，就见于途牵着一个特别漂亮特别眼熟的妹子出现在门口，对众人说，"不好意思，我们来晚了。"

其实吃饭的时候还好，大家都十分镇定，最多批评了一下于途一直瞒着大家以及大孟反应过来后加了好几个硬菜。全程乔晶晶话也不多，主要还是围绕着关在的。等到吃完饭离开，于途的手机才开始炸了。

乔晶晶从浴室里出来的时候于途还在回复微信。乔晶直接爬到他腿上，把手机拿了过来。

群里大概已经聊了几百条，大孟说的话最多，简直几秒一条。

大孟：老于，你们是高中同学，不会已经恋爱十几年了吧？

大孟：我觉得有可能，我今天发现老于是个城府很深的人。

乔晶晶忍俊不禁："你看看你在你同事心里的形象，叫你骗人。"

看着微信聊天记录，她的思维忽然发散了一下，"如果我们高中就在一起了，现在会是什么样子？"

于途还没来得及回答，她自己就反悔了，"算了，还是别在一起了。那我说不定就不会走上现在这条路了，肯定没现在漂亮，也没现在有意思，算了算了。"

于途："……"

乔晶晶十分得意地总结，"哎，虽然晚了十年，但是你还是有这么漂亮的女朋友，开不开心？满不满意？"

全程就没抢到发言机会的于途还能说什么，当然是以实际行动表示满意了。

（十一）日常之和朋友演演戏

悠闲的周末午后，于途洗完碗去书房写论文，乔晶晶跟过去看了一会，发现犹如天书，送上一杯玫瑰花茶便闪去沙发看剧本了。

才看了两集，正要进入状态，号称八百场戏的闺蜜打电话过来。

乔晶晶走出去接电话。

闺蜜在电话里声音激动，"我听说你拍《黄沙》的时候男朋友去探班，把周小琦气死了？"

"……戏都杀青好久了，你哪听来的？"

"我才听说，哈哈哈，可把我乐死了。我不管，我要见见你男朋友，真是个人才。"

"好啊，等你有空一起吃饭。"

"那就今天？晚上没我的通告，你们到我家来吃晚饭，我上海的房子八月就住进去了你还没来过呢，我让人送大闸蟹来，六两一只的那种。我这部戏总算快杀青了，也算庆祝一下。"

"应该没问题，我问问他。"

"应该？？？还要问？"闺蜜顿时很气愤，"我请客哎，我哎，陈雪，他知道我多红吗？我请客还能不来？"

乔晶晶："……他女朋友也很红，你很了不起吗？"

乔晶晶挂了电话，回到书房，跑到于途的书桌前。

于途抬眸，乔晶晶问："你知道陈雪吗？"

于途依稀记得听乔晶晶提过几次,"你好朋友?是不是以前不让我看她前男友电影的那个?"

乔晶晶:"……对,她说晚上请我们吃晚饭。"

"好,"于途看了下时间:"五点半出发来得及?"

乔晶晶比了个OK。

于途拿起手边漂亮的玻璃杯(乔晶晶新买的)喝了一口,不由皱了下眉。

乔晶晶:"怎么了?"

"太甜了。"

他端着玻璃杯递到她唇边,乔晶晶就着他的手低头喝了口,"是有点甜,蜂蜜加多了。"

她拿过玻璃杯跑去厨房,"我帮你加点水。"

"你喝吧,给我一杯白开水。"

乔晶晶的声音遥遥地从厨房传来,"那不行,我今天喝过一杯了,再喝会长胖的。"

于途:"……那你把里面那些花拿掉。"

去见自己闺蜜,乔晶晶就懒得化妆了,等于途工作告一段落,换了个衣服就上路。一路上不停地接到陈雪的微信。

陈雪:"我喊了段吴和周影帝,没问题吧。"

晶晶:"没问题。"

都是很熟的朋友。

晶晶:"他们也在上海?"

陈雪:"我下一部电影和他们两个,昨天一起和制片方吃饭来着,刚问他们都还没走,就喊上了。"

陈雪:"对了,吃完饭打麻将不?"

晶晶:"不打,那弄得太晚了,他还要回来写论文。"

陈雪:"你男朋友不是工作了?写啥论文?"

晶晶："你对科研机构有什么误解= ="
陈雪："我明白了！"
陈雪："放心，我们也会表现得很有学术氛围的！"
？？？
她在说什么？什么学术氛围？
乔晶晶忽然开始担心了。

果然。
到了陈雪家，阿姨来开门，才走进大门，就听见一个浑厚的男声声嘶力竭地喊："我们必须拯救他们！"
乔晶晶：……
这是在干吗？
待走出玄关，往客厅看去，只见三位俊男美女站在客厅中央，人手一本剧本，正拿着剧本在对戏。

乔晶晶万万没想到是这样的学术氛围。
于途好像也有点蒙？

看到他们俩，客厅中的三个人停顿了一下，打过招呼后，一直被誉为国民男神的周影帝高冷地解释："我们下个月要一起拍电影，所以趁大家在一起抓紧时间对对戏。下一场是群戏，晶晶你过来帮我们串个角色？"
他看向于途，"不介意我们占用晶晶一点时间吧？"
于途礼貌地说："当然不会。"
乔晶晶一脸蒙呆地走过去，陈雪把自己的剧本给她看了下，"你演这个角色。"

……
不是……你们的电影关我什么事啊！

乔晶晶好委屈，她明明是在休假来着，结果却被骗来加班？

乔晶晶本来想糊弄一下，可是于途就坐在沙发上看着，她怎么可以输给别人，不得不认真地投入到表演里。

演完一段，四位演员凑在一起假装讨论剧本。

陈雪低声问乔晶晶，"学术不学术？文艺不文艺？"

影帝也绷着帅脸过来交头接耳，"本来我们是在玩斗地主的，听到你们来了，立刻牌一收开始对戏。"

段吴："我们这绝对是专业级的入戏速度。"

陈雪："就问你有没有体现学术氛围？有没有一种艺术的气氛？跟他们科学家比起来完全不输是吧？"

乔晶晶不想说话，只想把这段对话录下来给他们粉丝看。

看看你们的男神女神，崩不崩崩不崩？！

接下来乔晶晶又被他们拉着演了一段，结束后四个人坐回沙发上，乔晶晶感觉自己的灵魂已疲惫。于途一直在旁边看着，此刻神色却似乎若有所思，乔晶晶不由紧张了一下："怎么了？"

难道她刚刚在影帝的对比下发挥得不够好？

于途略一迟疑，问："这是一部科幻电影？"

乔晶晶说："是吧。"

于途沉吟了一下说："刚刚你们那段戏，有一处物理学上的Bug。"

影帝立刻看了过来。

五分钟后，影帝把于途说的Bug反馈给了编剧，十分钟后，业内著名编剧火速打来电话和于途探讨。

客厅里已经开始讲一堆让人听不懂的东西，陈雪把乔晶晶拖进了厨房，八卦兮兮地说："你男朋友真的很帅，我认证的帅那是真的帅，又有学问，怪不得能碾压周小琦那个富二代男朋友。"

她卸下了优雅女明星的表象，拉着乔晶晶的手兴奋无比。"我总算知道你为什么找他了,换我我也要啊。"

乔晶晶:"……重说。"

陈雪:"哦,我就是表达下欣赏,闺蜜的男朋友怎么能要呢。"

乔晶晶勉强满意了。

陈雪开始调咖啡,她就是用这个借口把乔晶晶拉过来的。"其实你这次恋爱,圈子里也有人酸的,说你千挑万选找了个工薪。我之前也有点不理解你为什么不选苏老板,苏冶这个人吧,很拿得出手,虽然有点毛病,但是又帅又有钱的男人哪个不尾巴翘上天。不过现在想想,他除了满足虚荣心,也没啥好处。钱我们自己就有,就选自己喜欢的呗,对方赚多少压根不重要。"

乔晶晶没好气地说:"根本没有选,谢谢!"

"知道啦——"陈雪拉长声调,"不过晶晶,假设,你不是演员,赚不到那么多钱,还会找你现在的男朋友吗?"

"我这么好看又勤奋,怎么会赚不到钱,当主播都财源滚滚好吗?"

"那要是你就是运气不好赚不到呢?"

乔晶晶白了她一眼,觉得她简直莫名其妙加逻辑有问题,"你是不是傻,要是真这样,当然更要紧紧地抓住他啊。"

回去的路上,于途嘴角一直微微带着笑,乔晶晶凑过去看他,"你高兴什么,因为被人家编剧请教了?"

"不是。"于途回答她,"我高兴我女朋友特别聪明,逻辑满分。"

乔晶晶眨巴眨巴眼睛。这是在夸她吗?虽然不知为什么,但是一点不妨碍她趁机飘一下,"你才知道。"

不过这样空洞的表扬到底有些隔靴搔痒,她追问:"你从什么具体事例里看出来的?"

具体事例?

于途想到之前他去厨房找她时意外听到的那番"当然更要紧紧地抓住他"的话,含笑说:"比如说,你把人家剩下没煮的螃蟹全都带回家。"

（十二）篮球赛

悠闲的日子总是过得飞快，转眼，乔晶晶的假期已经过了一半。这天于途本来说好要回来吃晚饭的，结果乔晶晶牛排都腌好了，下班前他却打电话来说晚上有篮球赛不回来吃了。

"你们所还有篮球赛？你怎么不早点说，我牛排都腌好了。"

"院里的半决赛，本来没有我，一个队员有事参加不了，临时换上的。"

"你篮球水平这么差吗？居然只是替补？"乔晶晶很震惊。明明高中时候他还是校队绝对主力啊。

那边沉默了片刻，叹息说："乔小姐，我老了。"

乔晶晶："……"

对哦，于老师虽然仍然英俊潇洒，但是毕竟已经三十多了，篮球这种高强度运动，应该不如刚刚毕业的小年轻们了吧。

但是他这语气简直是在故意卖惨，乔晶晶在电话这边扑哧就笑了。她是那种温柔体贴的女朋友吗？不是。所以她立刻高高兴兴地加踩一脚："对哦，于老师你都三十二啦！"

于途："……"

"你呢？我们不是一样大？"于途残忍地提醒她。

"不，我不是，我没有。"于老师太残酷了，怎么可以说出这么可怕的话。乔晶晶立刻否认三连，还搬出营销号的文章来自证，"前阵子还有营销号说我有少女感呢，绝对不是买的！"

"哦，我之前也是主动退出的，你看他们一缺人就找我替补，难道没有说明我的体力和水平比所里其他年轻人强？"

"好吧好吧。"乔晶晶又想笑了。他们俩现在是不是证明了成年人幼稚起来也很可怕啊？

"笑什么？"于途说着自己也忍不住笑了，"不信的话来亲眼验证一下，顺便给我加油。"

"啊？"乔晶晶一愣。

"你不是一直说要到我们单位吃食堂？带好身份证，我到门口接你。"

篮球赛还有一个小时就开始，乔晶晶这回来不及心机妆了，匆匆打了个底就出门。

到了于途单位门口，来接她的却不是于途，而是上次聚餐时见过的于途的女同事小尹，很爽朗的一个姑娘。

小尹大声地喊了一声"晶晶"，跑过来说："于途变成首发了，现在就要热身准备，让我来接你。"

乔晶晶连忙道谢。

"你身份证带了吗？"

"带了。"

乔晶晶从口袋里掏出身份证，两人一起到大门保安那登记。登记的时候当然要摘掉口罩的，保安接过身份证，带着一脸微妙的表情在她的脸和身份证之间来来回回看了好几个回合。

小尹正准备说话，保安忽然说："80×的访客是吧？"

小尹："……对。"

"呵呵，我知道。"保安的笑容特别大，"登记一下姓名，你也要登记。"

后半句话是对小尹说的。

把身份证押在保安那，小尹带着乔晶晶往里面走，边走边惊奇地说:"我还以为就我们所的知道了,没想到已经传到保安这了,八卦的力量太强大了。你今天一来,我估计明天知道的人就更多了,你们要有心理准备。"

"我不用准备呀,我又不上班。"乔晶晶促狭地说。

小尹哈哈笑了,"于途的饭卡最近遭殃了,请客请的,听说都去充值两回了。"

乔晶晶说:"已经回来诉过苦了。"

小尹又一阵笑。

乔晶晶还是第一次到于途单位,不免四处张望有些好奇,小尹就充当导游一路介绍,还特意提醒她不能拍照。

路过号称全上海最贵的光伏停车场,又走了好长一段路,才到露天篮球场。此时的篮球场上已经灯火通明人声鼎沸,里三层外三层围了不少人。

乔晶晶仿佛回到了校园时代,"好像大学啊。"

小尹说:"本来我们也有很多人才毕业,我们还有运动会呢,可热闹了。"

乔晶晶一路走来吸引了不少目光,到了场边就更引人注目了。不过她对这种关注早就习以为常,略带微笑地跟着小尹,目光搜寻着于途的踪迹。

小尹带着她往最里面钻,最后和一群姑娘站在一起。乔晶晶心想难道还有啦啦队吗?小尹介绍了一下,"都是我们所的同事。"

又介绍乔晶晶,"喏,于途女朋友。"

原本看着她有些拘束的妹子们登时笑出了声,纷纷说知道知道。她们对她的到来好像并不惊诧,倒是远处的男士们,发出了一些起哄的声音。

乔晶晶循声看去,于途正被几个球员起哄,他扭头看向她,笑容肆意又洒脱。

过了一会,他跑了过来,递给她一杯玉米汁,"来不及带你去吃晚饭了,先垫垫。"

"哦。"乔晶晶接过玉米汁,为他加油,"争取打全场啊,相信自己,老当益壮!"

于途没好气地揉了下她的头发,拍着球跑了。

周围的姑娘们都哈哈大笑,有姑娘拿出手机来要和她合影,乔晶晶当然没意见,就是有点担心,"不是说不能拍照吗?"

"自拍有什么不可以。"

理工男们大多比较腼腆,只有几个跑过来帮亲友要签名的,理工科的姑娘们却是活泼大方,还跟她谈论她演的电视剧。乔晶晶有点惊讶:"你们这么忙还看过我的电视剧啊。"

"有型号任务的时候是忙,但是不那么忙的时候会看,你的电视剧很红的。"

"以后是同事家属就更要捧场了。"

乔晶晶笑眯眯地:"谢谢谢谢。"

闲聊中,就听一声哨响,比赛开始了。

于途果然是首发出场。激烈的比赛一开始,聚焦在乔晶晶身上的目光便少了很多,人们不再关注她,全都紧盯着场内,为每一个进球呐喊助威。

乔晶晶一开始还矜持一点,到了后来,忍不住蹦跳欢呼起来。

"于途加油!"

"哇!三分球。"

"啊啊,进了!"

激动着雀跃着,乔晶晶双颊飞红。

她觉得她好快乐。

就好像在演一部最美的关于青春的剧集。

而心底最深处那些青春的缺憾,也终于在此刻无声无息地圆满了。

最终,于途所在的研究所以小比分战胜了对手。比赛结束,于途没回去换衣服,直接在场边披上外套,和众人招呼后,在一阵善意的笑声中带着乔晶晶离开了篮球场。

走在路上,乔晶晶颇有点意犹未尽。

于途说:"有没有输给年轻人?"

耿耿于怀的于老师好有意思啊,乔晶晶暗笑,抱着他的胳膊说:"唉,跟你自己比还是不如啦,以前高中的时候打篮球,你直接冲撞很多啊,现在都改投三分球了。这明显是体力……嗯,改技巧取胜了嘛。"

于途叹气,"能不能说点好听的?"

"哦,帅呆了。"乔晶晶停下脚步,踮起脚在他耳边说,"我好喜欢。"

灯光铺满了路面,于途拉着她,脚步忽然变得急切。而撩完他的姑娘却一脸我什么都没干过的样子,在门口保安那取回身份证,她还得意洋洋地把身份证在他眼前晃了一下。

"我证件照有没有美若天仙?"

不等他回答,她又从他外套里拿出他的工作牌和她的身份证放在一起对比,"我看看你的证件照有没有你说的那么帅,我们谁的证件照好看一点。"

这大概是只有在恋爱里,才会有的傻乎乎的行为。

可是此时灯火正好,低着头认真比照片的她一切也都那么好,于途看着她,心里那些关于欲的火焰不知怎么突然就变成了脉脉流淌的温热的柔情,流淌过他的心脏,穿梭于他的四肢百骸。

他不自觉地漾起微笑,跟她讲道理:"这怎么比得出来?做对比难道不要在完全相同的条件下?相同的灯光,同一个摄影师,同一个地点,才能得出正确的结论。"

"呃,要这么严谨吗?"乔晶晶都被他说愣了。

"要的。"他坚定地回答她,然后问,"所以,我们什么时候一起去拍证件照?"

（十三）婚礼的方式

"……这就算求婚吗？"玲姐屏息地问。

"当然！都这么明显了……"乔晶晶难得有些羞涩，声音都变小了。

玲姐："……"

这到底哪里明显了啊！

"所以你就这么轻易地答应了？"她想到一个可能性，惊恐地问，"你们不会已经领证了吧？"

乔晶晶翻了个白眼给她，"怎么可能！"

"那就好那就好，我就知道于老师不是那么不靠谱的人。"玲姐松了口气。

"我们打算下周回去见家长，嗯，算是订婚吧。"乔晶晶有点不好意思，"你和我们一起去吧。"

"你们订婚我去干什么？"话是这么说，但乔晶晶在这样重要的人生时刻邀请她见证，仍然叫她心里熨帖。

"那我要开始筹备婚礼了？"明星婚礼方方面面，经纪人要做的事可比父母多多了。

"是吧。"

"那可得好好搞。"玲姐脑中已经开始盘算场地嘉宾媒体，婚纱找谁定摄影师找谁回礼是什么，要不要赞助商……这些林林总总要一年时间准备。"你们想办什么样的？日子选好没有？"

"什么样的我还没想好，时间的话……"乔晶晶考虑了一下，"等我下一部戏拍完?"

玲姐眼前一黑,忍不住一声大吼,"下部戏才二十集你拍两个月,两个月筹备完婚礼?!你有没有结过婚啊!"

……她就随便说说,这么激动干吗。

被玲姐握着手声泪俱下地一番哭诉后,乔晶晶终于清醒了点,开始认识到自己身为一朵一线小花,办个婚礼真不是那么容易的事。

媒体记者就不说了,场地也是个大问题。国内办吧,非常容易走漏消息引起围观,海外基本可以否决,于老师保密单位,一年只能出国一次,护照都不在自己手里的。

乔晶晶深深陷入了苦恼,等见完双方父母,假期结束了都没想出什么完美的方案。直到某一天,她关注的于途单位的公众号发了一个征集令。

她点开一看,立刻激动地转发给了于途。

于途:……

乔晶晶懒得打字了,拨了语音通话,"快去报名。"

于途无奈,"别闹。"

"我没闹啊,认真的。"她滔滔不绝地说了一堆理由,意犹未尽还要继续说下去的时候那边似乎有人在喊她,乔晶晶应了一声后又转回来对他说,"我去拍戏了,你记得去报名,才二十个名额,你们单位那么多人,晚了就抢不到了。"

说完她就匆匆挂断了通话,徒留于途在另一头拿着手机无可奈何。

于途接电话的时候正和关在在食堂吃饭,关在喝着汤:"怎么了这是?"

于途收起手机:"婚礼的事。"

关在顿时来了兴致:"你们要怎么办?我还没参加过明星婚礼,是不是弄得很隆重?我要不要穿西装?"

"……她让我去报名单位的集体婚礼。"

关在差点被汤呛到:"什么?"

是的,乔晶晶发给于途的推文正是他们单位公众号发的"集体婚礼征集令"。

她在电话里激动地说了一堆集体婚礼的好处。譬如——

"不用操心媒体舆论,不会被评头论足婚礼细节,酒席不用自己定,嘉宾也只要请几个最亲近的人,这不是梦想的婚礼什么才是梦想的婚礼?我真是太贴心了,玲姐知道肯定会感动哭的。"

"你家大明星想法真是天马行空,不过你们也算不谋而合了,以前你看见同事参加,不还说这样省事省心嘛。"

于途皱眉:"我什么时候说过?"

关在说:"好几年前吧。"

于途毫无印象了。

关在咬着包子,"那你去报名?"

"报什么名。"于途十分沉着地说,"晚上她就想到别的方式了。"

毕竟乔小姐的婚礼方案已经从海边到草地到酒店又到海边了。

然而让于途没料到的是,这次乔晶晶竟然十分坚决,晚上一接通视频就追问他,得知他还没去报名,殷切催促他早点去。

第二天她又问他,于途无奈地说,"报了名就不能再改了,不然会浪费别人的名额,你确定你不会改变主意了?"

乔晶晶这回思考了三天,然后一脸正式地表示自己已经深思熟虑,于途也早有准备:"叔叔阿姨和玲姐那边呢?他们同意我就没问题。"

于途觉得乔爸乔妈和玲姐怎么也不会同意的,然而一周后,当玲姐和乔爸乔妈分别给他打电话说这样很特别也不错的时候,于途终于认识到,乔晶晶是认真的,她还把父母和经纪人说服了。

这天他难得地无法集中心神工作，早早就下了班。

回到家中，于途坐在沙发上，有些出神。

不知不觉中，他的家中已经有了太大的变化。窗帘被她换了颜色，沙发前被她铺了地毯，沙发上放了好几个颜色各异的抱枕，四处被她摆上了绿植和鲜花。她把他原本冷硬寡淡的屋子，装饰成了一个浪漫唯美的家。

她一直是那么爱美的，喝茶要用漂亮的杯子，吃饭要有好看的摆盘，每逢节日一定要有氛围，仿佛随时随地都能变出蜡烛和鲜花。

所以她怎么可能真的想参加集体婚礼。

于途拿出手机，在网上找到了两年前他看过的一个视频。

他点开，视频里，乔晶晶正面带微笑地接受采访。视频七分钟的时候，采访者问："那如果晶晶你自己结婚的话，会想要什么样的婚礼？你梦想中的婚礼是什么样的呢？"

"梦想的婚礼啊，我想想，一定要很浪漫很浪漫的那种，摆满了鲜花，邀请很多朋友……"

于途靠在沙发上，把这一段反复看了好几遍，然后猛然起身，拿起车钥匙下楼，开车驶入了夜幕中。

乔晶晶打开酒店房门看见于途时简直惊呆了，"你怎么会过来？难道明天是周末吗？"

她不确定地想去拿手机确认。

于途拉住她，关上门，直截了当地问："为什么要参加集体婚礼？"

乔晶晶一愣，"你开了两百多公里过来，就为了问我这个？"

"你说过，你梦想的婚礼一定要很浪漫，摆满鲜花，邀请很多朋友，晶晶……"

"等一下。"乔晶晶打断他，"我什么时候说过？"

"2015年，一个婚戒代言的采访。"

乔晶晶无语了，"这个你也信？采访被问这种问题肯定只能现场编一个啊。"

于途寸步不让,"那你想要什么样的婚礼?"

乔晶晶安静了一下,问:"你是不是觉得我是考虑到你的经济状况才想参加集体婚礼?"

于途看着她,"晶晶,我也想竭尽所能。"

乔晶晶望进他的眼睛里,嫣然笑了,"谢谢你。我要嫁给你,你当然要为我竭尽所能。但是这次,我真的只是想要一个单纯的婚礼而已。

"你知道我在一个万众瞩目的名利场,结婚要考虑太多的事情。想要保密,可是只要操办起来就不可能。想要只请几个最亲近的朋友,可是也许就有人心里怪罪。最后整个婚礼或许会变成一个社交场,我们要和人不停地应酬拍照,也许随便出一点小问题就会被送上热搜。可是如果我们参加你们单位的婚礼,这些问题就不存在了啊。我们可以很单纯地做一对新郎新娘,虽然是和很多对新人一起,但是我反而觉得这样才是只有我们两个人,一对一的,一心一意的,没有纷纷扰扰,不需要关心舆论应酬。

"而且就算和许多人一起举行婚礼又怎么样呢,这个世界上每天都有那么多人在同时结婚,我们本来就只是那么多人中一对普通的小夫……嗯,青年夫妻啊。"

乔晶晶被自己说笑了,眼眶却不由有点热。

"婚礼是两个人的事,是你给我,也是我给你。"乔晶晶眼眶微红地看着他,好认真地问,"这样的婚礼,你会觉得委屈吗?"

（十四）婚礼

婚礼报名的地方是在院团委办公室。

第二天一上班，于途就风尘仆仆地出现在了院团委办公室门口。负责报名的是一位四十多岁的大姐，恰好认识于途，看见他很诧异，"小于？你来这做什么？"

于途打了个招呼，说，"我来报名参加集体婚礼。"

大姐顿时沉默了。

自从那场篮球赛后，于途的女朋友是谁整个八院谁不知道，他报名参加集体婚礼？

"小于啊。"大姐思虑再三，语气沉重地问，"你……换女朋友了？"

于途："……没换。"

"哦。"大姐沉稳地点点头，深思的表情起码在她脸上停留了三分钟，然后动作迟缓地递给了他一张报名表。

报完名，才走出院部，于途就接到了张教授的电话。"到我办公室来一趟。"

到了办公室里，于途坐下，张教授也是思虑再三，开口，"那个，你是不是……"

于途说："没换。"

张教授一愣："什么？"

于途一本正经地说："没换女朋友。"

张教授这才反应过来，哭笑不得，"谁问你这个，你要换了院部的人能打电话给我？"

被他一打岔，张教授也开门见山了，"我是想问问你，是不是经济上有点周转不过来？如果有困难，我和师母可以帮忙。"

"谢谢老师和师母，不过没什么问题。我和晶晶就是想简单一点办婚礼。"

"那小乔是同意了？"

"是她提出的。"

张教授不由诧异，"她提出的？"

"嗯，"于途笑，"她一直……比较调皮。"

于途想起昨晚后来他问她，如果参加单位婚礼也有人不停找她合影怎么办？

她好像早就考虑好似的，高高兴兴地说："那我们仪式完了就跑啊，要是自己办婚礼就不能跑了。"

语气简直满怀期待。

"不过她想得有点简单。"于途笑了一下，"她以为会在院里办，所以不用担心媒体，但是这肯定不可能。所以昨晚我们也商量了一下，如果不能保密，那大概会对其他同事产生影响，我们就不参加了。刚刚我也是这么问院部团委的。"

张教授倒是来了兴趣，"婚礼前保密没什么问题，我们保密最在行了。我去打招呼，这两年都是我担任证婚人，这个面子他们要给我。到时候你们也可以在婚礼要举行的时候才出来。"张教授说着说着已经开始帮他们出谋划策。

"不过万一中途泄密了，你们打算怎么办？"

"那看什么时候泄露的。"昨晚后来他们实在胡扯了很多，于途严肃地说，"要是比较早，我们就改别的方式，要是举办婚礼时才泄露，我们就立刻跑了，等老师你那边主持完了，再找个地方给我们主持第二场。"

张教授简直瞠目结舌:"你们这是办婚礼还是打游击,简直胡说八道。"

这可不就是乔小姐的胡说八道吗?

于途忍不住笑。

张教授这才察觉自己被套路了,不由又好气又好笑,看着自己如今神采飞扬的得意门生,他心头也是一阵感叹。"你总算也要完成人生大事了,我很高兴。小乔是个好姑娘,好好待人家。"

于途收起笑容,万分郑重地说:"我会的。"

阳春三月,天气晴朗,春暖花开。

一大早,郊区某新建的五星级大酒店门口就竖起了"情系航天"的牌子,今天,二十对上海航天集团的新婚夫妇将在这里举行婚礼。

早上九点,布置得浪漫喜庆的休息大厅里,新人们正在婚礼志愿者们的安排下化妆造型,等待着去参加十点三十八分在酒店宴会厅举行的婚礼。

忙碌嘈杂中,大概只有大厅最里面,落地窗前的一对新婚夫妇特别安静。他们背对着大厅,面朝落地窗外的草坪坐着,悠闲地喝茶,看手机,大部分时间凑在一起喁喁私语。

年轻的志愿者小王朝他们看了好几眼,忍不住跑过去,略带腼腆地说:"于总,乔小姐,如果有什么需要你们叫我啊。"

"好。"新娘隔着薄薄的头纱,客气地朝她微笑。

小王觉得有些炫目。本来觉得电视剧里看着就够美了,但是真人简直美到会发光啊。于总什么运气娶到这么美……哦不对,小王看看旁边的新郎,于总也是真的帅,而且科研能力又那么强。总之这一对真是太般配了。

"不过我们都弄好了。"新娘小声说,"今天起得特别早,刚刚还在外面拍了不少婚纱照。一会等我们爸妈从展厅回来,我们再出去拍一会照。"

这次集体婚礼航天集团安排得特别周到,亲友们一大早都被接去看航展了,差不多十点才会到酒店。

小王连连点头,"今天天气好,拍照特别出效果。"

她说着也不自觉地放低了声音,"我们今天才知道你们也参加婚礼,真是太震惊了。你们放心,我们所有工作人员会保守秘密的。"

"谢谢,麻烦你们了。"这回是英俊的新郎朝她道谢。

"不客气不客气,应该的。"小王连忙摆手,关心地问,"刚刚你们进来没人注意到你们吗?"

"我们从那个小门悄悄进来的。"新娘指了指边上直通草坪的一个小门,"他们正忙着化妆呢,自己结婚不会关注别人的。我们过来感受一下气氛,十点二十八分所有人一起从这里出发去宴会厅对吗?"

"对。不过你们没参加彩排,到了宴会厅,婚礼流程怎么样要不要再跟你们说一遍?"

"不用了,我都记住了,这方面我经验可多了,会带着你们于总的。"新娘狡黠地笑着。

新郎于是也笑了,对她说:"我有BDS,你放心。"

哎呀,要不是她也是航天人,这狗粮简直听不懂,小王被他们两个弄得脸都红了。

"那我去忙别的了,有一组化妆师不知怎么到现在还没来。"说完她就赶紧跑走了。

大厅里的气氛已经焦灼起来,有四位新娘的化妆师始终没出现。婚礼负责人和新郎新娘们不停地朝门口张望着。

一个志愿者气喘吁吁地跑进大厅,神色焦急地跑到婚礼负责人面前:"刚刚电话打通了,那组化妆师坐的车和别的车撞了。"

负责人吓了一跳:"人没事吧。"

"没事,但是都受了点轻伤,肯定来不了了。"

负责人一边放了心，一边又着急起来，一下子少了四个化妆师，这怎么忙得过来。他们办婚礼的地方又在郊区，临时再找也来不及了。

她当机立断，"小林，你去问问酒店有没有什么办法。"

刚刚报信的志愿者立刻跑了出去。负责人拍了拍手掌，吸引大厅里所有人的注意。

"有一个事情，我们约好的一组化妆师忽然来不了了，现在我们缺四个化妆师。我想问一下，我们的志愿者里有人会化妆吗？新娘有会自己化妆的吗？"

志愿者们面面相觑，新娘们则一下子急了。

"我平时都不化妆。"

"就算化妆水平也很差啊，怎么跟化妆师比。"

她们委屈得都快哭了，谁不想结婚的时候特别美丽呢。

负责人也焦急："那其他化妆师快点来得及吗？"

一位化妆师为难地说："我们化妆造型一体的，肯定来不及。"

小王站在一旁，也是束手无策，焦急中，她瞥见角落里那位英俊的新郎忽然站了起来，点头朝她示意。

她来不及多想，立刻跑过去。

到了他们面前，新娘子朝她灿然一笑，说："你们缺化妆师吗？我的团队就在楼上。"

十分钟后，一队造型时尚的男男女女一人拖着一个行李箱宛如走T台般走进了休息大厅。

走在最前面的年轻男人在负责人面前停下脚步，"我们是乔小姐的化妆团队，请问哪些新娘需要我们化妆？"

负责人蒙了一下，这些是化妆师？怎么和他们请的化妆师画风完全不同啊。不过她立刻反应过来，把他们往新娘们面前带："是她们四个，新郎也要稍微打理下。来得及吗？还有一个小时就要婚礼了。"

年轻男子打量了一下新娘们："新娘们这么漂亮，当然来得及。"

紧张的气氛一下子被驱散了，新娘们终于露出了笑容。

化妆师们纷纷打开行李箱取出巨大的化妆包，年轻男人一边摆着化妆品，一边目光在大厅里搜寻着，最终目光定格在了角落，他朝那边眨了下眼，吹着口哨开始工作。

休息大厅里重新有序地忙碌起来，一位还没轮到做造型的新郎起身到饮水机那倒水，却遇见了一个绝对不应该出现在这里的人。

"于途？"他惊诧地看着在饮水机前低头接水的男人，"你怎么在这，你也参加集体婚礼？"

"不对。"才说完他就自己否定了，"怎么可能，你女朋友不是大明星嘛。那你今天搞这么帅干吗？"

一身西装笔挺的，他猜测，"难道是伴郎？谁这么想不开找你当伴郎。"

于途接完水，抬头一笑说，"不，今天我也是新郎。"

同事登时愣住了。

于途回到座位，把水杯递给乔晶晶，等她喝完水，他拉起她："走吧，我们离开这里。"

乔晶晶站起来，"爸妈他们过来了？"

"还没。"

"那我们去哪？"

"你不是说被发现了我们就跑？"

"呃？"

他们被发现了？

乔晶晶回望大厅，好像的确有点小骚动，然而还来不及细看，她就被于途从小门拉了出去。

小门外是草坪，她穿着高跟鞋和婚纱不好走路，于途一把横抱起她，乔晶晶惊呼了一下，"我们真的要跑吗？"

虽然有点刺激，但是好怕被爸妈们打屁股啊。

"不跑。"他边走边在她耳边说，"我忽然有点紧张，担心弄错流程，我们去现场练习一遍。"

他就这么抱着她，穿过草坪，从另一个门走进了酒店。进了酒店大门，乔晶晶连忙说："你放我下来吧。"

"真的要我放下来？有人在看我们。"于途低声笑。

就是有人看才让他放下她啊，众目睽睽下这个姿势好羞耻。等等，好像不对，一放下来大家不就看到她的脸了？虽然有面纱隔着但是也不一定保险啊。

现在好歹只有于途一个人被看见一个人丢脸。

她把脸往于途的颈窝里更努力地藏了藏。

"那你快点。"

到了二楼婚礼宴会厅门外，于途终于把她放了下来。双脚一落地，乔晶晶连忙左右看看，还好，此时宴会厅门口并没有人。

于途握着她的手，看着宴会厅紧闭的大门。

"我们就在里面举行婚礼。"

"嗯。"乔晶晶也看向大门。

"开始排练？"

"好。"乔晶晶竟然有点紧张了，明明只是排练而已。

"婚礼开始前，工作人员会把我们带到这里，然后一对一对新人依次入场，我们是最后一对入场的新婚夫妻。会不会太后面了？"

"不会呀。"乔晶晶说，"我从来都是压轴出场的。"

"我觉得也是。好了，我们进场了。"

他深深呼吸，推开了宴会厅的大门。

漫天的星辉顿时倾泻而出。

乔晶晶霎时睁大了眼睛，脱口而出，"好漂亮。"

她惊喜地走进宴会厅，一时间宛如置身于一片深蓝色的星海。头顶是纱幔线帘勾勒的夜空，各种灯饰化作繁星点缀其中，身畔是白色玫瑰组成的花海，而通向舞台的道路上竟然也投影着无数星星，当她拖着裙摆走上去，就像拖着裙摆漫步在银河。

于途站在原地看着她在银河里转圈。

"好浪漫啊。"乔晶晶忍不住掀起头纱，看得更真切一些，"你们航天专业的人真的太浪漫了，婚礼居然是星空主题的，怎么想到的。"

"大家一起选的。负责人把我们单位的人拉了一个群，大家一致投票给了这个主题。"

"你早知道了啊？你们还参与了婚礼设计？"乔晶晶有点惊讶。

"嗯，大家都很积极。"

"你在里面没被人发现吗？"

"我用了小号。可怜我出了不少主意，却不得不深藏功与名。"

乔晶晶好笑，"我才不信，最早我想自己办的时候，你明明什么好主意都没想出来。"

于途笑，伸出手，"来，别乱跑，我们进场了。"

"哦。"乔晶晶跑回来，把手交给他。

"接下来我们一起走向舞台。"

"嗯。"

他们手牵着手，认真地在门口站定，然后一步一步地，踏着星星走向舞台。

宴会厅里其实本来有几个人在调试设备，这时却不约而同地停下了手上的工作，愣愣地看着他们。于途和乔晶晶完全忽略了他们的目光，此时此刻，在这个梦幻的宇宙里，只有他们彼此的存在。

他们走到了舞台上。

"我们站在这里。"他拉着她在一个有点偏的位置站定。

"你记得很清楚啊,根本不需要我导航嘛。"

于途轻轻地笑,"我当然记得清楚。"

"那然后呢?"

乔晶晶眼睛亮闪闪地看着他。

"然后,司仪会宣布婚礼正式开始。

"我的老师会为我们证婚。"

我们的父母亲友会在台下无比欢喜地看着。

我们要交换戒指。

宣读誓言。

互许终身。

最后在万千星光中,璀璨银河里,我可以拥抱你。

对你说。

于途揽过乔晶晶的腰,低头吻住她,说:"我爱你。"

（十五）基地探班

时光匆匆，转眼就是四年。

这天，在横店拍戏的乔晶晶接到了于途从出差的地方打来的电话。

于途在电话那头说："今天中午我去食堂吃饭，排在我前面的两个小姑娘是其他所的，我听到她们在讨论我。"

乔晶晶"哼"了一声："你现在也是有粉丝的人了，找我炫耀吗？"

于途在他们婚礼前不久被任命为首个小行星探测器的副总设计师之一，前年又被任命为搜神号行星探测器的总设计师，作为航天领域最年轻的总师之一，也有了不少年轻的崇拜者。

"我怎么会找你炫耀粉丝。"于途笑，"我听见一个小姑娘说，她对我幻灭了。"

乔晶晶顿时好奇了："你干了什么，人家怎么就幻灭了？"

"她说，'今天我在会议室外碰见于总，没想到于总看上去那么学术的人，手机桌面居然是女明星'。"

乔晶晶："……"

于途叹气说："幸好她跟我接触不多，不然她会发现这个女明星的照片我还一周一换。"

乔晶晶笑出声："这两个小姑娘念书一定很专心，从不关注八卦。"

不过或许跟她一直以来在婚姻上特别低调也有关系。四年前他们成功地在婚礼结束后才被媒体发现，然后各种社交媒体就炸了。她发了微博告诉粉丝自己结婚了，却没有带照片。虽然媒体很快翻出了他们一起参加王者荣耀比赛的视频,但是到底比本人发照片影响力要小很多。随着时间的流逝,她不提,就更只有粉丝和特别关心娱乐圈的吃瓜群众关注了。

"后来你解释了吗?"乔晶晶饶有兴趣地追问。

后来那两个小姑娘买完饭,回头看见他都惊呆了,尴尬得不得了。于途本来点点头就算过去了,吃着饭却改变了主意,觉得实在不能让自己的形象受损。

"后来吃完饭又在门口看见她们,我特意走过去跟她们说,'我手机桌面是我老婆'。"

"于总你好幼稚啊。"乔晶晶在电话这头笑不可抑。

"不过我看她们好像不太相信。"幼稚的于总说,"所以你要不要帮我证明一下?"

"这个怎么证明,发微博吗?"乔晶晶哭笑不得。

"那倒不用,不过或许可以来我这探个班,顺便看个火箭发射?你的戏不是快杀青了?"

"啊?"乔晶晶愣住了,然后迅速地反应过来,"我可以去吗?你在火箭发射基地?我要去!你在哪啊,现在可以说了吗?"

那边被她一连串问题逗笑了,解释说:"可以来,这次院里组织了一个家属探班活动。

"我在海南,文昌发射中心。"

看火箭发射怎么能顺便,明明看于老师才是顺便→_→

半个月后,海南。

乔晶晶比原定时间晚了两天才到海南,没办法,遇上天气不好拍不了外景,杀青时间晚了两天。飞机在海口美兰机场一落地,她就给于途发了微信。

"我下飞机了。"

然后又在这次探班的家属群里发了一条。"我到海南了,不好意思晚到了两天。"

这次航天部门组织的家属探班活动一共十个名额，主要是针对搜神号科研人员的家属，于途所在的80×作为抓总研制单位拿到了三个名额，其他七个家属则来自五湖四海其他参与研制的研究所。

负责这次活动的后勤工作人员专门给家属们拉了一个微信群，以便大家联系。不过航天人们并没有被拉进群里，毕竟发射任务在即，也不好太多的聊天记录打扰到他们。

群里迅速有了回复。

"我孙女早上还打电话我问签到名没有，你快来。"这是搜神号首席科学家肖院士的夫人赵教授。

"不晚不晚，没错过发射。"这是来自天津的男家属王大哥。

乔晶晶一一回复了他们，然后便收起手机，和小朱玲姐她们一起去拿行李。

从美兰机场到文昌还有一个多小时的车程。车子玲姐早就安排好，上了车，乔晶晶拿出手机，于途仍旧没有回复，多半是在工作中。倒是群里又刷了好几条，大多是欢迎她的，只除了一条。

"晚两天来挺好，没啥意思，感觉是来帮忙洗衣服的。"

乔晶晶微微有些诧异。说话的人她认识，是于途同一个研究所同事小胡的妻子小李，这些年大家在聚餐时见过几面，印象中是个腼腆寡言的妹子，可是这句话却颇有些怨怼的味道。

不过这个群里毕竟有工作人员和其他家属在，说这话好像不太合适。

果然，她说完之后冷场了好一会，过了好几分钟工作人员才冒出来打圆场。

"等任务结束一定有时间让大家和家人开开心心地玩过瘾，乔老师你真的不用我们到机场接吗？"

乔晶晶回复他："刚刚在拿行李。不用麻烦你们啦，我有人送，到了基地门口麻烦你接我一下就好。"

工作人员："那一定的。"

司机按照工作人员给的导航把车开到了文昌发射基地一个较偏的门口。大门已经在眼前，车子开始减速，坐在副驾驶座的小朱忽然"哇"了一声，"晶晶，是于老师来接你！"

"咦，他怎么有空？"乔晶晶惊讶地打开车窗，果然在基地门口看见了于途挺拔的身影。他这时也看见了她们，举步朝他们走来。

车子停住了，乔晶晶迫不及待地跳下车，一把抱住行至车前的于途，"你怎么来了？今天不忙吗？"

于途接住她，"正好有时间。"

玲姐在后面简直没眼看，咳嗽了一声，提醒她基地门口把守的军人们正看着呢。

于途含笑向玲姐小朱道谢："玲姐，小朱，麻烦你们了。"

玲姐说："不麻烦，我们也来海南度假。"

小朱连连点头："晶晶说给我们报销。"

乔晶晶嫌弃地说："你什么时候旅游我不给报销了？"

小朱立刻彩虹屁："老板万岁，百年好合。"

于途失笑，"小朱越来越活泼了。"

玲姐说了下她们的安排，"阿国带着孩子和小朱妈妈已经到三亚了，我们在三亚玩几天也过来看发射。我看昨天官方新闻公布了，说是周六晚上发射对吧？这次你们这次发射挺受关注的，好像央视还有直播。"

小朱说："就是不能像晶晶一样在发射场里面看了。"

"镇上有几个观看点也很不错。"于途推荐了几个地方。

玲姐说："酒店里也能看？"

"应该可以。"

"那挺好的，到时候我再跟酒店确定一下。行了，那我们走了啊。"她急着去跟老公孩子会合。

乔晶晶挥挥手欢送她们。

等玲姐和小朱离开，于途拖着行李箱带乔晶晶到门口安检。航天基地因为涉密，都是由军人驻守。乔晶晶把自己的身份证递给安检的军人小哥，于途则在访客登记簿上登记。

军人小哥核对完身份证后，把证件还给了乔晶晶。于途还没登记完，小哥看了她好几眼，最后红着脸憋不住地说了一句，"乔小姐，我从小看着你的电视剧长大的。"

乔晶晶："……谢谢。"

扎心了小哥。

于途在旁边不给面子地笑了出来，乔晶晶偷偷踢他，于途边低头登记边训练有素地小走位闪避，等登记好，递还登记簿的时候他还十分礼貌地代她向人家再度道谢："谢谢你从小到大的支持。"

小哥脸更红了，憨憨地摆手："不用不用。"

乔晶晶："……"

唉，小哥你这样以后怎么找女朋友啊。

不过于老师这么欠揍的都能找到，小哥应该也不难？

受到打击的乔晶晶蔫蔫地跟着于途过了安检，很快又新鲜起来，因为她发现于途居然开了一辆敞篷电动车来接她。

就是旅游景点常见的那种可以坐十几个人的旅游观光电动车！

感觉有点酷。

乔晶晶立刻爬上最前排的副座，"你怎么弄了这么一辆车来接我？"

"借到什么就是什么。"于途把她的行李箱拎到后排，坐上驾驶座后又拿出一顶早就准备好的大草帽，"给你防晒。"

于老师肯定是世界上学习能力最强的直男了，乔晶晶满意地把草帽往自己头上一扣，催促他，"走了走了，导游开车。"

观光车悠悠地行驶在宽阔的椰林大道上。头顶着蓝天白云，吹拂着轻柔海风，目光所及之处尽是绿地椰树，乔晶晶舒服地靠在椅背上，觉得连日来赶戏的疲惫一扫而空，整个人身心都轻松了。

"这里简直像旅游景点。"

"这个基地本来就兼具旅游和科教功能。"

"导游你很失职啊,也不给我介绍一下。"

"哦。"于导游应了一声,开始背资料,"文昌航天发射场是我国四大发射场之一,也是唯一的低纬度发射场……"

乔晶晶:"……这些我百度百科上看过了!"

于途:"食堂非常好吃。"

乔晶晶:"还有呢?"

于途:"我要在这里把搜神号送入太空。"

他目视着前方开着车,唇边带着淡淡的笑意,眉宇间尽是自信的神采,乔晶晶看着他,心中也豪情澎湃起来,"好吧,那这里是我最喜欢的发射场了!"

她指着远处矗立的巨大钢铁建筑问,"那个是发射塔架吗?"

"是长五的发射塔架,另一个是长七的。"

"那两个很高的白色建筑是什么?"

"总装测试厂房。"

在她叽叽喳喳的问题中,观光车转了个弯,开进了一条较为狭窄的路,两旁的椰子林好像更密了一点,静谧而幽深,乔晶晶安静了下来,一会问他,"你们这里有没有监控啊?"

观光车忽然减速,徐徐停在了路边。

乔晶晶疑惑地扭头,"干吗停……唔……"

她的嘴唇突如其来地被堵住了,于途俯过身,一手扣住她的草帽,一手按住了她的手,吻得深切又温柔。

她不太努力地挣扎着,"你干什么?"

于途抽出空回答她,声音有些低哑,"你问有没有监控不是这个意思?"

……那的确有那么一点点,但是你怎么领会得这么快啊?!

乔晶晶神思迷乱地问:"那有吗?"

"当然有。"于总师说,"我们保密单位。"

乔晶晶瞪他,然后在他满是笑意的眼睛里用力一拉,反吻了回去。

反正保密嘛……那还怕什么?!

（十六）你是我的荣耀

于途把乔晶晶带到基地里他住的宾馆后，就匆匆赶去加班了。事实证明，于总师亲自来接这种事果然是昙花一现，天天忙得不见人影才是常态。不过乔晶晶对此倒没什么落差，来之前她就有心理准备了，毕竟搜神号探测器发射在即，他们的工作肯定很紧张忙碌。

她连日来赶戏也累得很，于是也先好好地休息放松了一下，然后就开始愉快地度假了。

不得不说基地里真是个度假的好地方，空气新鲜风景优美不说，还包吃包住。而且行动又自由，完全不用出个门还要戴口罩什么的，虽然第一天难免被多看几眼，但是很快大家就习以为常了。

乔晶晶先把基地里允许去的地方单刷了一遍，然后就开始在家属群里呼朋唤友，号召大家一起组团去刷基地外的小镇。

家属群一下子活跃起来，本来嘛，探班不等于旅游团，基地也没有组织太多的活动，在家人忙工作的情况下家属们难免有些无聊。但是乔晶晶一来，气氛立刻不一样了，大家顿时有了旅游团团长！

很快于总就在百忙中接到了同事们的各种意见。

有感谢的比如肖院士。

"你太太很不错，自从她来了我家赵教授再也不说无聊了，天天在外头玩得开心，就是晚上一回去就拉着我看照片。小于，关于拍照这个事情我有点小意见，你看要不要跟小乔说一说？比如说同一个地方是不是不用帮赵教授拍十张？我老眼昏花，实在看不出哪张更好看。"

当然也有投诉。

"以前我回去老婆都给我用电饭锅炖着补汤,你老婆一来,就只有外面带回来的夜宵了,有次我回去了他们还没回来。"

于途向乔晶晶传达了一下大家的投诉,乔晶晶对此却自有一番大道理:"我们玩得开心,你们才能毫无后顾之忧地工作啊,不然心里还要内疚没时间陪我们,心理压力多大啊。"

有如此善解人意的老婆,于途还能说什么?当然是把老婆的理由反馈给同事,并大方地表示不用谢了。

同事们:……好像有点道理,但是好像又有哪不对?

不过几天玩下来,乔晶晶却对小胡夫妇有点担心,某天睡觉前,她问于途:"小李好像一直不太开心的样子,她和小胡怎么了?"

于途极简单地说:"小李前阵子生病住院,小胡太忙了。"

不用他多说,乔晶晶便明白了。

"那,要我做点什么吗?"乔晶晶也不太确定,好像说什么做什么都不太合适。

"不用了。"于途考虑了片刻说,"如果小李觉得和小胡在一起付出太多不开心,我们也不能劝人付出。"

乔晶晶叹了口气,于老师的婚姻爱情观有时候简直冷静到冷酷。理智上她赞同他的说法,但是小胡和小李明明都是那么好的人啊。

她靠在了于途怀里,"幸好我也很忙,不然说不定也会怪你的。"

于途没说话,一下一下地抚着她的长发。乔晶晶安静地偎着,他的动作渐渐慢了下来,过了一会,耳边传来他均匀的呼吸声。

他睡着了。

乔晶晶轻轻地挣脱出来,让他睡得更舒服一点,她玩了一会他的头发和手指,心满意足地闭上了眼睛。

很快就到了火箭发射的日子。

家属们观看的地方被安排在了指挥控制中心大楼前的广场上,这是最佳的观看点之一,也是离航天人们最近的地方。

周六晚上吃完晚饭,他们早早地跟着工作人员来到了观看点,那边已经聚集了不少人,比他们来得还早。

负责他们的后勤工作人员指着身后的大楼说,"这里就是指控中心,现在你们家里人就在楼里,估计都紧张着呢。"

他说着有点遗憾,"本来最早想安排大家在指控中心里面观看的,但是因为一些特殊原因被取消了。"

"没关系,这边也很好。"一位家属笑着说,"就是人多了点,好像不全是基地里的人?晶晶要戴着口罩了。"

戴着口罩的乔晶晶摆摆手,"一会天黑了就可以拿下来了,其实就算现在拿下来也没事啊,大家都看火箭,不会关注我的。"

的确如此,此时远处的发射塔架已经打开,巨大的长征七号火箭矗立在发射工位上,所有人都在注视着它,饱含着兴奋和激动,一点都不觉得等待的过程枯燥。

就这么闲聊着,发射的时间一点一点逼近了,广场上的广播里传来01指挥员的声音。

"两分钟准备。"

原本有点喧闹的人群顿时安静下来,大家都屏息望着远方的火箭。

"一分钟准备。"

"五十秒。"

"四十秒。"

"三十秒。"

"二十秒。"

"十、九、八、七、六、五、四、三、二、一,点火!"

随着01指挥员一声令下,发射塔上巨大的白色箭体在烟雾中轰然腾空而起,带着巨大的轰鸣声和烈焰长尾,姿势稳定地冲向天空。

起飞的那一刻人群是极度安静的,所有人都紧紧地盯着夜空,随着火箭越飞越高,越飞越远,广场上渐渐响起了欢呼声。

火箭在天空变成一个光点，欢呼声变成了经久不散的热烈掌声，"发射成功了"的喊声此起彼伏。

乔晶晶也跟着激动了一下，却还悬着心，拿出手机打开了央视直播。

直播比起现场显得有点冷静，画面大部分时间展示着火箭飞行的实时动态模拟图，偶尔也会切一下指控大厅和央视演播厅。

直播里报告声不停地响起，"文昌光学雷达跟踪正常，遥测信号正常，文昌飞行正常。""铜鼓岭跟踪正常，遥测信号正常。"……

这是全国各个测控点依次报告着火箭飞行情况。

不知不觉中家属们都围在了乔晶晶身边，大家一起看着手机认真地听着播报。

大约三分钟左右，助推器分离。

接下来，一二级成功分离。

抛整流罩。

终于，大约十分钟的时候，二级发动机关机，器箭成功分离！

搜神号探测器成功进入预定轨道。

乔晶晶长出了一口气，脸上真正露出笑容来，围着她看直播的家属们也欢呼起来。

王大哥说："我真的不太懂，这是不是就是成功了？"

只能说发射成功吧，搜神号在太空中的旅程才开始。但是无论如何，他已经成功地出发了。

懂的比较多的赵教授耐心地给王大哥解释着。

乔晶晶抬头仰望无限深远的夜空，又回头看向身后灯火通明的指控大楼。

那个承载着于途和很多人心血和梦想的探测器已经离开了地球，按照预定的轨道在太空中飞行着，于途现在的心情会是怎么样呢？应该比她更激动和自豪吧。

不过也不一定，于老师自从升任总设计师后愈发的沉稳内敛，或许短暂的庆祝之后正一脸冷静地盯着实时数据分析呢。

忽然好想见到他，和他在一起。

家属们这时候才发现周围观看火箭发射的人群早已经散去，此时指控大楼前就剩下他们这些家属了。

"人都走光了啊。"

"那我们也回去了？"

乔晶晶从远处收回目光，忽然想起了于途早上离开前的叮嘱，连忙说，"等一下，一会可能有采访，我们看完采访再走吧。"

正说着，直播画面就从央视演播厅切到了指控大厅，央视记者开始现场采访了。

第一个接受采访的人正是小胡。

乔晶晶立刻把手机塞给小李，"快看，小胡被采访了。"

小李愣了一下，目光落在了手机屏幕上。记者问了小胡不少问题，小胡不慌不忙一一回答着。他平时最拙于言辞的一个人，此时面对镜头却侃侃而谈，浑身上下充满着专业的魅力。

小李看得目不转睛。

对小胡的采访持续了很长时间，接着记者又采访了搜神号首席科学家肖院士，肖院士回答了记者关于搜神号的意义和科学目标方面的问题，最后被采访的则是一位德高望重的航天前辈。

全部采访到这里就结束了，镜头又切回到央视演播厅。家属们有些意犹未尽，有人问乔晶晶："你家于总怎么没接受采访？"

乔晶晶早知道于途把采访机会安排给了小胡，嘴上却俏皮地说："大概记者看谁顺眼就采访谁吧。"

大家都笑，"那于总当仁不让啊。"

小李还拿着手机发呆，乔晶晶也不着急把手机拿回来，她看了一眼身后的指控大楼,又有了新主意。"我们在这里等他们出来一起回去怎么样?"

这个主意立刻得到了大家的认可,纷纷点头,不过也有人有点担心,"他们什么时候才能出来?"

王大哥说:"不知道,不过回去也是等,难道你们睡得着吗?"

刚刚看过火箭发射正心潮澎湃的家属们纷纷摇头。"睡不着睡不着,还不如和大家在这里聊天。"

"我们可以待在这里等吗?"乔晶晶问工作人员。

工作人员点头,"应该可以,不要乱走就行。"

于是就这么说定了。他们现在站的地方太中心了,一群人往远处边上走了走,找了个距离稍远又能看见大门的地方,边刷新闻边聊着天,等着家人出来。大约一小时后陆续有人出来了,却始终不见于途他们的身影。

赵教授比较有经验:"这些应该是负责火箭发射的,负责探测器的肯定要晚一点。"

又过了一会,肖院士率先出来了,看到他们在等很是惊讶,指着乔晶晶笑着说:"是不是你的主意?"

乔晶晶俏皮一笑,"是啊。"

"我就知道,小夫妻两个一样主意多又机灵。你们再等等,今天发射很理想,不会太晚的。"

没想到于总在老院士那居然还有这么活泼可爱的评价,乔晶晶不由暗笑。

工作人员带着两位老人先走了,陆陆续续地又有人等到家人后离开,最后大楼外只剩下了乔晶晶和小李。

乔晶晶等得都有点困了,终于看见小胡出来了。小胡看见她们简直受宠若惊,对着小李不敢相信地问:"你在等我?"

小李被他弄得有点不好意思,乔晶晶代她发言,"不等你等谁啊,我家于途呢,怎么还不出来?"

"他跟我一起走的,好像被人拉住说话了,快出来了。"小胡抓抓头发,"我们陪你等他一起走。"

"别别别。"乔晶晶简直无奈了,小胡能不能拿出点智商摊给情商啊?"你们别打扰我和我家于总的二人世界啊。"

正说着,眼角余光瞥到了指控大楼台阶上走下来的人影。乔晶晶连忙说,"我看见他了,你们先走吧,拜拜拜,走快点不要当我们电灯泡啊。"

不等小胡夫妇反应过来她就跑了。迎着于途的方向快走了几步,却见于途走下台阶后停在了路边,拿出手机似乎在开机。

他们在里面手机都是关机的,现在一出来就开机,会不会是要打电话给她啊?

乔晶晶连忙也停下脚步,把手机调成振动。结果过了一会,于途已经在通话了,她的手机却仍然毫无动静。

这就过分了。

他在打给谁呢?

乔晶晶从旁边的草地上绕了一下,从背后靠近于途,等走近了正想吓他一跳,却听见他说。

"搜神号后面还有很多考验,但迄今为止,不负所托。"

乔晶晶一下子停住了。她知道他在跟谁通话了,是关在。

搜神号的诞生一波三折,最早的方案是由关在和于途一起设计论证的,后来关在因病离岗了两年,于途接过了关在大部分工作,再后来这个型号又因为国家全局规划一度搁置,前年才重新启动,于途直接被任命为总设计师。于途开始是拒绝的,理由是关在已经回来了,关在知道后却把他骂了一顿。因为技术的进步革新,搜神号后来的方案和他们初始的方案已经有了根本性的不同,而且关在那时候的身体也还不足以承担如此繁重的工作,无疑于途才是最合适的人选。

最终于途还是接下了这个任命,并给自己提出了更高的要求。

曾经关在在医院里对他的托付,他从来没有一刻忘记过。

一瞬间乔晶晶又是心酸又是骄傲，她望着夜灯下男人挺直的背影。这个男人有理想有担当，在她眼里永远如星辰耀眼，举世无双。

她手里的手机开始震动了，乔晶晶回神，才发现于途已经结束了和关在的通话，正在打给她。

不想被他看见她眼眶红红的样子，她飞快地躲到了旁边一棵椰子树后面，接通了电话。

"看到了吗？"

"看到了。"乔晶晶扫走那一点点酸涩，捂着手机开心地说，"恭喜你们，发射成功了。"

"嗯。"于途笑了一下，叫她的名字，"晶晶。"

"器箭成功分离的时候大家都在鼓掌，我忽然想到很久以前，你对我说，'你已经是看过最多星星的一只兔子了'。今天，我真的去看更多的星星了。"

"谢谢你。"

乔晶晶握着手机愣住了，心里刚刚才扫走的涩意突然卷土重来变本加厉，她眼睛酸极了，一时间竟然什么话都说不出来。

好半晌，她从椰子树后面走出来，说："你回头，我在你后面。"

于途回过头，看见她，蓦地笑了，"这么大了还这么皮。"

他收起手机走向她，到了跟前，才发现她的眼睛湿湿的。他伸手擦拭她的眼睛，无数的歉疚涌上心头，他把她拉到自己怀里，"辛苦了。"

乔晶晶埋在他怀里摇头。辛苦有时候是辛苦的，偶尔也会有点小埋怨，但是这些都不是此刻她忽然想哭的原因。

这一刻的热泪盈眶，是想起无数次他深夜伏案工作，是因为刚刚他跟关在说的那句"不负所托"，是为一群人的坚持，荣耀，和梦想。

是为更多的星星。

为更遥远的星河。

图书在版编目（CIP）数据

你是我的荣耀 / 顾漫著. --北京：九州出版社，2018.9（2021.8重印）

ISBN 978-7-5108-7445-1

Ⅰ. ①你… Ⅱ. ①顾… Ⅲ. ①长篇小说－中国－当代 Ⅳ. ①I247.5

中国版本图书馆CIP数据核字（2018）第199089号

你是我的荣耀

作　　者	顾　漫　著
责任编辑	周　春
出版发行	九州出版社
地　　址	北京市西城区阜外大街甲35号（100037）
发行电话	（010）68992190/3/5/6
网　　址	www.jiuzhoupress.com
印　　刷	三河市中晟雅豪印务有限公司
开　　本	700毫米×970毫米　32开
印　　张	11
字　　数	220千字
版　　次	2019年6月第1版
印　　次	2021年8月第8次印刷
书　　号	ISBN 978-7-5108-7445-1
定　　价	36.00元

★ 版权所有　侵权必究 ★